Sneeuwstorm

*Van dezelfde auteur*

All-inclusive
De vlucht
Zomertijd
Cruise
Après-ski
De suite
Zwarte piste
Bella Italia
Noorderlicht
Bon Bini Beach
Het chalet
Route du soleil
Winterberg
Goudkust
Mont Blanc
Costa del Sol
Sneeuwengelen
Hittegolf
Lawinegevaar
Het paradijs
Winternacht
Super de luxe
IJskoud
Het strandhuis
Zuidenwind
De eilanden
Sneeuwexpress
Lentevuur
Souvenir
Waterland
Midwinter
Zomeravond
Dwaalspoor
Nachtvorst
Roadtrip
Koraalrif
Gletsjer
Strandfeest
De vallei
Mayday

Suzanne Vermeer

# Sneeuwstorm

A.W. Bruna Uitgevers

*Omslagontwerp*
Wil Immink Design

ISBN 978 94 005 1580 2
NUR 332

*Disclaimer*
Dit verhaal is fictie. Namen, personages, plaatsen en gebeurtenissen zijn een product van de fantasie van de auteur of zijn gebruikt in een fictionele omgeving. Elke gelijkenis met bestaande personen of organisaties berust op toeval.

# Proloog

*'Het lijkt me verstandig dat je een tijdje van de radar verdwijnt.' Hij kijkt me aan met zijn lichtgroene ogen en wrijft afwezig door zijn blonde baardje dat al wat grijze plukjes begint te vertonen. Een gebaar dat ik hem vaker heb zien maken als hij niet goed raad wist met een situatie. Ik til mijn hoofd op. 'Is dat echt nodig?'*

*'Ik denk dat je daar zelf het antwoord wel op weet. Ik zou willen dat het anders was, C. Je weet dat we je hier helemaal niet kunnen missen.'*

*'Stuur me dan niet weg.'*

*'Ik moet kiezen uit twee kwaden, ik doe dit niet voor mijn lol.'*

*'Dat moest er nog bij komen,' mompel ik.*

*'Ik ben je liever tijdelijk kwijt dan voorgoed. Want dat laatste is waar het op uitdraait als je blijft, dat weten we allebei.'*

*'Heb ik er zelf ook nog een stem in?'*

*'Niet echt. Als het moet maak ik er een dienstbevel van. Ik heb het beste met je voor, C.'*

*'Dat zei de arts van mijn moeder ook steeds, maar alle goede bedoelingen ten spijt, ze is hartstikke dood.'*

*'Ik probeer je in leven te houden. Als alles onder controle is dan kom je terug en tot die tijd ga je met behoud van salaris…'*

*'Wat moet ik al die tijd doen?'*

*'Weet ik veel. Nadenken over het leven, breien of haken, dat*

*schijnt heel populair te zijn. Neem een vakantie. Hoe lang is het al geleden dat je vakantie hebt gehad?'*

*'Weet ik veel, ik kan het me niet meer heugen.'*

*'Dat bedoel ik. Stel je eens voor: zo'n mooi tropisch eiland met witte stranden en een azuurblauwe zee, palmbomen, cocktails met zo'n leuk parasolletje, swingende muziek... Ik zou het wel weten.'*

*'Nou, ga jij dan als het je allemaal zo fantastisch lijkt. Ik gruwel van dat soort dingen. Ik gedij beter bij kou en duisternis. Waarom denk je dat ik dit vak heb gekozen?'*

*'Kom op, C, doe nou niet zo moeilijk. Ik kan er hier zo tien opnoemen die gisteren al waren vertrokken als ik ze een vakantie had aangeboden. Ga gewoon, einde discussie.'*

*'Ik ben een vechter, geen laffe wegloper. Wat denk je dat het voor signaal afgeeft als ik vlucht? Dat brengt een snoeiharde klap toe aan mijn imago. Ze gaan me keihard uitlachen en mijn autoriteit is voorgoed naar de haaien.'*

*'De enige die jou niet serieus neemt, dat ben je zelf. Is je leven je dan echt zo weinig waard? Ik zou nooit meer in het reine komen met mijn geweten als jou iets overkomt omdat ik je niet behoed heb.'*

*'Ah, dus dat is waar het allemaal om draait, jouw geweten dat schoon moet blijven. Je probeert via mij een plekje in de hemel veilig te stellen.'*

*De hand in zijn baardje verplaatst zich naar een blonde lok die golvend op zijn schouder hangt. Hij gaat nogal prat op zijn Noorman-look. Hij draait de pluk haar om zijn wijsvinger heen. Nu weet ik dat ik op moet passen. Dit is het teken dat zijn geduld bijna zijn grens heeft bereikt.*

*Met een gefrustreerde zucht geef ik mezelf gewonnen. 'Oké, misschien dat ik een tijdje... Niet te lang...'*

*'Heb je een plek om naartoe te gaan of wil je een van onze locaties met alles erop en eraan?'*

*'Ik regel zelf wel wat. Realiseer je wel dat ik dan ook echt een poosje verdwijn en dat jij me ook niet kunt vinden. Van de radar is van de radar. Ik heb het eerder gedaan, zoals je weet.'*

*'Ik wil...'*

*'Het is dát of niks,' zeg ik zo fel dat hij er geen speld tussen kan krijgen.*

*'Oké,' zegt hij knarsetandend. 'Maar onder voorwaarde dat je een burner meeneemt.'*

*'Ik wil hem best meenemen, maar dat wil nog niet zeggen dat ik hem gebruik.'*

*'Hoe kan ik het je dan laten weten als de kust weer veilig is?'*

*'Dat hoeft niet, dat hou ik zelf wel in de gaten.'*

*'Soms ben je echt onuitstaanbaar, C.'*

*'Ik hou ook van jou.' Ik knipoog. Hij staat op en ik doe hetzelfde. Ik steek mijn hand uit maar hij negeert hem en loopt naar me toe. We geven elkaar zo'n onhandige mannenomhelzing met klopjes op de schouder en zo.*

*'Ik vind dit net zo vreselijk als jij, C,' fluistert hij. Zijn warme adem aait de huid in mijn nek maar kan me niet ontdooien. Ik laat hem los voordat het ongemakkelijk wordt. 'Nou, tot ooit dan maar.' Ik draai me om en loop zonder om te kijken zijn kantoor uit. Ik houd niet van achteromkijken. Het heeft me nog nooit iets goeds gebracht.*

# 1

Geconcentreerd bladert ze door het portfolio waarin ik mijn mooiste natuurfoto's van de afgelopen jaren heb verzameld. Ik zit tegenover Marloes Boman, hoofdredacteur van *Tripping*, een populaire glossy die bekendstaat om zijn avontuurlijke reistips naar alle uithoeken van de wereld, maar vooral ook om zijn hoogstaande natuurfoto's. Marloes wordt ook wel 'Linke Loesje' genoemd, omdat ze altijd de beste fotografen weet weg te kapen voor de neus van de concurrentie. Fotografen zijn tot bijna alles bereid om voor Marloes te mogen werken, al is het haast onmogelijk om aan haar eisenpakket te voldoen. Het is een beetje als het principe van de geslagen hond die ondanks alles toch trouw blijft aan zijn baas.

Vandaag zit ik aan Marloes' bureau, niet omdat ik mezelf zou willen vergelijken met een geslagen hond maar omdat er cash in het laatje moet komen. De gouden tijden voor freelancefotografen zijn wel een beetje voorbij. Kleine klussen zijn nog te krijgen als je netwerk een beetje op orde is, maar de echte grote klussen zijn tegenwoordig schaars. Zeker op het gebied van mijn specialisatie, reis- en natuurfotografie, is de geldkraan flink dichtgedraaid. Het heeft mijn werk een stuk minder uitdagend gemaakt. Bladen hebben aanzienlijk minder budget en zoeken het bij voorkeur dichter bij huis. In dat opzicht is de opdracht die Marloes nu te bieden heeft een pareltje tussen de kiezelstenen waar ik vandaag de dag vaak genoegen mee moet nemen. Het honorarium valt ook niet tegen. Daarom kan ik het me niet permitteren om er niet naar mee te dingen, ook al is Marloes niet mijn favoriete persoon op aarde. Een kans uit duizenden laat niemand schieten, ik ook niet.

'Deze vind ik erg mooi, Rianne.' Marloes tikt op de foto van een vos in de sneeuw die ik vorig jaar op de Veluwe maakte. Het is zo'n lucky shot waar iedere fotograaf die zichzelf een beetje serieus neemt een kick van krijgt. Alles klopt aan die plaat: de belichting, de sfeer, de setting. Hij komt na mijn serie van de ijsvogel die een vis uit de sloot vist.

'Deze foto heeft helemaal de look-and-feel waar ik naar op zoek ben voor de reportage die gepland staat voor het januarinummer, als mensen volgevreten van de feestdagen op de bank liggen uit te buiken. Dan willen ze mooie platen zien van bijzondere plekken op de wereld en dat gaan wij ze geven.'

'Wij, als in dat ik de opdracht krijg?' vraag ik iets te gretig.

'Wij, als in *Tripping*. Ik zal eerlijk tegen je zijn, Rianne. Je bent niet de enige fotograaf die ik heb uitgenodigd. Ik heb vandaag nog vier afspraken. Ik wil gewoon de crème de la crème en ik weet nog niet of jij dat voor deze opdracht bent tot ik de andere fotografen heb gesproken en hun werk heb gezien.'

'O. Oké.' Ik probeer een nonchalante ondertoon in mijn stem te leggen en mijn teleurstelling te onderdrukken. Playing hard to get lijkt me in deze een betere keuze dan me te verlagen tot smeken. Hoe hard ik deze klus ook nodig heb, hoe graag ik hem ook wil, er bestaat ook nog zoiets als trots en daar ontbreekt het mij allesbehalve aan. Ik denk dat mijn trots een van de redenen is geweest dat mijn huwelijk is gestrand. Sorry zeggen en toegeven dat ik fout zit vind ik moeilijk, het voelt dan al snel als een wedstrijd die ik verlies. Toen Bart aankaartte dat hij er geen energie meer voor had, had ik hem misschien moeten tegenhouden of smeken het nog eens te proberen. 'Alles met jou is een strijd, Ri, en ik ben het vechten zo moe. Ik denk dat we er beter mee kunnen stoppen. Dat is toch geen voorbeeld voor Hidde? Die jongen verdient een rustig en veilig thuis.' Lamgeslagen door die woorden heb ik meteen ingestemd met een scheiding. Wat als ik wel sorry had gezegd en eraan had gewerkt? Nu ik dat eindelijk inzie is het te laat. Bart heeft een nieuwe vriendin en mijn kans is verkeken. Hidde is door de week bij hem en Nicole, en in de weekenden bij mij zodat ik van maandag tot en met vrijdag mijn handen vrij heb om te werken.

Ik schrik op uit mijn overpeinzingen door twee vingers die ongeduldig voor mijn gezicht knippen. 'Ik vroeg je wat, Rianne.' De ergernis spat van Marloes' gezicht af. Ik schraap ongemakkelijk mijn keel. 'Sorry, ik hoorde je niet goed.'

'Hoe is je taalvaardigheid?'

'Hoe bedoel je?'

'Nou, kun je een beetje schrijven?' vraagt ze zuchtend.

Ik kijk haar bevreemd aan. 'Ik ben fotograaf...'

'Maar je hebt toch een website? De teksten die daarop staan, heb je die zelf geschreven?'

'Uhm, ja.'

'Waarom ik dat vraag is het volgende: ik wil voor deze opdracht een totaalpakketje. Ik wil niet alleen mooie kiekjes, maar ook inspirerende teksten. Ik wil een reportage met alles erop en eraan. Waar moet ik allemaal naartoe als ik richting de Noordkaap ga, wat is er allemaal te doen, te zien? Begrijp je wel. In het verleden stuurden we op dit soort trips een redacteur of een freelancejournalist mee met de fotograaf, maar dat zit er op dit moment even niet in.'

'De fotograaf wordt dus geacht het werk van twee mensen te doen? Dubbel werk en een enkele betaling. Vat ik het zo goed samen?' vraag ik.

Marloes knikt een beetje zuur en lacht dan haar gebleekte gebit weer bloot. 'Maar je krijgt er wel een heel mooie reis voor terug. Een ervaring die je je hele leven niet meer zult vergeten.'

'Oké, *fair enough*,' flap ik eruit. Ik weet dat ik financieel genaaid word, maar ik wil deze kans om mijn droom na te jagen koste wat het kost grijpen.

# 2

'Nou, hartstikke leuk, Marloes. We gaan er iets moois van maken.' Mijn stem klinkt koel en professioneel terwijl ik het vanbinnen uitschreeuw. Pas als de verbinding is verbroken doe ik dat ook. 'Ik heb de opdraaaaacht!!!' krijs ik tegen mijn grote rode kater Pluis, die geschrokken wegduikt onder de bank. 'O mijn god, ik ga gewoon naar de Noordkaap. Over een week. En shit, ik moet nog heel veel dingen regelen.' Ik pak pen en papier en begin een afvinklijst te maken. Zo'n lijst werkt voor mij altijd goed om de chaos in mijn hoofd te beperken en weer overzicht te krijgen. Met stip op nummer een staat: Bart bellen over Hidde. Ik zal in totaal ruim twee weken weg zijn en dat betekent dat Hidde in die tijd fulltime bij Bart en Nicole moet verblijven. Het is vast geen probleem, maar toch ben ik zenuwachtig als ik de telefoon pak en Barts nummer intoets. Hij neemt niet op, dus bel ik meteen nog een keer. Het is vaker voorgekomen dat hij zijn toestel liet overgaan als hij mijn nummer op zijn scherm zag verschijnen. Bij de derde poging klinkt zijn nog steeds vertrouwde stem in mijn oor. Hij is duidelijk geërgerd. 'Wat wil je, Rianne? Het komt nu even niet zo goed uit.'

'Oké, dan zal ik het kort houden. Ik moet je om een gunst vragen. Ik heb net een heel vette klus binnengehaald waar ik een paar weken voor naar het buitenland moet en ik vroeg me af...'

'Of Nicole en ik Hidde voor onze rekening kunnen nemen,' maakt hij mijn zin af.

'Uhm, ja.'

'Wanneer vertrek je?'

'Over een week.'

'En daar kom je nu mee aanzetten? Wij hebben ook een agenda, Rianne, en de tijd dat ik de mijne volledig aanpaste aan die van jou is wel voorbij. Je kunt niet verwachten dat ik nog steeds in de houding spring als jij een kick geeft.'

'Allemaal waar, Bart, maar ik weet het zelf ook pas een paar minuten. Ik heb je meteen gebeld, júíst omdat de tijd zo krap is. Please, ik kan deze opdracht echt niet missen,' smeek ik.

Een diepe zucht aan de andere kant van de lijn. 'Ik was net bezig om een skiweekendje in Duitsland te boeken voor mij en Nicole.'

'Je was bezig, maar je hebt dus nog niet geboekt?'

'Nee, maar...'

'Dan neem je Hidde toch mee? Hij is dol op skiën.'

'Waarom neem je hem zelf niet mee?' kaatst Bart terug.

'Ik ben fulltime aan het werk, Bart, en die jongen moet gewoon naar school. Hoe zie je dat voor je?'

'Nicole en ik hebben behoefte aan wat qualitytime, Rianne.'

'Als ik terug ben dan neem ik Hidde een hele week van jullie over om het goed te maken. Kunnen jullie een hele week samen skiën in plaats van een weekend.'

'Twee weken.' De onderhandeling is begonnen.

'Oké, twee weken, whatever, maar help me nu alsjeblieft even uit de brand. Als ik deze opdracht goed uitvoer dan kan me dat in de toekomst heel wat meer werk opleveren én dus ook meer financiële zekerheid. Het is echt aanpoten de laatste tijd, Bart. Als er niet vlug iets gebeurt dan zal ik er een baan bij moeten zoeken.' De moedeloosheid die in mijn stem doorklinkt is niet gespeeld. Het kost steeds meer moeite om aan het einde van de maand niet in de rode cijfers te eindigen.

'Ik moet dit met Nicole bespreken. Ik kan dit niet in mijn eentje beslissen. Bel je zo terug.'

'Eeuwige dankbaarheid!' roep ik nog, maar hij heeft al opgehangen. Ik haat het om in het krijt te staan bij Bart en zijn nieuwe liefje maar ik heb geen keuze. Terwijl ik zenuwachtig op mijn nagels bijt in afwachting van Nicoles oordeel, probeer ik koortsachtig alternatieven te vinden. Maar de mensen aan wie ik mijn zoon zou toevertrouwen zijn er nog geen handvol, en twee ervan zijn op vakantie. *So far* mijn plan B. Sinds de scheiding van Bart is mijn sociale leven op een laag pitje komen te staan. Het gros van onze gezamenlijke vrienden is aan hem blijven plakken en mijn beste vriendin Melanie heeft net een nieuwe relatie en is zo ver weggezakt in haar roze wolk dat ik haar amper kan bereiken. Pluis is op dit moment mijn beste vriend, dat is de trieste waarheid.

Ik bijt nog een stukje van mijn nagel af en dan gaat eindelijk die telefoon. 'Bart,' zeg ik gespannen.

'Nicole is akkoord.'

'Yes! Ik maak het helemaal goed met jullie.'

'Ja, met die twee weken zodat wij samen kunnen skiën. Dat is de voorwaarde.'

'Natuurlijk, bij dezen.' Op dit moment ben ik bereid om overal ja op te zeggen, over de consequenties denk ik later wel na.

'Maar dan ga ik vandaag ook die twee weken boeken, zodat dat in elk geval vastligt. We willen over vier weken vertrekken zodat we net voor de feestdagen weer terug zijn.'

'Over vier weken? Dat red ik makkelijk. Er is maar budget voor twee weken exclusief de reisdagen.'

'Als je ons laat zitten dan zijn onze annuleringskosten voor jouw rekening.'

'Ik zeg toch dat ik op tijd terug ben.'

'Waar ga je eigenlijk naartoe?'

'Noorwegen. De Noordkaap. Ik ga het noorderlicht fotograferen, Bart. Eindelijk ga ik het in het echt zien, echt een droomstap voor mijn carrière.'

'Voor welk blad?'

Hoor ik daar enige spijt in zijn stem of is dat verbeelding? Ooit was het onze gezamenlijke droom om het noorderlicht in het echt te aanschouwen. Een van de vele dromen die uit elkaar zijn gespat voordat we ze konden verwezenlijken. '*Tripping*,' antwoord ik terwijl mijn stem een octaaf daalt van de gemiste kansen. 'Je weet wel, dat mooie blad met reisverhalen en prachtige foto's. Ik verzorg voor het januarinummer zowel de foto's als de teksten van de reportage over het gebied rond de Noordkaap.'

'De teksten?'

'Ja, goed hè? Ze waren bij *Tripping* nogal onder de indruk van de tekstjes die ik voor mijn eigen website heb geschreven,' zeg ik zo enthousiast mogelijk. Deze weergave van zaken klinkt een stuk beter dan het eerlijke verhaal dat ze gewoon een bezuinigingsslag hebben gemaakt op het inhuren van freelancetekstschrijvers.

# 3

Ik zet mijn bakfiets met dubbele sloten vast aan het volle fietsenrek voor de Bever Outdoor & Travelwinkel op de Amsterdamse Stadhouderskade. Volgens hun website hebben ze een ruim assortiment aan kleding, schoenen en uitrusting die ik nodig heb voor mijn trip naar de Noordkaap. Zodra ik de winkel binnenloop schiet ik iemand van het personeel aan. 'Hi Rodney,' zeg ik terwijl ik vlug op het naamkaartje op zijn gespierde borst spiek. Ik schaar Rodney in de categorie sportieve mannen die zich elk weekend uitleven in de sportschool en daarna nog even een paar uurtjes losgaan in een klimhal ter voorbereiding op hun jaarlijkse bergbeklimming.

'Hi,' zegt hij terug. 'Wat kan ik voor je doen?' Hij lacht een rij rechte en stralend witte tanden bloot en haalt een hand door zijn donkere haar dat met gel uit zijn gezicht wordt gehouden.

'Ik ga een trip naar de Noordkaap maken!' zeg ik enthousiast, 'en ik heb wat spulletjes nodig.'

'Spulletjes als in…?'

'Warme kleren, een tentje en uitrusting om wild te kamperen. Dat mag daar nog namelijk.'

'Klopt. Vorig jaar nog gedaan dus ik kan je er alles over vertellen en weet precies wat je nodig hebt. Zullen we met de kleding beginnen?'

'Goed plan.'

Hij neemt me mee naar een gedeelte in de winkel dat hij

lachend typeert als 'de koude hoek'. Vervolgens steekt hij enthousiast van wal. 'Als je gaat verblijven in extreem koude gebieden, en geloof me, de Noordkaap is zo'n gebied, dan is het belangrijk dat je je houdt aan het drielagensysteem dat bestaat uit een basislaag, een middenlaag en een buitenste laag. Ooit van gehoord?'

'Vaag.'

'Oké, dan beginnen we met de basislaag, die bestaat uit thermisch ondergoed. De belangrijkste eigenschap van dat spul is dat het vocht opneemt en snel opdroogt waardoor je voorkomt dat je te veel afkoelt. Te veel afkoelen bij extreem lage temperaturen kan namelijk levensgevaarlijk zijn. Knoop goed in je oren dat katoen een echte no-go is. Het is lekker spul om te dragen maar een ramp om te drogen waardoor je...'

'Te veel afkoelt,' vul ik aan, als het braafste meisje van de klas.

Hij knikt opgetogen. 'Daarom adviseer ik je om iets te kiezen van polyester maar beter nog van merinowol, omdat dat meteen ook antibacterieel is en niet zo snel gaat stinken als je de hele dag hebt gezweet. Als je het 's avonds uithangt kun je het zonder problemen de dag erna weer aan. Polyester moet je echt wel elke dag even wassen.'

'Merinowol wordt het dus.'

'Goede keuze. Wat is je confectiemaat?'

'Veertig.'

'Dan adviseer ik je om voor maat 38 te kiezen, zodat het ondergoed goed aansluit op je lichaam en geen extra kou op je huid laat komen.' Rodney rommelt wat in de rekken en overhandigt me een zwart shirt met lange mouwen en een zwarte legging. Ik wil al naar het kleedhokje lopen, maar hij houdt me tegen. 'Laten we het even afmaken, dan kun je zo alles in één keer passen.'

‘Oké.’ Ik leg mijn potentiële aankopen op de eerste de beste tafel met keurig gevouwen stapeltjes kleding zodat ik mijn handen vrij heb.

‘Dan gaan we nu verder met de middenlaag, die dient ter isolatie. Daarvoor zou ik je fleece adviseren en dan wel die van Polartec Power Stretch Pro. Lekker licht, ruim voldoende stretch en slijtvast.’ Hij rommelt weer wat in een rek en overhandigt zijn eerste keuze.

Ik gooi hem erbij op de tafel. ‘De buitenlaag,’ spoor ik hem aan om een beetje vaart te maken.

‘Je hebt de keuze tussen hard- en softshell. Hardshell is wind- en waterdicht. Softshell is winddicht en waterafstotend en veel minder zweterig dan de “harde” variant. Het draagt daardoor een stuk prettiger, maar een fikse regenbui kan die stof niet aan en dat redt een hardshell dan weer wel. Gelukkig voor jou heeft Polartec een mooie tussenvariant ontwikkeld met een NeoShell-membraan dat grotere hoeveelheden regen aankan maar ook voldoende ademt om zweet naar buiten te werken. En,’ hij steekt zijn vinger op, ‘het is lekker stretchy.’

‘Kom maar door, Rodney,’ zeg ik verveeld terwijl ik niet eens de moeite doe om een opkomende geeuw te onderdrukken. Hij begrijpt de hint en smeert me in razend tempo (het kan wel!) een paar schoenen, wat sokken, twee paar handschoenen, een muts, een zonnebril met polariserende glazen, een tentje, een gasbrander, een rugzak en een kooktoestelletje aan. Met een schuin oog kijk ik naar de prijskaartjes en ik doe een snelle rekensom. Die hele uitrusting kost me bijna meer dan het honorarium dat ik voor de opdracht krijg. Marloes kennende zit het er niet in dat ik dit geheel of zelfs maar gedeeltelijk kan declareren onder de noemer onkosten.

‘Kan ik verder nog iets voor je doen?’ vraagt Rodney,

waarna hij zijn stralende verkoperslachje weer op zijn gezicht tovert.

'Ja, dat denk ik wel.'

Zijn gezicht klaart nog verder op, maar dat is van korte duur.

'Het moet de helft goedkoper, dat kun je voor me doen.'

Na een flinke onderhandeling en het omwisselen van de duurste dingen voor wat goedkopere alternatieven, is het bedrag iets acceptabeler geworden en strompel ik bepakt en bezakt de winkel uit. Ik gooi de spullen in mijn bakfiets en ben ontzettend blij dat ik niet voor het openbaar vervoer heb gekozen voor deze missie. Scheelt me een hoop gezeul. Extra batterijen voor mijn fotocamera koop ik morgen wel. Eerst dit allemaal maar eens naar huis brengen.

# Een week later
# Skarsvåg, Noorwegen

# 4

Na een lange vlucht met een overstap zit ik eindelijk bepakt en bezakt in de bus naar Skarsvåg. Het is het noordelijkste vissersplaatsje ter wereld op het eiland Magerøya en Marloes wil ook graag een paar foto's van dit dorpje met zijn ruige bevolking. 'Authentiek, authentiek,' bleef ze maar door de telefoon gillen. 'Ik heb zo'n schattige cottage voor je geboekt!' Dat er in dat dorpje maar rond de zestig mensen wonen en het daardoor nauwelijks faciliteiten heeft, zei ze er niet bij. Voor een fatsoenlijk restaurantje en een supermarkt moet je toch echt in het twintig kilometer zuidelijker gelegen Honningsvåg zijn. Het is gelukkig in een klein halfuurtje met de bus te bereiken. Het is het grootste stadje op het eiland en ligt in een baai. Net als Skarsvåg staat ook Honningsvåg bekend om zijn visserij. Er liggen vaak meer dan honderd boten in de haven, die tevens een populaire aanlegplaats is voor cruiseschepen. De Noordkaap, waar ik het noorderlicht moet zien te vangen met mijn lens, ligt op ongeveer veertien kilometer van mijn standplaats. Ik ben van plan daar morgen maar meteen voor op pad te gaan. Vandaag gebruik ik voor het settelen in mijn cottage en het nogmaals doorlezen van alle informatie over de omgeving. Eén ding weet ik zeker: het worden twee intensieve weken.

Hoewel ik me geradbraakt voel van de lange reis heb ik ontzettend veel zin om aan de slag te gaan en er echt iets mooois van te maken. Niks mis met hard werken, slapen doe ik thuis wel weer. Ik bekijk het schemerige ijs- en rotsachtige landschap waar we doorheen rijden en het valt me op hoe kaal het is. Surrealistisch bijna. Als iemand me zou vertellen dat ik op de maan ben, dan zou ik het geloven. Ik meen me te herinneren dat ik ergens heb gelezen dat het hier zo koud is dat er geen boom kan groeien. Er trekt kippenvel over mijn lijf bij de aanblik van al die sneeuw en al dat ijs. Ik ben altijd al een koukleum geweest. Ik hoop dat mijn noodzakelijke bezuiniging op Rodneys peperdure kledingtips niet tegen me gaat werken.

De bus maakt zich op voor een stop vlak bij mijn accommodatie en ik besluit het laatste stukje te lopen. Zo kan ik meteen testen of het buiten net zo koud is als het eruitziet. Ik check mijn uitrusting en trek de muts die ik opheb nog verder over mijn oren voordat ik uitstap. Een koude wind snijdt langs mijn gezicht en zet zijn tanden in alle onbedekte stukjes huid. Even overweeg ik alsnog om voor het laatste eindje een taxi te bellen, maar ik weersta de verleiding. Ik ben er altijd al goed in geweest om me aan te passen aan mijn omgeving. Op die manier val je het minst op en dat is precies wat ik wil. De gedachte aan een tijd waarin ik het liefst wilde verdwijnen probeer ik weg te drukken. Ik moet me focussen op het hier en nu.

Ik hijs mijn overvolle backpack op mijn schouders en zoek even naar een houding die het minst belastend is voor mijn rug. Mijn nieuwe wandelschoenen, die uitstekend bestand zouden moeten zijn tegen temperaturen die ver onder nul reiken, voelen stug aan. De tijd om ze goed in te lopen was te kort, dus ik hoop dat het me lukt om er zonder al te grote problemen de twee weken mee door te stappen. Ik zuig mijn longen vol met zuurstof en begin te lopen. Op het ritmische gekraak van mijn schoenzolen in de sneeuw en mijn hijgende ademhaling na is het stil om me heen. De dikke witte laag lijkt bijna elk geluid te absorberen. Er daalt een ongelofelijke rust op me neer. De wereld met al zijn ellende en problemen lijkt even heel ver weg. Ik in dat witte landschap, alleen met mijn gedachten.

Het valt me alleszins mee hoe snel ik een prettig wandeltempo heb gevonden, alsof ik nooit anders gedaan heb. Mijn kleding zit prettig en houdt me goed warm. De dikke sjaal die ik voor mijn gezicht heb gebonden beschermt mijn neus en luchtpijp voldoende tegen de schurende kou die met elke ademteug binnen probeert te dringen. Sneller dan me lief is zie ik de rode cottages verschijnen die onderdeel zijn van de camping waar Marloes een verblijf voor me heeft geboekt. Ik blijf even stilstaan om het geheel in me op te nemen. Het nabijgelegen parkeerterrein staat aardig vol met dikke 4x4's. Een paar kinderen rennen gillend achter elkaar aan terwijl ze elkaar bekogelen met sneeuwballen. Tot zover de rust waar ik zo van genoot.

De huisjes kijken uit op een inham van de Noordelijke IJszee en de iconische rots Kirkeporten. Deze rots is door het water zo uitgesleten dat er een 'poort' in is ontstaan. Tijdens mijn gegoogel ter voorbereiding van mijn reis kwam ik een aantal zomerse foto's tegen waarop je de Noordkaap in de middernachtzon door de Kirkeporten heen zag. Adembenemend mooi. Het aanschouwen van de middernachtzon zal ik helaas niet kunnen afvinken op mijn lijstje, maar het noorderlicht dat in deze periode hoogtij viert moet dat helemaal goedmaken. Ik hoop dat het me lukt om het fenomeen 'levensecht' vast te leggen met mijn camera, zoals Marloes elke keer als ik haar spreek benadrukt.

Ik loop het laatste stukje naar het gebouw waar ook de receptie zich bevindt. Receptie is een te groot woord voor het primitieve barretje dat hoofdzakelijk uit grenenhout bestaat. Er staan een computerscherm, een pinapparaat en een grote thermoskan op. Erachter hangt een stuk hardboard met een aantal sleutelhaakjes die als ik vlug tel overeenkomen met het aantal cottages dat te huur wordt aangeboden. Er hangen vijf sleutels aan waarvan ik vermoed dat er eentje voor mij is. Langs de wanden van de ruimte hangen planken met wat eenvoudige snuisterijen die te koop worden aangeboden. Achter het barretje staat een goedlachse man met een verweerd gezicht die zich voorstelt als Ebbe. Ik schat hem zeker zestig jaar oud. Als ik zijn uitgestoken hand aanpak voel ik eelt en ruwe huid. Alles aan deze man straalt uit dat het leven hier rauw en hard is. Ebbe is oer of zoals Marloes zou zeggen 'authentiek'. Hij heet me in verrassend goed Engels welkom en ik ben opgelucht dat communicatie met deze man de komende week geen probleem zal zijn. Een uitstekend Engelssprekende native die me meer kan vertellen over de omgeving is precies wat ik kan gebruiken. '*Hi Ebbe, I'm Rianne from the Netherlands. Nice to meet you.*'

Ebbe draait zich om naar het sleutelbord en pakt er eentje af. '*Well, this is the key to your cottage, Rianne from the Netherlands*,' zegt hij lachend. Hij vraagt me of ik zelf handdoeken en beddengoed mee heb. Als ik ontkennend antwoord haalt hij twee stapeltjes uit een kast en legt ze op de bar. 'Dat is dan negentig kronen.' Ik vervloek Marloes omdat ze weer te krenterig is geweest om dit voor me te betalen en me daar niet van op de hoogte te stellen. Ik haal het bedrag uit het buideltje dat ik bij me draag met cashgeld, bankpas, creditcard en belangrijke documenten als paspoort en rijbewijs en probeer niet al te zuur te kijken als ik het aan Ebbe geef. De man kan er immers ook niets aan doen dat Marloes zzp'ers afknijpt waar ze maar kan. Soms, op dit soort momenten, komt er kort een verlangen in me op om weer in loondienst te gaan om mezelf wat meer bestaanszekerheid te garanderen. Maar als ik me even voorstel hoe het zou zijn om weer voor een baas te gaan werken dan krijg ik het meteen benauwd. Het genot om mijn eigen tijd in te kunnen delen en de vrijheid die dat geeft is juist waarom ik zes jaar geleden voor mezelf ben begonnen. En die vrijheid is me uiteindelijk toch meer waard dan elke maand een loonstrookje met hetzelfde bedrag.

Ebbe biedt aan om me te begeleiden naar mijn cottage. 'Als het niet te veel moeite is en je hier gemist kunt worden...' zeg ik.

'Ziet het eruit alsof ik hier gemist word?' zegt hij grinnikend. Ik lach met hem mee. Hij komt achter zijn barretje vandaan en grist mijn handdoeken en beddengoed mee voordat ik het zelf heb kunnen pakken. Hij klemt de stapel onder zijn arm en ik volg hem naar een van de rode hutjes waar mijn sleutel op past. We stappen binnen in een ruimte die gok ik niet veel meer dan zo'n tien vierkante meter is. De wanden zijn bekleed met grenen schroten en op de vloer ligt een eenvoudig laminaatje. Er staat een piepklein houten tafeltje met twee stoelen naast een stapelbed. Over een kleine koelkast ligt een plank waar een tweepits elektrisch kooktoestelletje op staat met daarbovenop een ouderwetse fluitketel. Op de plank staat een bakje met zakjes thee en oploskoffie. Ik zoek naar een deur die toegang zou geven naar een wc of badkamer maar vind hem niet. Als ik Ebbe ernaar vraag antwoordt hij dat ik gebruik kan maken van de gedeelde douches en toiletten in de serviceruimte. Ik vervloek Marloes voor de tweede keer binnen een kwartier. Van het idee dat ik 's nachts door de kou moet als ik moet plassen word ik niet vrolijk. Ebbe ziet mijn teleurgestelde gezicht en biedt aan me te upgraden naar een huisje dat wel een eigen douche en toilet heeft, maar als ik de extra kosten hoor die dat met zich meebrengt bedank ik toch maar.

'U kunt in het servicegebouw ook een eenvoudig ontbijt of een diner met simpele lokale specialiteiten nuttigen. Maar zelf koken behoort ook tot de mogelijkheden.' Hij wijst naar het gammele kooktoestel. 'Uit eten gaan is hier zalig, maar niet goedkoop. U kunt wat eenvoudige dingen kopen in mijn winkeltje of naar de supermarkt in Honningsvåg gaan als u wat meer keuze wenst. Er ligt een overzicht van de bustijden in het mapje op tafel, samen met nog wat suggesties voor uitstapjes in de buurt die u kunt boeken. Het wordt nog haasten als u het hele mapje in twee weken wilt afwerken.'

'Nou, eerlijk gezegd ben ik hier niet voor de ontspanning. Ik ben fotograaf en moet voor een tijdschrift foto's maken die juist niet tot de standaard toeristenplaatjes behoren. Mijn opdrachtgever wil dat ik het echte leven hier vastleg. Ik ben op zoek naar een authentieke sfeer en setting en die staan vast niet in uw folders.'

Ebbe knikt en daar blijft het bij.

'Weet u wat echt zou helpen? Als ik iemand die hier geboren en getogen is bereid zou vinden om me mee te nemen langs plekken die niet langs de gebaande paden liggen. Ik wil uitzonderlijke natuurfoto's maken en geen toeristische pleisterplaatsen vastleggen. Op de Noordkaap na dan, want het fotograferen van het noorderlicht op die plek lijkt me echt ultiem,' zeg ik er snel achteraan.

Ebbe blijft weer stil als ik hem vragend aankijk. 'Kent u zo iemand toevallig?' vraag ik dan maar heel expliciet. 'Iemand die me de echt bijzondere plekken kan laten zien?'

'Ja, die ken ik wel.'

'Vertel,' spoor ik hem aan.

'Je moet Aron Knutsen hebben. Zijn familie woont al generaties lang in Skarsvåg en heeft altijd geleefd van de visvangst. Als iemand u de bijzondere plekken hier kan laten zien dan is hij het wel. Maar, hij is erg op zichzelf sinds zijn vader twee jaar geleden is overleden. Aron is de laatste Knutsen die hier nog gevestigd is. Hij heeft ook nog een zus, maar die woont ergens in het buitenland. Dat meisje heeft zichzelf altijd te goed voor ons gevonden.' Ebbe haalt met een afkeurend gezicht zijn neus op.

'Dus Aron is de man die ik moet hebben?' probeer ik Ebbe weer terug te brengen naar mijn oorspronkelijke vraag, voordat hij te veel gaat uitweiden over getroebleerde familiekwesties die me niet aangaan.

'Aron is de beste gids die je je kunt wensen, maar hij wil graag met rust worden gelaten dus in die zin geef ik je niet veel kans.'

'Maar ik kan het hem wel vragen, toch? Misschien vindt hij het juist wel hartstikke leuk om te vertellen hoe het is om hier te leven en me de plekken te laten zien die belangrijk voor hem zijn. Ik ben heel benieuwd. Waar kan ik hem vinden?'

'Nogmaals, ik geef je weinig kans, maar hij woont in een vissershuisje in het dorp. Ik zal het adres voor je opschrijven.' Hij krabbelt iets op het notitieblokje dat naast de map op tafel ligt.

'Helpt het als ik zeg dat ik zijn naam van u heb?'

'Doe maar niet. Ik heb er geen behoefte aan dat hij me de rest van het jaar met de nek aankijkt. Ik koop weleens koningskrab van hem voor de lokale specialiteitendiners die ik aanbied aan mijn gasten en ik ben er niet bij gebaat als mijn verhouding met hem verstoord wordt.'

'Oké, dan hou ik het wel vaag en zeg ik dat ik zijn naam in het dorp heb opgevangen.'

Ebbe trekt even een moeilijk gezicht en gaat dan weer over tot de orde van de dag. ‘Kan ik u noteren voor het diner vanavond?’

‘Doe maar,’ zeg ik om hem ter wille te zijn. ‘En voor het ontbijt morgenochtend ook graag. Ik ga morgen wel naar Honningsvåg voor wat boodschappen. Daar heb ik nu geen puf meer voor. Het was nogal een lange reis,’ licht ik toe.

‘Goed, dan laat ik u nu met rust en zie ik u later weer bij het diner. Er zullen nog meer gasten aanschuiven die vandaag zijn gearriveerd.’

Ik bedank hem en sluit de deur achter hem. Terwijl de thee die ik voor mezelf heb gezet afkoelt, haal ik al mijn fotoapparatuur, een harde schijf, een voorraadje SD-kaarten, een compacte laptop en wat kleren uit mijn tas en stal ze keurig uit op het bovenste stapelbed. Daarna maak ik snel het onderste bed op. Mijn thee is dan inmiddels voldoende afgekoeld en met een diepe zucht ga ik aan tafel zitten en sla ik mijn handen om de mok. Door het raam zie ik hoe de poolnacht een aparte blauwige gloed aan het schemerige landschap geeft. Het is een kleur die ik nog nooit eerder heb gezien en ik absorbeer hem met de ogen van een fotograaf, die altijd op zoek is naar het perfecte plaatje. Ik drink mijn thee vlug op en sprint met mijn camera naar buiten.

# 5

*Daar ben ik dan. Op de plek waar ik nooit meer zou terugkeren. Dat is wat ik mezelf beloofde toen ik hier voorgoed dacht weg te gaan. Voorgoed bestaat niet, dat blijkt maar weer. De sleutel draait soepel in het slot, alsof het huis al die tijd heeft gewacht op mijn terugkeer. Zodra ik de deur opendoe komt een zware muffe geur me tegemoet. Een geur die herinneringen triggert die zich maar niet laten begraven, hoezeer ik daar mijn best ook voor doe. Herinneringen waar sneeuw overheen ligt die maar blijft smelten. Genadeloos komt al die lelijkheid weer naar de oppervlakte, keer op keer. De drempel die voor me ligt lijkt met de seconde hoger te worden en ik dwing mezelf eroverheen te springen voordat het een te groot obstakel wordt. Eenmaal binnen ren ik langs alle ramen en zet ze als een bezetene open. De kou die daarmee binnenkomt neem ik voor lief, als die stank maar verdwijnt. Die stank die mijn longen vult en me belet te ademen.*

*Terwijl de ijzige wind zijn best doet de kwade geesten uit het huis te blazen, loop ik weer naar buiten met de grote mand die naast de houtkachel staat. Mijn snowboots zakken diep weg in de sneeuw als ik naar het schuurtje verderop loop. In de loop der jaren zijn er wat pannen van het dak gewaaid en de rode houten planken waar de buitenwanden mee zijn bekleed zijn vaal geworden. De deur hangt een beetje scheef in het kozijn en is niet op slot. Hij kraakt als ik hem opendoe. Mijn hand tast automatisch naar de lichtknop en het peertje dat aan het plafond hangt springt zowaar aan. Tot mijn opluchting zie ik dat het rek achterin nog voor de helft gevuld is met hout en dat het kurkdroog is. Ik laad mijn mand tot aan de rand vol met de gekloofde stukken. Daarna inspecteer ik de schuur pas. Ik ontdek een paar plekjes waar lekkage is geweest door de ontbrekende pannen. Ik zal het dak op moeten om dat te repareren. Het gros van het gereedschap is nog in redelijke conditie, constateer ik na een snelle check. Slechts één schep is zo verroest dat ik hem niet meer kan gebruiken. Het blad hangt bijna los aan de steel en zal zodra er druk op komt waarschijnlijk afbreken.*

*De deur klappert door een harde windvlaag. Het wordt steeds kouder en het is zaak dat ik de kachel zo snel mogelijk aansteek om het straks een beetje comfortabel te hebben. Ik pak de houtmand op. Het ding is bijna niet te tillen. Mijn spieren spannen zich tot het uiterste aan en ik trek mijn navel in om mijn rug zo veel mogelijk te ontlasten. Hijgend en puffend sleep ik het ding naar het huis. Er is wat verse sneeuw binnengewaaid door de open ramen die ik sluit om de kou niet verder toe te laten. Daarna stapel ik de houtblokken van dik naar dun kruislings in de kachel en leg er wat aanmaakhoutjes en een aanmaakblokje bovenop. Ik controleer of de luchttoevoer maximaal openstaat en houd een vlam bij het aanmaakblokje. Het begint vrijwel meteen te branden. Gehypnotiseerd kijk ik naar het vuur dat zich langzaam van boven naar beneden door het hout begint te vreten. De vlammen zijn mooi geel, wat wijst op een goede verbranding. Ik koester me even in de hitte die van de kachel afkomt voordat ik alle binnendeuren openzet zodat de warmte zich door het hele huis kan gaan verspreiden.*

*De rust die ik even voelde verdwijnt alweer snel. In dit huis, op deze plek zijn, valt me nog zwaarder dan ik dacht. Ik moet iets doen om de onrust die zich opstapelt in mijn lijf een uit-*

*weg te bieden. Ik trotseer de kou, loop terug naar de schuur, pak een kruiwagen en een bijl en loop richting het bos. Houthakken was vroeger altijd een goede manier om me af te reageren en weer rustig te worden. Ik heb het al veel te lang niet gedaan, maar ik ben het vast niet verleerd. Ik slik als ik de vlaggenmast zie staan. De Noorse vlag is na al die jaren gereduceerd tot niet meer dan een strookje stof, een wimpel, maar de mast zelf staat nog fier overeind. Iedereen die de vlag ooit heeft gezien zal hem opvatten als een chauvinistisch symbool, een eerbetoon aan mijn land. Niets is minder waar. Het is een dekmantel. Een merkteken van een plek die ik moet mijden. Er ligt iets begraven wat door een dikke laag aarde en sneeuw gevangen wordt gehouden in de onderwereld. Ik dacht dat ik dit geheim in mezelf ook goed had begraven, maar nu ik hier weer ben en die mast zie staan kom ik tot het besef dat dit allesbehalve waar is.*

# 6

De ochtend is ijskoud en de wind fluit om mijn oren terwijl ik het laatste stukje naar het huis van Aron Knutsen loop. Ik probeer de zoveelste geeuw te onderdrukken sinds ik wakker ben. Het gebrek aan daglicht doet iets met mijn lijf dat maar niet uit de slaapstand wil komen. Zelfs de bijtende kou frist me niet op. Mijn ogen lopen vol met tranen en ik wrijf ze weg met mijn handschoen zodat mijn wimpers niet bevriezen. Dikke natte vlokken dalen op me neer. Eentje landt er op het puntje van mijn neus en ik trek mijn sjaal wat hoger op. Rotsachtige bergen steken donker af tegen de schemerlucht. Ze zijn indrukwekkend in hun robuuste ondoordringbaarheid.

Om wat op te warmen verhoog ik mijn tempo. Het uitgebreide ontbijt en de koffie en thee die Ebbe me heeft voorgezet klotsen in mijn maag en mijn linkerzij begint te steken bij elke inademing. Zelfs zo erg dat ik even stil moet staan om op adem te komen. De pijn verbijtend neem ik de omgeving in me op en zie tot mijn opluchting een huisje dat is opgetrokken uit hetzelfde rode hout als mijn cottage. Dat moet het huis van Aron zijn. Ik spreek mezelf streng toe en loop verder. Mijn voeten zakken een stukje weg in de verse sneeuw als ik weer op gang kom. Het pad naar Arons huis is gelukkig sneeuwvrij gemaakt. Een paar meter van het huis vandaan ligt een husky met een ketting aan een paal gebonden voor een hondenhok. Hij kijkt me strak aan met zijn intens blauwe ogen en staat op als ik richting de voordeur loop. Geschrokken blijf ik staan als er een diepe grom uit zijn keel komt, gevolgd door een hoge blaf. Ik probeer in te schatten of zijn ketting lang genoeg is om bij me te komen en zet automatisch een stap opzij. 'Goed volk,' murmel ik, maar daar trekt de hond zich natuurlijk niets van aan. Voor hem ben ik een indringer die hier niks te zoeken heeft. Het geblaf wordt harder en ik blijf verstijfd staan.

Ik ben zo gefocust op de hond dat ik niet merk dat de deur van het huisje opengaat totdat een mannenstem een paar Noorse woorden schreeuwt die klinken als commando's. De hond is meteen stil en ik kijk geschrokken waar het barse stemgeluid vandaan komt. Tegen de deurpost leunt een grote man met schouderlang blond haar en een ruig blond met grijs stoppelbaardje. Hij draagt een zwarte wollen trui met een ingewikkeld grijs-rood patroon en een zwarte broek die de dikte heeft van een skibroek. Aan zijn voeten heeft hij donkere snowboots. Zijn ogen zijn bijna net zo felblauw als die van zijn husky en hij kijkt me minstens zo vijandig aan. '*Hi, I'm Rianne*,' zeg ik overdreven vrolijk in de hoop hem wat te ontdooien. '*You're Aron, right?*' Hij blijft me strak aankijken, maar geeft geen antwoord op mijn vraag. Ik zet een stap in zijn richting en meteen klinkt er weer waarschuwend gegrom uit de keel van de husky.

'Lasse!' corrigeert de man zijn hond en het beest gaat gedwee liggen.

'Ik ben dus Rianne en ik wil u graag wat vragen,' doe ik een nieuwe poging om een gesprek aan te knopen. De man maakt een wenkgebaar met zijn hand dat ik dichterbij mag komen. Ik haast me langs de hond heen en verwacht elk moment gebeten te worden, maar het beest blijft roerloos liggen.

‘Wat kom je doen, Rianne?’ vraagt de man als ik zo dicht bij hem sta dat ik hem aan kan raken.

‘Mag ik misschien eerst binnenkomen? Ik heb het nogal koud.’

De man maakt zich breed en blokkeert de ingang van zijn huis.

‘Oké, dan niet,’ mompel ik gefrustreerd in het Nederlands voor ik nog een poging doe. ‘Ik ben een Nederlandse fotograaf en ik maak een reportage voor een magazine over het gebied rond de Noordkaap en ik heb in het dorp wat rondgevraagd of er een goede gids is die me mee kan nemen naar wat speciale plekjes. De naam Aron werd steeds genoemd. Dat bent u toch?’

‘Ja, ik ben Aron, en nee, ik ben geen gids, dus je kunt weer gaan.’

‘Ik betaal u uiteraard voor uw diensten. U zou me echt heel erg helpen…’

‘Nee zeg ik toch. Ik heb geen tijd voor die onzin.’ Hij draait zich om en slaat de deur met een klap in mijn gezicht dicht. Achter me hoor ik de husky weer dreigend grommen. Ik bal mijn vuist en bonk een paar keer op de deur. Ik klappertand inmiddels van de kou maar toch blijf ik wachten. Er wordt niet opengedaan. Als een tweede roffel op de deur ook niet wordt beantwoord zit er niets anders op dan te vertrekken. Hoewel Ebbe me al gewaarschuwd had ben ik toch behoorlijk teleurgesteld. Ik was er zeker van dat ik Aron wel zou kunnen overtuigen met wat vrouwelijke charmes en een enthousiast verhaal, maar deze man lijkt hier totaal ongevoelig voor te zijn. Sterker nog, hij heeft me niet eens de kans gegeven om mijn verhaal fatsoenlijk te doen of een paar keer lief naar hem te lachen. Ik ben zijn drempel niet eens over gekomen.

Met tegenzin loop ik steeds verder bij Arons huis vandaan en als ik nog eens omkijk zie ik dat dikke sneeuwvlokken hard hun best doen om mijn voetsporen uit te wissen. Binnen afzienbare tijd zal er niets meer van te zien zijn en is het alsof ik hier nooit ben geweest.

# 7

Ik heb de kater na mijn ochtendbezoekje aan Aron verwerkt met een warme douche in het servicegebouw van de camping. Ebbe heeft voor me geregeld dat ik vanavond nog meekan met een snowscooterexpeditie naar het Noordkaap-plateau. Het is inclusief een overnachting op de Noordkaap. Tijdens de tocht en de nacht zou het toch moeten lukken om het noorderlicht te fotograferen. Vanavond om zeven uur moet ik me melden bij hotel Scandic Bryggen in Honningsvåg. Vanaf die plek zal de tocht worden aangevangen. Het grootste gedeelte van de middag heb ik mezelf vermaakt met het nemen van foto's van Skarsvåg. Vooral de rode vissershuisjes in het ruige besneeuwde landschap hebben al een paar prachtige plaatjes opgeleverd. De mooiste heb ik summier bewerkt en als voorproefje naar Marloes gestuurd. Het heeft me een smiley en een opgestoken duimpje opgeleverd, wat voor Marloes heel positief is. Een andere goed gelukte foto die ik heb gemaakt van het meer van Storvatnet waar mijn camping aan ligt, heb ik nog even achtergehouden omdat ik niet meer genoeg tijd heb om hem te bewerken voordat ik naar Honningsvåg afreis. Ik heb de foto genomen tijdens de schemering die ongeveer vier uur per dag boven dit stuk land hangt voordat alles weer donker wordt. Tijdens de uren schemering hing er een blauwige gloed over het landschap die ik nog nooit ergens anders heb gezien. Het is me gelukt om die uiteindelijk zo natuurgetrouw mogelijk met mijn camera te vangen.

Mijn camera stel ik alvast in voor het vastleggen van het noorderlicht. De lucht is op dit moment wolkeloos, dus ik zet de lichtgevoeligheid (ISO-waarde) op 1.600. Mocht de lucht toch nog bewolkt worden dan kan ik ter plekke de ISO-waarde nog ophogen. Daarna regel ik de sluitertijd en het diafragma. Mijn hoofdlamp, uitschuifbaar statief en de zelfontspanner zitten al in mijn rugzak en ik heb twee reservebatterijen klaarliggen die ik straks in mijn bh schuif om ze met mijn lichaamswarmte en dikke kledinglaag te beschermen tegen de kou. De batterij die nu in mijn camera zit is volledig opgeladen maar zal door de kou sneller leeglopen dan normaal. Ik kan het risico niet nemen dat hij het niet de hele tocht volhoudt. Daarna pak ik de tweede camera die ik heb meegenomen. Ik heb hem oorspronkelijk meegenomen als reservecamera, omdat ik niet graag iets aan het toeval overlaat. Maar voor de onverwachtse scootertocht die ik straks ga maken komt hij heel goed van pas. Tijdens mijn tocht wil ik hem om mijn nek hangen om snel iets bij de hand te hebben als ik foto's wil maken.

Ik check nogmaals mijn uitrusting voordat ik mijn rugzak dichtdoe en controleer of mijn rijbewijs nog in het documentenmapje in de binnenzak van mijn jas zit. De bus naar Honningsvåg vertrekt over een kwartier en zal er ongeveer een halfuur over doen. Ik zal uiteindelijk bijna twee uur te vroeg bij het hotel aankomen, maar dat biedt me ruimte om nog even op mijn gemak een fatsoenlijke maaltijd te eten voordat de expeditie begint. Ik stop mijn reservecamera in de waterdichte beschermhoes die ik speciaal voor deze reis heb gekocht en hang hem om mijn nek. De camera waar ik het noorderlicht mee ga fotograferen zit in zo'n zelfde hoes in mijn rugzak. Ik kijk op mijn horloge en zie dat ik moet gaan rennen om de bus niet te missen. Ik stop nog vlug een paar energierepen in mijn jaszak, hijs mijn rugzak op mijn schouders en vertrek. De bus wil net zijn deuren sluiten als ik hijgend aan kom rennen. Met wilde armbewegingen probeer ik de aandacht van de chauffeur te vangen. Gelukkig valt mijn kleurige outfit op in de witte sneeuw en blijft hij wachten totdat ik gehaast zijn bus in struikel. Hij wacht keurig totdat ik een zitplaats heb gevonden in de volle bus en rijdt dan pas weg. Dat heb ik in Amsterdam wel anders meegemaakt. Daar zijn de chauffeurs altijd gehaast en schuift regelmatig een deur voor je neus dicht. Ik zwaai dankbaar naar de chauffeur en hij steekt lachend zijn duim in de lucht. Ik zet de rugzak klem tussen mijn voeten en laat me achterovervallen tegen de rugleuning van mijn stoel terwijl ik probeer op adem te komen. Weer valt het me op hoe moe ik ben sinds ik in het noordelijkste stukje van Noorwegen ben. Mijn bioritme heeft duidelijk te lijden onder het gebrek aan daglicht. Ik zou er eerlijk gezegd niet aan moeten denken om op een plek te wonen waar de duisternis een paar maanden per jaar regeert en ook die kou kan me nu al gestolen worden. Gelukkig is de buschauffeur niet zuinig met de verwarming. Door de aangename warmte en het zachte geschommel van de rijdende bus word ik zo loom dat ik even indommel.

Het hotel waar ik moet zijn ligt aan de haven van Honningsvåg en ik blijf even staan kijken naar een enorm cruiseschip dat net heeft aangemeerd. Verderop dobberen talloze vissersbootjes. De verlichting die in de haven en in het dorpje ruimschoots aanwezig is, straalt op verschillende plekken goudgeel uit op de witte sneeuw en flonkert in het water. Het geeft een ongelofelijk knusse sfeer die me ondanks de kou vanbinnen verwarmt. Achter me ligt het hotel waar met grote witte neonletters in een rode omlijsting het woord 'Scandic' aan de zijgevel hangt. Het hotel zelf is wit en behoorlijk groot, waardoor het de kneuterige uitstraling mist en steriel oogt. Het doet me eerder aan een ziekenhuis dan aan een hotel denken. Waar de vissershuisjes in Skarsvåg opvallend rood zijn en het landschap weidsheid uitstraalt, zie ik hier veel huizen en gebouwen die hutjemutje tegen elkaar zijn gebouwd met witte of lichte tinten. Echt in het oog springende felle kleuren zijn hier wel, maar duidelijk in de minderheid. Nu snap ik ook waarom Marloes hier geen hotelletje voor me heeft geboekt. Hoewel Honningsvåg veel meer bezienswaardigheden en winkeltjes heeft, is het ook minder authentiek dan Skarsvåg.

Door de sfeerloze look van het hotel besluit ik in een nabijgelegen restaurantje te gaan eten. Mijn keuze valt op Corner Spiseri en ik kies een tweepersoonstafeltje met uitkijk op de haven. Een vrouw met blonde vlechten komt me vrijwel meteen een menukaart brengen en vraagt wat ik wil drinken. Het is verleidelijk om een glaasje van het in Noorwegen populaire *akevitt* te bestellen, maar gezien het alcoholpercentage en het feit dat ik vanavond nog een sneeuwscooter moet besturen, houd ik het toch maar bij een glas kraanwater. In mijn cottage heb ik al ervaren dat het kraanwater hier veel lekkerder smaakt dan in Nederland. Terwijl mijn drankje wordt gehaald laat ik mijn ogen over de menukaart gaan. Vlees, vis, pizza en hamburgers voeren de boventoon. Ik besluit te gaan voor een romige vissoep vooraf en een stuk zalm met limoensaus, gestoomde groente en rijst als hoofdgerecht. Ik geef mijn keuzes door aan de serveerder en terwijl ik wacht op mijn eten begint het restaurant langzaam vol te stromen met mensen die van het zojuist aangelegde cruiseschip komen. Ik ben blij dat ik de drukte net voor ben met mijn bestelling en niet in een wachtrij beland die er alsnog voor zorgt dat ik te laat kom in het hotel.

De serveerder komt al snel terug met een glas water en mijn heerlijk ruikende soep. Ik pak een stuk brood uit het mandje dat erbij is geserveerd en doop het in de soep. Als ik een hap neem sluit ik mijn ogen even om ten volle te genieten van de smaaksensatie. In één woord zalig! Ik heb in mijn leven al flink wat vissoep gegeten maar deze staat duidelijk op de eerste plek. Op mijn gemakje lepel ik de kom leeg en leun voldaan achterover op mijn stoel. De soep heeft me vanbinnen helemaal verwarmd en ik geniet even van het moment. Ik zal die warmte hard nodig hebben als ik straks de kou weer in ga.

De serveerder loopt langs mijn tafeltje om de lege kom op te halen als ze een paar drankbestellingen van de andere gasten heeft opgenomen. Ik vraag haar mijn complimenten voor de soep over te brengen aan de kok en dat levert me een grote glimlach op.

'Ik kom zo terug met uw hoofdgerecht.'

'Fijn, want ik heb een beetje haast. Ik moet om zeven uur in het Scandic zijn voor de middernachtexpeditie naar de Noordkaap.'

'O, dat gaat u geweldig vinden,' reageert ze enthousiast. '*Once in a lifetime experience*.'

'Ik hoop het noorderlicht te kunnen fotograferen.'

'Dan ga ik voor u duimen dat het helder blijft. Het weer is de laatste tijd nogal wispelturig en kan in één keer omslaan. Op dit moment is de lucht nog vrijwel wolkeloos, maar of het zo blijft? Ik weet het niet.' Ze kijkt met een zorgelijk gezicht door het raam naar buiten.

'Het komt vast goed,' zeg ik optimistischer dan ik me voel, terwijl de zenuwen zich vastzetten in mijn buik. Een goede foto van het noorderlicht is echt een must voor deze opdracht. Wat als het door omstandigheden die buiten mijzelf om liggen niet lukt? Marloes staat niet bepaald bekend om haar flexibiliteit en aanpassingsvermogen. Als deze opdracht niet slaagt dan kan ik niet alleen toekomstige klussen voor *Tripping* op mijn buik schrijven, maar is de kans ook groot dat ze ervoor zorgt dat mijn reputatie naar de knoppen gaat. Ik haat het dat die vrouw zoveel macht heeft dat ze in staat is om een carrière te maken of te breken. Het enige wat ik kan doen, is haar omverblazen met mijn werk. *Lekker bezig*, spreek ik mezelf toe. *Je hebt de druk nog even goed opgevoerd voor jezelf.* De serveerder is inmiddels gearriveerd met mijn bord zalm en ik stort me op het eten dat net als de vissoep verrukkelijk is.

# 8

De motor van mijn sneeuwscooter draait inmiddels stationair, maar ik zit nog wat ongemakkelijk. Ik heb alle instructies van expeditieleider Brokk zo goed mogelijk in mijn oren geknoopt en hoop dat ik het allemaal kan onthouden. Er doen nog veertien mensen mee aan de tocht en we zijn verdeeld over tien scooters. Een paar oudere echtparen die van het cruiseschip komen dat voor een paar dagen in Honningsvåg is aangemeerd, zijn samen op een scooter gezet. Ik heb ervoor gekozen om solo te gaan. Al mijn kostbare fotoapparatuur zit in de koffer achter op de scooter, dus er was best nog ruimte voor een tweede persoon, maar ik houd er niet van om dicht tegen mensen aan te zitten die ik niet ken. Van het idee dat iemand de hele tocht tegen mijn rug aangeplakt zit, krijg ik het benauwd. Bovendien wil ik de vrijheid hebben om onderweg spontaan foto's te maken zonder dat ik een bijrijder eerst zover moet zien te krijgen om af te stappen. De fotomomenten die Brokk tijdens de rit heeft ingepland zijn misschien niet genoeg om mij van bruikbaar materiaal te voorzien.

Ik wiebel nog maar eens met mijn tenen om de bloedtoevoer op gang te houden en klem mijn handen nog steviger om het stuur om de grip van mijn handschoenen te testen. Aan de buitenkant zijn ze van wol en aan de binnenkant zit fleece. Toen ik mijn bedenkingen uitsprak tegen Rodney toen hij met deze handschoenen aan kwam zetten, wist hij die meteen te verwerpen. 'De gouden regel is dat als het je lukt om je veters ermee te strikken, ze ook geschikt zijn om er een fotocamera mee te bedienen. Trek ze maar aan en probeer het maar,' zei hij terwijl hij naar mijn schoenen keek. En hij had gelijk. Het lukte om mijn veters te strikken en de handschoenen waren thuis in elk geval geen belemmering om mijn camera te bedienen.

Ongeduldig wacht ik op Brokks teken dat we mogen gaan rijden. Ik wil op pad! Hij heeft ons meegenomen naar een grote open vlakte waar alle chauffeurs een stukje kunnen proefrijden voordat de echte tour aanvangt. De wind is nog wat verder aangetrokken en wederom ben ik Rodney dankbaar dat hij me heeft overtuigd van het belang van de juiste kleding bij dit soort ijzige temperaturen.

'*Okay, guys, release the monsters*,' schreeuwt Brokk boven het geluid van de motoren uit. Hij heeft het nog niet uitgesproken of de scooter naast me spuit weg, een spoor van opspattende sneeuw achter zich aan slepend. Ik ga zelf wat voorzichtiger te werk en laat het gas langzaam opkomen om wat gevoel met mijn scooter te krijgen. Pas als ik merk dat het ding heel stabiel in de sneeuw ligt durf ik echt snelheid te maken. De wind suist langs mijn hoofd en ik ben blij dat ik mijn lenzen in heb. Mijn bril zou door de condens van mijn ademhaling meteen beslaan en bevriezen. Met grote snelheid over de witte vlakte rijden geeft me het ultieme gevoel van vrijheid dat ik vroeger kreeg als ik met een paard door de branding galoppeerde. De adrenaline pompt door mijn lijf en als ik hier alleen was dan zou ik de hele boel bij elkaar schreeuwen om alle opgebouwde spanning van de laatste tijd er in één keer uit te gooien. Maar nu houd ik me in, maak een scherpe bocht zonder veel gas terug te nemen en race weer terug naar het beginpunt waar Brokk staat te wachten. Pas als ik stilsta en weer een beetje op adem ben gekomen merk ik hoeveel kou het scheelt dat ik de wind nu in mijn rug heb. Als ook de laatste scooter terug is van zijn proefrondje stellen we ons op rond Brokk die in vloeiend Engels nog wat laatste instructies met ons doorneemt: 'Beste mensen, we gaan zo vertrekken. Ik ga voorop en jullie rijden in kolonne achter me aan. Zorg dat je steeds voldoende aansluiting houdt met je voorganger, zodat we zo goed mogelijk bij elkaar blijven. Natuurlijk zal ik regelmatig checken of iedereen het goed kan bijhouden, maar ik heb helaas geen ogen in mijn rug. Ik vraag dus ook een beetje eigen verantwoordelijkheid van jullie. Als er onderweg iets is, maak je dan los uit de kolonne en rij dan langs de linkerkant van de rij naar voren om me een seintje te geven. Maar niet voor elk wissewasje, alleen als het echt belangrijk is. We rijden de tocht in een aantal tijdsblokken. Na elk blok houden we even stil voor een warm drankje dat je bij mij kunt halen en dan is er meteen ook gelegenheid voor de fotografen onder ons om wat beelden te schieten.'

'Wanneer komt het noorderlicht?' vraagt iemand.

'Als het komt zal het waarschijnlijk rond middernacht zijn.'

'Als?'

'Ik zou willen dat ik daarvoor op een knopje kon drukken, maar zo werkt het helaas niet,' antwoordt Brokk. 'De natuur laat zich niet voorspellen. Ik heb het zelden meegemaakt dat het noorderlicht zich niet liet zien en geloof me, ik doe deze expedities al heel wat jaartjes, maar het kan gebeuren dat we pech hebben.' Hij kijkt omhoog naar de sterrenlucht die zo helder fonkelt dat het lijkt alsof er handen vol vuurvliegjes tegenaan zijn gegooid. 'We moeten het noorden goed in de gaten houden. Het noorderlicht zal daar in eerste instantie laag aan de horizon verschijnen en daarna hoger aan de hemel te zien zijn. Als we geluk hebben zien we het uiteindelijk aan de hele hemel. Geloof me, dat is een schouwspel dat je je hele leven niet meer vergeet. In dat kader nog een laatste tip voordat we gaan rijden: maak foto's maar probeer er ook gewoon live van te genieten. Achter je camera ervaar je het magische gevoel van dit prachtige natuurverschijnsel toch een stuk minder intens en dat zou zonde zijn. Goed, iemand nog vragen?'

Hoofden schudden nee en het blijft stil. 'Mooi. Dan noem ik nu de volgorde op van de rij die we gaan vormen. Zoals ik al zei rij ik voorop en de eerste scooter achter mij wordt bestuurd door Logan Wilson.'

Mijn naam wordt als laatste genoemd en ik ben blij met mijn positie als hekkensluiter. Het geeft me de vrijheid om te stoppen, mocht ik onderweg iets zien wat een mooi plaatje oplevert voor mijn reportage. De kans dat iemand merkt dat ik even achterblijf schat ik niet heel hoog in. Mijn directe voorgangers zijn een ouder echtpaar dat volgens mij niet veel oog voor de achterhoede zal hebben. Ze vinden het berijden van de scooter zichtbaar spannend en geven de indruk dat ze alles op alles moeten zetten om de controle over hun scooter te houden. Ik vraag me zelfs af of het wel verantwoord is om ze mee te laten gaan, maar die gedachte laat ik weer los, dat is niet mijn verantwoordelijkheid. In de voorhoede zie ik Brokk op zijn eigen scooter stappen. Hij rijdt een stukje vooruit zodat we de ruimte hebben om ons plekje in de rij achter hem in te nemen. Als iedereen zijn positie heeft ingenomen rijdt hij nog een rondje om ons heen voor een laatste check. Als hij de koppositie weer heeft ingenomen steekt hij zijn arm in de lucht ten teken dat we achter hem aan mogen rijden. Het echtpaar voor me komt hortend en stotend op gang en ik wacht even tot ze de schwung te pakken hebben. Ik controleer voor de laatste keer of mijn camera stevig om mijn nek hangt en of de beschermhoes goed dichtzit voor ik gas geef. We zijn los!

# 9

Het is vlak voor middernacht als ik met mijn scooter de Noordkaap op rijd. De tocht was prachtig, maar van mijn voornemen om af en toe wat stops te maken voor idyllische foto's is weinig terechtgekomen. Brokk hield het tempo er goed in omdat hij zijn strakke tijdschema niet los wilde laten. De enige keer dat ik gestopt ben om een foto te maken van een eland raakte ik zo ver achter dat ik de groep bijna uit het oog verloor. Tijd om goed te kijken wat de mooiste compositie opleverde en om de beste instellingen te kiezen was er dus niet echt. Laten we het er maar op houden dat de foto die ik heb gemaakt niet de beste uit mijn carrière was. Ook geen goed plan was het risico lopen om de groep kwijt te raken en te verdwalen. Met mijn survivalskills zou ik het in deze kou niet lang overleven. Ik heb best wat in tentjes in de natuur gekampeerd om vroege vogels en andere beesten vast te leggen, maar dat was altijd bij temperaturen ruim boven nul. De min vijftien die hier wordt aangetikt is echt van een andere orde. Ik zie mezelf niet in de voetsporen treden van de zeventienjarige Canadese jongen die in 2021 vermist raakte tijdens een sneeuwscootertocht en een nacht overleefde in een zelf gegraven sneeuwgrot. Na het elanddebacle durfde ik geen eigen fotostops meer in te lassen en de momenten waarop Brokk ons even pauze gunde verliepen zo chaotisch dat ik ook toen niet mijn ding kon doen. Uiteindelijk zat er niets anders op dan mijn hoop op een paar mooie foto's maar volledig op de Noordkaap te richten.

Voordat ik van mijn scooter stap en hem op aanwijzingen van Brokk bij de Nordkapphallen parkeer, kijk ik met een schuin oog naar de lucht. Nog geen spoor te zien van het noorderlicht. De sterren zijn ten opzichte van ons vertrek ook minder fel geworden door wat opkomende bewolking. Ik heb Brokk ook al een paar keer fronsend omhoog zien kijken. Ik pak mijn rugzak uit de koffer en hijs hem op mijn rug voordat ik me bij de andere deelnemers voeg die verwachtingsvol om Brokk heen staan. Onze expeditieleider houdt inmiddels twee flessen champagne in de lucht. 'Mensen, van harte welkom op het noordelijkste puntje van Europa!' zegt hij enthousiast. 'Voordat we naar de beroemde Nordkapp Globe lopen wil ik eerst een glaasje champagne met jullie drinken. Het is een oude traditie die we hier graag in ere houden.' Om me heen klinkt goedkeurend gemompel. Brokk laat de kurken knallen en heft zijn glas nadat hij ons allemaal van een bubbel heeft voorzien. De champagne smaakt heerlijk maar de eerlijkheid gebiedt me te zeggen dat ik liever een kop warme chocomel had gehad. Ik heb het inmiddels zo koud gekregen dat ik betwijfel of ik ooit nog warm word. De Schotse Logan heeft zijn glas als eerste leeg en kijkt verlangend naar het mijne. Na een paar bescheiden slokjes bied ik hem mijn glas aan dat hij dankbaar in ontvangst neemt. Als alle lege glazen zijn verzameld neemt Brokk het woord weer: 'Hoe gaat het met de kou, mensen? Houden we het nog een beetje vol?'

Iedereen knikt bevestigend, maar ik heb het vermoeden dat ze zich net als ik niet willen laten kennen. Mijn voeten zijn zo koud dat ik ze bijna niet meer voel en ik hups wat heen en weer om de doorstroming een beetje op gang te houden.

'Mochten jullie toch even een beetje willen opwarmen dan kunnen we ook in de Nordkapphallen gaan staan.' Hij wijst naar het drie verdiepingen tellende glazen gebouw dat is gebouwd als uitzichtpunt voor toeristen. Het bevat onder andere een museum, winkels, een restaurant en een postkantoor. 'Zodra het noorderlicht verschijnt gaan we dan naar buiten om foto's te maken bij de globe. Aangezien we hier slapen, hebben we de hele nacht de tijd. In het restaurant staat trouwens warme soep met brood klaar voor de liefhebbers. Laten we hoe dan ook alvast een groepsfoto maken als herinnering voor later. Als jullie even wat dichter bij elkaar gaan staan.' Brokk pakt zijn telefoon en geeft met zijn linkerhand aan dat we nog wat moeten inschikken om allemaal in beeld te komen. Na een paar minuten knikt hij tevreden. Terwijl hij zijn telefoon weer opbergt klinkt er achter mij een enthousiaste kreet. Automatisch kijk ik naar de lucht en laag aan de horizon beginnen blauwgroene flarden te ontstaan. Ik vergeet dat ik het koud heb en ren zonder na te denken naar de wereldbol die al sinds 1978 het belangrijkste symbool van de Noordkaap is. Die soep waar ik net nog zo'n zin in had kan me gestolen worden. De ultieme foto heb ik al duidelijk voor ogen. Ik neem de wereldbol als oriëntatiepunt zodat de foto meer diepte krijgt en fotografeer het noorderlicht erdoorheen.

Ik zet mijn hoofdlamp op, pak mijn statief uit mijn rugzak en schuif het maximaal uit. Pas als ik mezelf ervan verzekerd heb dat het statief stabiel staat bevestig ik mijn camera eraan. De afstand is de enige instelling die ik vanmiddag in het chalet nog niet had voorbereid. Ik stel hem in op oneindig en koppel tot slot de draadontspanner aan de camera. Dan loop ik zo ver als de draadontspanner het toestaat bij mijn camera vandaan om te voorkomen dat de condens van mijn ademhaling neerslaat op mijn lens en er meteen op vastvriest. Terwijl ik in mijn hoofd een schietgebedje doe, druk ik op de grote knop voor de eerste foto.

# 10

Met een tas vol boodschappen uit de supermarkt in Honningsvåg en mijn volgepakte rugzak op mijn rug, sjok ik langs het meer van Storvatnet richting mijn cottage. De bus die me hier heeft afgezet is net weggereden. De wereld om me heen is grauw en het is net weer begonnen met sneeuwen. Ik onderdruk een gaap, want ik heb vannacht geen oog dichtgedaan. De overnachting op de Noordkaap was uiteindelijk een wake. Ik ben de hele nacht in de weer geweest om het noorderlicht te fotograferen dat in grillige flarden de lucht kleurde maar geen enkel moment de volledige hemel in beslag nam. Wind, sneeuw en uiteindelijk zelfs mist maakten het nog eens extra moeilijk. Zoals Brokk al zei: 'De natuur laat zich niet voorspellen.' Ik vraag me serieus even af of de kou die zich vannacht diep in mijn botten heeft vastgezet er ooit nog uit gaat. *Doe niet zo dramatisch*, corrigeer ik mezelf vrijwel meteen. *Hoe meer je focust op die kou, hoe meer je hem voelt. Even flink warm douchen en dan in je warme cottage je foto's uploaden op je laptop.* Bij de gedachte aan het bekijken van mijn foto's stroomt er toch weer wat energie door mijn lijf. Ik ben razend benieuwd of er een paar plaatjes tussen zitten die met wat extra nabewerking toch aan de verwachtingen van Marloes voldoen. De mogelijkheid dat ik nog een keer terug moet naar de Noordkaap met de hoop op beter resultaat, ban ik maar even uit mijn hoofd.

Ik loop verder en duik dieper weg in mijn sjaal als het harder begint te sneeuwen. Dikke vlokken waaien in mijn gezicht en proberen onder mijn kleding te komen. Heel vaag achter me hoor ik iemand mijn naam roepen, maar het is zo zacht dat ik niet eens de moeite neem om me om te draaien. Het zal wel verbeelding zijn, op Ebbe na kent niemand me hier verder op de camping. En Ebbe staat binnen in zijn winkeltje rond deze tijd. Weer hoor ik mijn naam. Deze keer dichterbij en harder. Nu kan ik het niet meer negeren en nieuwsgierig draai ik me om. Tot mijn verbazing zie ik een man op me af komen rennen. Hij draagt een met bont gevoerde pilotenmuts met oorflappen waar blonde haarlokken onderuit komen. Ik sta stil en wacht tot de man hijgend voor me staat. 'Aron?' zeg ik terwijl ik hem vragend aankijk.

'Ja, uhm, Rianne. Hi.'

'Hi,' beantwoord ik zijn groet.

'Ik ben je een excuus verschuldigd.'

Ik trek mijn wenkbrauwen op.

'Ik had wel wat vriendelijker kunnen doen gisteren. Je kwam op een slecht moment en nou ja. Wat ik wil zeggen. Ik heb er een nachtje over geslapen en ik wil je best wat vertellen over de omgeving hier. Als je dat nog wilt, tenminste.'

'Graag!'

'Excuses aanvaard dus?'

'Jazeker, *let's shake hands*,' zeg ik terwijl ik hem mijn gehandschoende hand toesteek. Hij tikt tegen mijn hand aan maar pakt hem niet vast. Ik wacht op een concreet voorstel van zijn kant, maar het blijft stil. Qua sociale vaardigheden kan Aron nog wel een lesje gebruiken. 'Vanavond samen een drankje doen?' neem ik dan maar het initiatief.

Hij schudt zijn hoofd. 'We gaan eten.'

'Ook prima. Waar en hoe laat wil je afspreken?'

'Ik kom je wel halen hier. Vier uur.'

'Oké, dan zorg ik dat ik klaarsta.'

Aron knikt en wil weglopen, maar ik houd hem tegen. 'Laten we even telefoonnummers uitwisselen.'

'Waarom?'

'Nou, voor als er onverwachts wat tussenkomt of zo. Dat we elkaar kunnen bereiken.'

'Niet nodig. Ik weet jouw cottage te vinden en jij mijn huis.' Hij draait zich weer om en vertrekt gehaast, alsof hij bang is dat ik hem weer probeer tegen te houden. Zijn gevoerde laarzen laten een kaarsrecht spoor achter in de sneeuw. Ik haal mijn schouders op en vervolg mijn eigen weg. Eenmaal binnen in mijn cottage zet ik de boodschappen op de grond en gooi ik eerst de zware rugzak van me af. Ik haal mijn camera's eruit en leg ze in een afgesloten cameratas op mijn bed neer zodat ze rustig op temperatuur kunnen komen en er geen condensvorming ontstaat in de behuizing die mijn apparatuur ernstig kan beschadigen. Pas daarna richt ik me op het wegruimen van mijn boodschappen. Ik heb wat *loff* (witbrood) gekocht, en twee verschillende bruine broden. Verder yoghurt, muesli, eieren, jam, pindakaas, bananen, oploskoffie en de traditionele bruine geitenkaas *brunost* en *flatbrød* zodat ik kan ontbijten en lunchen op een tijd die ik prettig vind. Voor de zekerheid heb ik ook nog wat aardappels, gehaktballen en sperzieboontjes ingeslagen zodat ik zelf een warme maaltijd kan bereiden. Elke avond uit eten is me echt te prijzig en de warme maaltijd wordt hier veel te vroeg naar mijn zin geserveerd. In plaats van drie maaltijden, gebruiken ze er hier vier per dag en op andere tijden dan we in Nederland gewend zijn. Het ontbijt vindt 's ochtends tussen zes en acht plaats, de lunch tussen halfelf en twaalf en de warme maaltijd met de naam *middag* tussen vier en vijf. De vierde maaltijd die *kveldsmat* wordt genoemd, staat gepland tussen acht en negen 's avonds en is eigenlijk een herhaling van het ontbijt. Vandaag maak ik een uitzondering voor Aron, maar daarna ga ik proberen mijn eigen eetritme weer op te pakken, dat bevalt me een stuk beter.

Aron, ik weet nog steeds niet wat ik van hem moet denken. Toen ik gisteren onverwachts aan zijn deur stond was hij nors, stug en zelfverzekerd. Toen hij net voor me stond en zijn excuses maakte was hij bij vlagen onzeker en onbeholpen, maar uiteindelijk nog steeds niet echt vriendelijk. De uitnodiging voor het etentje klonk meer als een moetje om zijn eerdere gedrag te compenseren dan dat hij er echt zin in leek te hebben. Zijn terughoudendheid om mijn uitgestoken hand te pakken en zijn resolute weigering om telefoonnummers uit te wisselen wijzen erop dat hij vooral afstand wil houden. Maar toch is er iets in hem wat me aantrekt. Ik voelde het gisteren en vandaag weer. Misschien is het wel herkenning. De muur die hij rond zichzelf heeft opgetrokken herken ik. Het gas geven en meteen weer remmen in het contact met mensen is me ook niet vreemd. Ik heb genoeg redenen om mensen niet te vertrouwen, geldt dat ook voor hem? Is deze man net als ik diep vanbinnen beschadigd? Ik beeld me niet in dat hij me tijdens het etentje zijn levensverhaal zal vertellen, en ben al blij als hij me kan helpen om mijn opdracht voor *Tripping* zo goed mogelijk uit te voeren.

# 11

Ik staar zo geconcentreerd naar het scherm van mijn laptop dat het even duurt voordat ik me realiseer dat er op mijn deur wordt gebonsd. Verschrikt spring ik op als ik zie dat het al vier uur is. Shit, na het douchen ben ik aan het werk gegaan en ik ben de tijd volledig uit het oog verloren. Vlug open ik de deur. Aron brengt net zijn vuist omhoog om nogmaals aan te kloppen en slaat me bijna in mijn gezicht. Geschrokken deinzen we allebei achteruit. Mijn 'Sorry, ik had je niet gehoord' en zijn 'Sorry, ik heb je toch niet geraakt?' kruisen elkaar.

'Dat was een echt Laurel & Hardy-moment,' zeg ik lachend. 'Ken je die? De dikke en de dunne.'

'O ja, zeker. In Noorwegen zijn ze bekend onder de naam Helan og Halvan,' zegt hij lachend terug. 'Qua klunzigheid komen we inderdaad aardig in de buurt.'

'Kom anders even binnen. Ik was zo geconcentreerd aan het werk dat ik eerlijk gezegd de tijd een beetje vergeten was. Ik heb vannacht foto's gemaakt van het noorderlicht en ben nu de mooiste aan het selecteren. Ik moet mijn computer even afsluiten en dan kunnen we gaan.'

Aron neemt de uitnodiging aan en loopt achter me aan naar binnen. Hij volgt me naar mijn laptop en bekijkt de foto die het hele scherm in beslag neemt. 'Mooi,' mompelt hij, 'gezien de bewolking een heel goede foto.'

'Een heldere nacht was beter geweest, inderdaad, maar op

deze foto kun je het noorderlicht toch wel goed zien.' Ik wijs op het schijnsel dat in de lucht te zien is door de wereldbol.

Aron schudt zijn hoofd. 'Ik wil je niet teleurstellen, maar dat is geen noorderlicht.'

'Wat bedoel je?' Ik kan de ergernis in mijn stem niet verbergen.

'Valt het je niet op dat er op de plek waar je het schijnsel ziet geen sterren te zien zijn?'

'Ja, en?'

'Sterren schijnen dwars door het noorderlicht heen en dat is hier niet het geval. Ik vrees dat je een wolk hebt gefotografeerd.'

'Dat meen je niet!'

'Ik ben bang van wel...'

'Maar dit is mijn beste foto. Ik ben er de hele nacht voor in touw geweest. En die sneeuwscootertocht heeft me flink wat geld gekost. Wat moet ik nu? Zo'n toeristenbus is ook geen optie. Die laten je krap een uurtje uitstappen op de Noordkaap voordat ze weer terugrijden. Buiten dat mijn beeld dan vervuild wordt met te veel mensen, is een uur veel te krap om een goede serie foto's te maken.'

'Het noorderlicht is niet alleen op de Noordkaap te zien, hè,' probeert hij me gerust te stellen.

'Nee, maar het is wel de meest idyllische plek. Shit, hoe ga ik dat nou weer oplossen?'

'Door het op een andere idyllische plek te fotograferen. Er zijn hier meer mooie plekken waar je fantastische foto's kunt maken. Als het maar donker is dan kun je het noorderlicht al zien, dus je zit niet vast aan nachtelijke tijden. Pas midden op de dag wordt het een paar uur schemerig en ook dat is weer heel mooi omdat dan het blauwe licht te zien is.'

'Die Brokk van die middernachtexpeditie deed net of het

noorderlicht alleen rond middernacht goed te zien is. Daarom ben ik meegegaan op juist die specifieke tocht.'

'Ja, natuurlijk zegt-ie dat. Die tochten leveren hem flink wat op. We komen hier misschien wat primitief over, maar we weten heus wel hoe we zaken moeten doen. Toerisme is in deze regio een pijler waar we steeds zwaarder op leunen.'

'En toeristen voor de gek houden hoort daar ook bij?' vraag ik een beetje zuur.

Aron haalt zijn schouders op. 'We vertellen mensen gewoon wat ze graag willen horen. Ze hebben bepaalde verwachtingen als ze hiernaartoe komen en wie zijn wij om ze teleur te stellen?'

'Maar ik wil de échte verhalen horen en een realistische reportage maken. Dat is ook de reden waarom ik gisteren bij je aanklopte.'

'Als je nu met me meegaat dan zal ik je wat echte verhalen vertellen. Ik wil je graag trakteren op koningskrab.'

'Dat is de plaatselijke specialiteit hier, toch?'

'Eén van de, inderdaad. Het is een delicatesse die je geproefd moét hebben als je hier bent. En dat terwijl het beest hier van origine niet eens vandaan komt.'

'O? Vertel.'

'Ik vertel je erover op weg naar het restaurant. Ik begin honger te krijgen.'

Ik kijk op mijn horloge en zie dat er al twintig minuten zijn verstreken sinds Aron op mijn deur klopte. Vlug sluit ik mijn computer af, pak de tas die ik al had klaargezet, gris mijn dikke jas van de stoel en loop met hem mee naar buiten. Het is nog steeds erg koud, maar het is gestopt met sneeuwen en de wind blaast minder hard om mijn oren. 'Nou, vertel: het mysterie van de koningskrab,' spoor ik hem aan om zijn verhaal weer op te pakken.

'Stalin heeft ze in het verleden vanuit het Verre Oosten

naar Moermansk proberen te halen met het plan om zijn mannen op de onderzeese nucleaire Sovjetvloot van eten te voorzien. Dat was in eerste instantie niet erg succesvol omdat ze niet goed gedijden aan deze kant van de wereld of de reis hiernaartoe niet eens overleefden. Pas in de jaren zestig lukte het na een aantal mislukte pogingen om de krabben succesvol uit te zetten in de Barentszzee door onder andere verbeterde transporttechnieken.'

'Maar dat heeft Stalin dus niet meer meegemaakt, aangezien hij in 1953 overleed.'

'Jij kent je klassiekers!' Aron lijkt zowaar onder de indruk van mijn feitenkennis.

'Ik vond geschiedenis altijd leuk op school,' zeg ik nonchalant.

'Het heeft niet bepaald goed uitgepakt. Die monsters rukken steeds verder op, de afgelopen jaren hebben ze al vijfhonderd kilometer afgelegd. Ze planten zich ook nog als gekken voort, vreten alles op wat ze tegenkomen en verschralen de onderwaterwereld. Ze zijn een serieuze bedreiging voor het ecosysteem. De teller in de Barentszzee staat al op vijftien miljoen exemplaren. Wij hebben er hier zo'n vijf miljoen en de opmars gaat steeds verder door. Daarom vissen we inmiddels van oktober tot het einde van het jaar ook commercieel op die beesten, maar dat is niet voldoende om ze tegen te houden. Bovendien is het vissen op die beesten niet zonder gevaren. Elk jaar vallen er wel gewonden en zelfs doden onder de vissers. Discovery Channel heeft er zelfs een documentaireserie over gemaakt: *Deadliest Catch*. Toevallig gezien?'

'Nee. Ik moet je bekennen dat ik weinig televisiekijk. Ik zit liever met een goed boek op de bank als ik een dag heb gewerkt.'

'Ik kijk 's avonds weleens televisie maar haal meestal het

einde van een programma niet. Na een paar minuten worden mijn ogen zwaar en val ik in slaap. Dat krijg je als je veel buiten werkt.'

'Ebbe zei dat hij weleens koningskrab van je koopt, betekent dat dat je zelf ook op die dingen vist?'

'Ja. Het verdient heel goed, dus waarom niet?'

'Nou, misschien vanwege de risico's?'

'Het leven is één groot risico. Tot nu toe ben ik er zonder kleerscheuren van afgekomen en mocht het toch een keer misgaan: wat is er mooier voor een visser dan een zeemansgraf?'

'Ben je nu een beetje stoer aan het praten of vind je dat echt?'

'Dat laatste. Het leven hier is rauw en ruig dus je houdt er ergens in je achterhoofd altijd rekening mee dat je misschien niet stokoud wordt. Ik althans wel.'

'Jeetje, vind je dat niet moeilijk?'

Aron haalt zijn schouders op. 'Ik weet niet beter en ik hoef buiten mijzelf met niemand rekening te houden. Dat maakt het een stuk makkelijker.'

Bijna wil ik vragen naar zijn zus. De woorden liggen al op mijn lippen maar ik slik ze toch maar in. Ebbe liet gisteren doorschemeren dat die verhoudingen niet helemaal lekker lagen. Het laatste wat ik wil is de vertelmodus waar Aron nu in zit om zeep helpen door vragen te stellen over pijnlijke privékwesties. 'Ben je het nooit zat hier?' vraag ik dan maar. 'Die kou, dat ploeteren om in je levensbehoefte te voorzien, de jaarlijks terugkerende donkere maanden? Ik merk zelf dat het gebrek aan zonlicht me zwaar valt. Mijn bioritme is verstoord en ik merk dat ik ook minder vrolijk ben door die duisternis.'

'Tja... Iedereen heeft weleens een keer zijn dag niet, dat is voor mij niet anders. Kou is iets waar je aan went en waar je maatregelen tegen kunt nemen en in de zomer hebben we de middernachtzon en zijn de temperaturen over het algemeen heel aangenaam. Dat maakt weer een hoop goed.'

'Dus je hebt nooit overwogen om hier weg te gaan en ergens op een plek te gaan wonen waar het allemaal een beetje minder extreem is?'

Aron aarzelt even voordat hij antwoord geeft. 'Nee. Nee, waarom zou ik?'

'Ken je mensen van hier die dat wel gedaan hebben?'

Weer is hij even stil en ik hoop toch stiekem dat hij over zijn zus begint. Ik voel aan alles dat er een heel verhaal achter zit, júíst omdat hij haar niet noemt. Net zoals ik veel dingen al mijn hele leven voor mezelf houd omdat ze te pijnlijk zijn om in woorden uit te drukken. Misschien is het wel daarom dat het levensverhaal van deze man me zo interesseert en dat ik me ondanks zijn ruige uiterlijk tot hem aangetrokken voel op een manier die ik nog niet eerder heb gevoeld. Eerlijk gezegd verwart het me een beetje en leidt het me af van het doel van deze avond om zo veel mogelijk over de omgeving te horen.

'Of ik mensen ken die hier vertrokken zijn? Nee, niet echt. Hier weggaan wordt als verraad gezien. We zijn een kleine gemeenschap en we moeten het met elkaar zien te rooien, ook als het niet altijd makkelijk is. Mensen die daarvoor weglopen omdat ze zich daar te goed voor voelen zijn zwakkelingen.' Er klinkt nu een bitterheid en afkeuring door in zijn stem die ik gisteren ook bij Ebbe hoorde toen hij het over het vertrek van Arons zus had.

Inmiddels hebben we het North Cape-restaurant in het centrum van Skarsvåg bereikt en Aron houdt de deur voor me open. Voor nu is het moment om dieper door te vragen tot mijn spijt meteen verkeken. We worden vriendelijk begroet door de restauranteigenaar die zich voorstelt als Jarl en ons een tafeltje aan het raam wijst met uitzicht op de zee en de haven.

'Vind je het goed als ik voor ons allebei bestel?' vraagt Aron.

'Prima. Ik laat me graag verrassen.'

'Nog specifieke dingen die je echt niet lust?'

'Nope. Ik ben een alleseter.'

Aron praat in rap Noors tegen Jarl, die vervolgens driftig knikkend wegloopt en al heel snel weer terugkomt met een mand brood en een enorme platte schaal die vol ligt met rode krabbenpoten en felroze ongepelde garnalen. Ze zijn gedresseerd rond een paar witte porseleinen sauskommetjes met dillemayonaise en langs de randen van de schaal liggen wat citroenschijfjes. Zodra de schaal op tafel staat loopt Jarl weer weg en komt terug met twee borrelglaasjes en een fles akevitt die gezien de condens op de fles uit een vriezer komt.

'*Well, I don't know...*' zeg ik aarzelend als Jarl op het punt staat om een glaasje voor me in te schenken.

'Je wilt toch kennismaken met de Noorse tradities? Het drinken van akevitt bij koningskrab is er eentje,' wuift Aron mijn bezwaren weg.

'Maar ik kan niet zo goed tegen sterkedrank,' sputter ik.

'Het is maar een klein glaasje en ik zorg ervoor dat je weer veilig bij je chalet komt.'

'Dan wil ik er wel water naast drinken.'

'Dat valt te regelen.' Aron knikt naar Jarl dat hij onze glaasjes vol mag schenken en bestelt er nog een fles Noors bronwater bij. Daarna heft hij zijn glaasje en wacht totdat ik hetzelfde doe. 'Proost.' Terwijl hij een grote slok neemt en een voldane zucht slaakt als de alcohol zijn keel in brand zet, nip ik voorzichtig aan mijn eigen drankje. De smaak is zachter dan ik had ingeschat door het palet van anijs, honing en vanille, dat haalt de scherpe randen van het hoge alcoholpercentage er een beetje af. Ik lach goedkeurend naar Aron.

'Ik zei toch dat het lekker was?' Hij steekt zijn hand uitnodigend uit naar de schaal met vis. Ik pel een garnaal en steek hem in mijn mond. Hij smaakt vlezig en zoet en ik vind hem lekkerder dan de Hollandse garnalen die ik thuis regelmatig door mijn favoriete spaghettirecept met rucola, citroen, doperwten en crème fraîche gooi. Daarna waag ik me net als Aron aan de krab. Ook die smaakt heerlijk zoet. De combinatie van slokjes akevitt en deze vis is inderdaad zalig. We focussen ons beiden op het heerlijke eten voor we ons gesprek voortzetten. Aron neemt als eerste weer het woord. 'Ik heb nog eens na zitten denken over de vraag die je me gisteren stelde, of ik je langs wat mooie plekken wilde gidsen. Als je dat nog steeds wilt dan ben ik wel bereid om dat tegen betaling te doen.'

'Echt?'

'Maar onder één voorwaarde. We vertrekken morgenochtend vroeg, want ik moet me over ruim een week melden als bemanningslid van de Havets Konge.'

'Is dat zo'n krabvisboot? Zo'n gevaarlijke...'

Aron knikt. 'Het betaalt goed, dus ik kan zo'n klus niet laten schieten.'

'Dat geld is het risico waard?'

'Ja, dat is het. Zeker als je verder niets te verliezen hebt.'

'En je hond dan?' zeg ik zwakjes.

'Lasse? O, die redt zich wel. Mijn buurvrouw vangt hem op als ik er niet ben. Ik ben wel vaker weken van huis.'

Het gaat me natuurlijk geen donder aan hoe Aron zijn leven inricht, maar het gemak waarmee hij zichzelf blootstelt aan grote risico's zit me op de een of andere manier niet lekker. Het staat in schril contrast met de veiligheid die ik zelf altijd opzoek en voelt heel tegennatuurlijk. Ik moet de neiging onderdrukken om dat visgedoe uit zijn hoofd te praten, want waar bemoei ik me mee? Ik kan me niet eens indenken hoe het is om hier te moeten leven. Met moeilijk rondkomen heb ik wel enige ervaring sinds Bart en ik uit elkaar zijn, maar ik kom altijd thuis in mijn warme appartement en ik kan de supermarkt om de hoek bereiken zonder dat ik eerst meters sneeuw hoef te ruimen.

'Is morgenvroeg vertrekken een probleem?' Aron kijkt me peilend aan.

'Nee, nee, absoluut niet. Ik ben hier om te werken, niet om te luieren.'

'Ik neem je mee naar het nationaal park Ånderdalen op het eiland Senja. Het is een van de mooiste nationale parken van de wereld maar nog niet massaal ontdekt door toeristen. Het landschap bestaat uit fjorden en bossen en je kunt er heel veel dieren spotten. Dat levert mooiere plaatjes op dan het toendralandschap hier. Kun je meteen in de herkansing voor het noorderlicht, want als je dat ergens mooi kunt fotograferen dan is het daar wel. Kan ik je ook meteen vertellen of je het echte noorderlicht te pakken hebt of dat het een wolk is waar wat schijnsel doorheen komt.' Aron knipoogt lachend naar me en ik voel dat ik bloos.

'Nou voel ik me net een ontzettende amateur.'

'Dat ben je niet, dat bewijst die ene foto die ik van je heb gezien. Je hebt alleen geen ervaring met de grillige Noorse luchten en die heb ik wel. En ik weet waar je de mooiste plaatjes kunt schieten. Als local heb ik toegang tot gebieden die voor toeristen niet bereikbaar zijn. Als jij me dan onderweg wat vertelt over de fijne kneepjes van het fotograferen dan leren we er allebei nog wat van. We kunnen elkaar mooi aanvullen.'

'Oké, deal. Moet ik nog specifieke dingen meenemen?'

'Vooral heel warme kleding, je fotoapparatuur en tienduizend Noorse kronen. Ik zorg voor de rest. Je betaalt me voor we vertrekken vijfduizend Noorse kronen en aan het einde van de trip de resterende vijfduizend. Daar zitten de onkosten al bij in.'

Ik slik en maak een snelle rekensom in mijn hoofd. Het bedrag dat Aron vraagt komt neer op iets meer dan 850 euro. 'Uhm, dat moet ik even met mijn opdrachtgever overleggen. Ik heb wel een creditcard meegekregen maar ik kan niet ongelimiteerd en zonder overleg zulke bedragen opnemen.'

'Ik wil het cash-cash hebben als je begrijpt wat ik bedoel. Niks officieels. Graag of niet, hoor. Het is niet dat ik niks te doen heb.'

Aron is me helemaal niks verschuldigd maar toch steekt het dat hij ineens zo zakelijk is. De losse houding die hij vanavond had is verdwenen en hij lijkt weer op de norse man die ik aantrof toen ik gisteren aanbelde bij zijn huis. Wat moet ik doen? Als ik inga op Arons voorstel dan zal ik het bedrag zelf moeten voorschieten om het voor nu buiten de boeken te houden en dan maar zien of ik er op de een of andere manier nog wat van terugkrijg. Het saldo op mijn spaarrekening is toereikend, maar deze onvoorziene uitgave slaat een gat in de financiële planning die ik voor dit boekjaar heb gemaakt. Maar aangezien een unieke reportage in *Tripping* me ongetwijfeld zal helpen aan nieuwe opdrachten moet ik dit risico nemen. Daarom is de keuze die ik heb eigenlijk geen keuze. 'Oké. Vijfduizend vooraf en vijfduizend na afloop. Contant. Maar dan moet je me wel vertellen waar ik een pinautomaat kan vinden. En geef me voor de zekerheid toch even je telefoonnummer.'

Aron steekt zijn hand uit. 'Komt in orde. En we rijden er morgen wel even langs als we op weg gaan.'

Ik pak zijn hand om de deal te bezegelen. Zijn huid voelt

ruw en eeltig en staat in schril contrast met de zachtheid van de mijne. Hij geeft me een kneepje en laat dan los. De harde trekken op zijn gezicht verzachten weer en hij neemt een tevreden slok van zijn akevitt voordat hij me aanspoort om verder te eten. De rest van de avond vertelt hij me voornamelijk dingen die ik ook uit toeristische boekjes kan halen. Ik hoop maar dat het komt omdat hij de echte unieke inkijkjes en anekdotes wil bewaren voor de komende dagen. We vertrekken als Jarl aankondigt dat hij over een halfuur gaat sluiten. Aron betaalt de rekening en ik protesteer niet. De rit naar mijn cottage verloopt nagenoeg zwijgend. We zijn allebei even uitgepraat. Maar de sfeer wordt er niet ongemakkelijk door. Aron lijkt iemand met wie je kunt praten, maar bij wie je ook kunt zwijgen. Dat is een eigenschap die ik nog niet vaak ben tegengekomen in mijn leven, maar waar ik in vriendschappen en relaties wel altijd tevergeefs naar op zoek ben geweest. Ik vind het bijna jammer als zijn auto het parkeerterrein oprijdt dat grenst aan mijn cottage. Ik wil uit de auto stappen, maar de zware deur klemt door de kou.

'Wacht, laat me je helpen.' Aron krijgt zijn deur wel open en stapt uit om die van mij van buitenaf te openen. Er waait wat sneeuw naar binnen op mijn broek en hij veegt het er behulpzaam vanaf. Hij steekt zijn hand uit om me te helpen uitstappen. We houden elkaars hand nog steeds vast als ik hem bedank voor de gezellige avond, het eten en de lift. Hij buigt voorover en geeft me een zoen op mijn rechterwang. Daarna op de linker. Automatisch breng ik mijn mond weer richting zijn rechterwang voor een derde zoen, maar net op dat moment trekt Aron zijn hoofd terug en de zoen belandt vol op zijn mond. Even lijkt het of onze lippen aan elkaar vastgevroren zitten. Aron is uiteindelijk de eerste die geschrokken een stap achteruitzet.

'O, sorry, dat was niet de bedoeling,' hakkel ik. 'In Nederland geven we altijd drie zoenen.' Het klinkt als een heel slap excuus.

'In Noorwegen geven we er twee,' is het enige wat Aron uiteindelijk zegt voor hij zich omdraait, naar zijn auto loopt en instapt. Sneeuw spat op als hij wegrijdt en mij trillend, en dat komt niet alleen van de kou, achterlaat.

# 12

*De eenzaamheid valt me zwaarder dan ik dacht. Ik was ervan overtuigd dat ik sterker was, maar blijkbaar heb ik mezelf overschat. Diep weggestopte trauma's komen door de juiste triggers toch weer omhoog. Ik dacht dat ik eindelijk de controle had teruggepakt die me zo lang is afgenomen, maar het pantser dat ik in de loop der jaren heb opgebouwd, brokkelt met de dag verder af. Ik kan het niet tegenhouden.*

*De duisternis, de dag die bijna ongemerkt overgaat in de nacht. Er was een tijd dat mijn leven uit niets anders bestond. Maar nu ik weet dat er meer is dan dat, veel meer, kan ik er niet meer aan wennen. Wíl ik er niet meer aan wennen. Sinds ik hier ben heb ik het gevoel dat ik in een heel diepe put ben gegooid en in plaats van omhoog te klimmen zak ik steeds verder weg. Ik word omringd door een stilte die zo verstikkend is dat ik er soms bijna niet van kan ademen.*

*Ik ben gevlucht en ik vraag me af of ik daar goed aan heb gedaan. Ik had gezworen om nooit meer te vluchten nadat ik ontsnapt was. Nooit meer zou ik gevangenschap accepteren, maar moet je me nu eens zien. Oké, het is anders dan toen. Ik kan gewoon het huis uit lopen wanneer ik dat wil, het bos in gaan zonder dat het gevolgen heeft, zelfs boodschappen doen. De deur zit niet op slot, er is niemand die me tegenhoudt. Toch zit ik klem in mijn gevangenis met onzichtbare muren. Buiten is het gevaarlijk en ik moet continu op mijn hoede zijn. Naast de deur staat een jachtgeweer tegen de wand. Geolied en glimmend opgepoetst, klaar om te doden. Ik slaap met een Glock onder mijn hoofdkussen. Het stelt me gerust als ik het polymeer frame tegen mijn hand voel voordat ik de duisternis van de nacht verruil voor de duisternis in mijn hoofd.*

*Het huis verlaat ik nooit zonder mijn pistool en mijn jachtmes en alleen als ik bijna zonder proviand zit. De bivakmuts die ik dan draag om mijn gezicht te verbergen valt hier niet op. Bijna iedereen draagt hem om zijn of haar huid te beschermen tegen de kou en houdt hem op in winkels. Zo kan ik onopvallend anoniem zijn.*

*Op tafel ligt een telefoon nog in de verpakking en in een la liggen de tien prepaidkaarten die ik van de week heb gekocht. Uiteraard cash betaald, zoals ik alles cash betaal. Geen digitale sporen die mijn kant op wijzen. Ik warm mijn handen aan een stevige mok met gloeiend hete oploskoffie en neem voorzichtig een paar slokken. Als mijn lichaam iets warmer wordt, zet ik mijn mok aan de kant en pak de gloednieuwe telefoon. Als vanzelf beginnen mijn vingers aan de dichte verpakking te plukken. En dan kan ik me niet langer bedwingen en scheur ik de verpakking aan flarden.*

*Ik streel de telefoon met mijn hand. Het verlangen om haar te bellen en haar stem te horen wordt te groot. Zij is de enige die alles van me weet en me begrijpt, omdat ze me kent tot in mijn diepste kern. Die plek waar naast goede ook slechte dingen zijn verstopt. Bij haar kan ik kwetsbaar zijn, omdat ze nooit oordeelt. Zo ging het altijd tussen ons. Als de een sterk was dan kon de ander zwak zijn. We hebben altijd voor elkaar gezorgd. Ik heb het nodig dat ze nu voor me zorgt, maar ik mag haar niet in gevaar brengen. Niemand weet van haar bestaan en dat moet zo blijven. Ik kan haar niet vertellen waar ik ben, alleen in gedachten. Zoals ik ook in gedachten om haar schreeuw en blijf hopen dat ze me op de een of andere manier hoort. Dat ze door een onzichtbare lijn die ons verbindt naar me toe wordt getrokken, al was het maar eventjes.*

*Ik sta op en loop door de kamer. Geef klopjes op alles wat van hout is en dat is hier nogal wat. Noem het bijgelovig of onzin, maar het is tenminste iets concreets wat ik kan doen terwijl ik de tijd verdrijf. Als je helemaal op jezelf wordt teruggeworpen poppen oude rituelen en neuroses blijkbaar vanzelf weer op. Sinds ik hier ben gaat er geen nacht voorbij dat ik niet krijsend wakker word. De intense, winterse kou kan niet voorkomen dat ik zweet. Mijn pyjama klam en geurend naar angst. Druppels op mijn voorhoofd, elke ochtend weer. Hoe voorkom ik dat ik niet helemaal doordraai hier? Ik weet dat er maar één antwoord is. Er is maar één iemand die me op dit moment kan behoeden voor krankzinnigheid. De redenen om haar niet te bellen druk ik weg. Ik moet dit doen om te overleven.*

*Het nummer ken ik uit mijn hoofd. Het staat in mijn geheugen getatoeëerd. Mijn mond wordt droog als de telefoon overgaat. Bij elke kiestoon groeit mijn schuldgevoel. Mag ik haar dit wel aandoen? Ik kan nog terug. Ze kent dit nummer niet en zal nooit weten dat ik het was die haar telefoon liet overgaan. Het enige wat ik hoef te doen is de verbinding verbreken en de simkaart in tweeën knippen. Net als ik op het punt sta dat te doen wordt er opgenomen. Ik zwijg. Zij ook. Ik loop naar het raam en kijk naar de vlaggenmast die overal boven uittorent. Haar ademhaling in mijn oor. Zacht en kalm als het water in een beekje dat alle ellende wegspoelt. Verfrissend. Precies wat ik nodig heb. Gewoon even samen zijn met haar. De verbondenheid voelen en mijn lege hart weer laten opvullen. Weten dat ik niet alleen ben, ook al voelt dat wel zo. Ik heb haar en zij heeft mij.*

*'Hé, jij,' klinkt haar zachte, lieve stem.*

*'Hé, jij,' zeg ik terug. Op de achtergrond huilt een baby.*

# 13

De spijkerbanden van Arons camper doen hun uiterste best om hun grip op de spekgladde hobbelige weg niet te verliezen. Vanochtend zijn we de brug tussen Finnsnes en Silsand overgestoken naar het eiland Senja. Het is het op twee na grootste eiland van Noorwegen en ligt ten noorden van de Lofoten en de Vesterålen. We rijden sinds onze korte koffiepauze naar het zuidwesten, waar park Ånderdalen zich bevindt. Ongemakkelijk zit ik naast Aron die volledig in zichzelf is gekeerd en gedurende de reis alleen een paar hoognodige woorden aan me verspild heeft. Ik heb het vermoeden dat die onbedoelde kus op zijn mond bij ons afscheid gisteravond de oorzaak is van de muur die hij heeft opgetrokken. De spanning tussen ons lijkt steeds verder op te lopen. Ik zit al een halfuur te broeien op een goede zin om de boel open te breken, maar de woorden blijven steeds steken in mijn keel. De angst dat ik de situatie nog erger maak door mijn hart te luchten, heeft me tot nu toe tegengehouden. Hoe ik het ook wend of keer, vanaf het moment dat ik in Arons camper ben gestapt, ben ik aan hem overgeleverd. We rijden hier in the middle of nowhere en ik heb werkelijk geen idee hoe ik zonder zijn hulp weer in de bewoonde wereld terecht moet komen.

Aron stuurt zijn camper geconcentreerd een naaldbomenbos in. De weg die breed begint wordt steeds smaller. Uitstekende takken raken met een krassend geluid de spiegels en buigen krakend weer terug als Aron stug blijft doorrijden.

'Ben je niet bang dat je je camper beschadigt?' vraag ik met Bart in mijn achterhoofd. Hij stond elke zondag zijn auto te poetsen en was panisch voor krasjes en deuken.

'Een voertuig is om in te rijden, niet om mee te pronken. En deze dame kan wel tegen een stootje.' Hij slaat met zijn hand een paar keer op het stuur om zijn woorden kracht bij te zetten en de banden verliezen even hun grip. Ik houd mijn adem in en grijp de zijkanten van mijn stoel vast als we rakelings langs een boom rijden. Met een zware plof landt een vracht sneeuw op het dak als we een laaghangende tak raken. Ik krimp nog verder in elkaar. 'Weet je zeker dat dit een doorgaande route is?' piep ik. Doemscenario's over autopech of een crash tegen een boom schieten door mijn hoofd en ik kijk angstvallig op mijn telefoon. Geen ontvangst. Mijn god, als er iets misgaat dan kunnen we de hulpdiensten niet eens bereiken.

'Wil je liever lopen dan? Dat kan ook, hoor, maar ik kan je vertellen dat je daar snel spijt van gaat krijgen. Met deze temperaturen is het namelijk geen pretje.'

'Je hebt hier dus vaker gereden?' vraag ik nerveus.

'Vertrouw me nou maar. Ik heb er geen enkel belang bij om ons in gevaar te brengen. Sterker nog, dat is het laatste wat ik wil.'

De camper rijdt over een hobbel heen die verborgen ligt onder de sneeuw en mijn schouder raakt het raam. 'De deuren zitten wel op slot, toch?'

'Je hoeft niet bang te zijn dat je naar buiten valt.' Aron grinnikt. 'Nog even en dan zijn we op de plek die ik je wil laten zien.' We hobbelen door tot de wielen van de camper ineens wegzakken in de sneeuw. Aron geeft wat extra gas, maar dat zorgt er alleen maar voor dat de wielen gaan ronddraaien in hun spoor en nog dieper wegzakken. We komen geen millimeter meer vooruit. Aron mompelt iets in het Noors wat de intonatie van een stevige vloek heeft. 'Uitstappen,' zegt hij terwijl hij de deuren ontgrendelt en achter uit de camper twee batsen pakt. Zodra ik naast de auto sta duwt hij me er eentje in mijn handen. 'We moeten de wielen vrij graven. Ik links, jij rechts.'

Terwijl ik vrijwel meteen verstijf omdat de kou zich aan alle kanten door mijn kledinglagen heen probeert te vreten, is Aron al vol overgave aan het scheppen.

'In beweging blijven, anders word je te koud,' moedigt hij me aan om zijn voorbeeld te volgen. Ik steek mijn bats in de poederige sneeuw en pel schep na schep de laag af die zich rond de band heeft gevormd. Als we de banden hebben uitgegraven schudt Aron de sneeuw van een paar laaghangende takken af zodat ze omhoogschieten en we er goed onderdoor kunnen rijden. Terwijl hij de batsen weer opbergt stap ik rillend de camper in. Ondanks de zware fysieke inspanning die ik net heb geleverd heb ik het ijskoud gekregen. Aron kruipt weer achter het stuur en zet de radiator wat hoger als hij me ziet klappertanden. Hij krabt het dunne ijslaagje weg dat zich in die korte tijd op de binnenkant van de ruit heeft gevormd en laat de blower er op maximaal vermogen tegenaan blazen om te voorkomen dat de ruit meteen weer beslaat.

'Nou, doe maar een schietgebedje,' mompelt hij en ik vouw meteen mijn handen. Aron geeft eerst voorzichtig en dan vol gas. De banden maken een knerpend geluid als ze slippend weer houvast vinden en we langzaam weer vooruitkomen. 'Pfff,' verzucht ik opgelucht. 'Ik zat even flink in de stress. Helemaal toen ik zag dat mijn telefoon hier geen ontvangst heeft.'

'Zoals het een goede gids betaamt heb ik een satellietcommunicator bij me voor noodgevallen.' Hij laat me een oranje apparaatje zien van Garmin met wat knoppen en een antenne. 'Je kunt er niet mee bellen, maar wel berichten mee versturen en ontvangen. Extra handig is dat je ook weerberichten kunt opvragen voor je locatie. We zijn dus op alles voorbereid.'

Zijn woorden stellen me voor nu voldoende gerust en ik probeer me weer te focussen op wat we hier komen doen. 'Waar breng je me eigenlijk naartoe?' vraag ik als we dieper het bos in rijden.

'Naar een open plek in het bos waar je veel kans maakt om een kudde elanden te zien.'

'Een kudde? Ik dacht dat die beesten solitair leefden.'

'Over het algemeen wel, maar in de winterperiode leven ze in kleine gemengde kuddes die worden geleid door een volwassen vrouwtje. De plek waar we nu heen rijden is niet toegankelijk voor toeristen dus je krijgt de kans om echt unieke plaatjes te schieten. Officieel mogen in het hele park zelfs geen gemotoriseerde voertuigen komen.'

'Zijn we bezig met een illegale missie?'

'Zo zou ik het niet willen noemen. Vrijwel elk verbod kent uitzonderingen.'

'Geitenpaadjes noemen we dat in Nederland.'

'Met de juiste contacten kom je een heel eind, dat is een universeel beproefd recept.'

'Laten we het daar maar op houden,' zeg ik grinnikend. We rijden nog een klein stukje door en het laatste eind leggen we lopend af, zodat we de kudde niet afschrikken.

'Geniet nog maar even van de warmte, want daar zul je straks naar terugverlangen.' Aron knipoogt en ik kan me niet aan de indruk onttrekken dat de sfeer wat losser begint te worden. Ik begin een patroon te ontdekken in Arons gedrag. In het begin is hij stug en in zichzelf gekeerd en naarmate we langer samen zijn lijkt hij te ontspannen en wordt hij socialer. Op die momenten voel ik me bij hem op mijn gemak en is hij aangenaam gezelschap. De momenten dat hij zo terughoudend doet, vind ik moeilijk, want dan kan ik niet peilen of hij me aardig vindt of irritant. Daardoor vind ik het lastig om mijn houding te bepalen. Ik ben gewend om in mijn contacten met mensen de regie in eigen hand te houden. Ik bepaal hoe ver ik ze van me vandaan houd of hoe dichtbij ik ze laat komen. Vooral mannen houd ik meestal op afstand, omdat ze over het algemeen meer van me willen dan ik kan geven. Mijn basishouding is altijd wantrouwend en er moet heel wat uit de kast getrokken worden om door mijn pantser heen te breken. Aron lijkt dezelfde omgangsvormen te hanteren en twee kapiteins op een schip is onmogelijk. Ik voel hoe dat idee me strijdlustig maakt en de wens om Arons pantser open te breken ontstaat. Maar dat is niet waarvoor ik hier ben. Ik ben naar Noorwegen gekomen op zakelijke gronden en dit gedoe leidt me alleen maar af. Ik denk aan Arons lippen die gisteren per ongeluk de mijne raakten en hoe ik daar net zo van schrok als hij. Toch dwalen mijn gedachten steeds af naar het korte moment waarop zijn stoppels op mijn huid prikten. Zijn warme adem met de geur van akevitt tegen mijn koude gezicht. Hoe natuurlijk het voelde om dicht bij hem te zijn in dat spontane moment waarin ik niet de kans kreeg om na te denken en al mijn mitsen en maren tussen ons in te gooien.

'Nog een paar meter en dan gaan we lopen.'

Ik schrik van Arons stem en voel dat ik bloos als hij me aankijkt. Hoewel hij met geen mogelijkheid in mijn hoofd kan kijken, voel ik me toch betrapt.

'Was je een beetje ingedut?' vraagt hij lachend. 'Je had je ogen dicht.'

‘Zit je me te bespieden?’ Het klinkt agressiever dan ik wil en hij trekt zijn wenkbrauwen op. ‘Ik was na aan het denken over de foto’s die ik wil gaan maken. Belichting, compositie en zo.’

‘Nou, dat worden dan vast mooie plaatjes want je keek heel tevreden.’ Hij draait zijn hoofd weer richting de voorruit en buigt over zijn stuur heen om de weg voor ons beter te zien. De camper hobbelt steeds langzamer verder en staat vrijwel meteen stil als Aron het gas loslaat. Hij zet de versnelling in de eerste stand en trekt de handrem niet aan. Aron is al uit de camper voordat ik mijn gordel heb losgeklikt. Ik hoor de deur naar het woonslaapgedeelte achterin met korte tussenpozen open- en dichtgaan en daarna wordt mijn portier opengetrokken.

‘Hier. Deze moet je aan je schoenen bevestigen.’

Hij zwaait met twee aluminium dingen voor mijn neus.

‘Wat zijn het?’

‘Sneeuwschoenen. Met die dingen kun je veel makkelijker over een dik pak poedersneeuw lopen. Ze voorkomen dat je diep wegzakt.’

‘Het ziet er ongemakkelijk uit.’

‘Geloof me, dat zijn ze niet. Het is in het begin even wennen, maar met die dingen kun je hier over het algemeen fatsoenlijk offroad lopen. De punten onder de voorkant en je hielen zorgen voor de extra grip die je hier echt nodig hebt.’

Ik wil uit de camper springen maar Aron houdt me tegen. ‘Wacht, ik help je wel even om ze onder te binden.’

‘O, oké.’ Ik steek hem mijn rechterbeen toe en hij schuift de sneeuwschoen onder mijn schoenzool. Daarna laat hij mijn voet tegen zijn been rusten zodat hij alle gespen goed kan aantrekken. Als hij ook de linkersneeuwschoen heeft ondergebonden helpt hij me uit de camper. ‘Oefen maar even met lopen terwijl ik de mijne onderbind en dan pakken we zo je apparatuur.'

Onwennig stap ik rond in de dikke laag poedersneeuw voor de camper. Ik voel me net een clown die piposchoenen aanheeft met heel lange neuzen. Maar, het moet gezegd worden, ik zak niet weg en de punten onder de sneeuwschoenen geven inderdaad grip. Gelukkig is het even gestopt met sneeuwen en ik bid dat het voorlopig zo mag blijven. Hoe minder ruis ik voor mijn lens heb hoe beter.

'En? Best te doen, toch?' Aron kijkt mijn gestuntel met een glimlach aan terwijl zijn adem in wolkjes condens omhoogzweeft.

'Prima, ja.' Ik ben niet van plan om me te laten kennen.

Hij wenkt me mee naar de camper en helpt me om mijn rugzak met apparatuur op mijn rug te hijsen. Daarna overhandigt hij me twee verstelbare trekkingstokken die ik dankbaar aanpak. Dat gaat zeker helpen met de balans. Onderaan de stokken zit een ronde schijf die moet voorkomen dat ze te ver wegzakken in de sneeuw. Ik loop een stukje met de stokken en dat gaat een stuk makkelijker dan zonder. Achter me hoor ik dat de deur van de camper wordt dichtgeschoven en ik kijk om. Aron loopt bepakt en bezakt naar me toe. Een verrekijker in een beschermhoes bungelt om zijn nek. 'Ik ga wel voorop,' zegt hij me in het voorbijgaan. 'Ik zal rustig beginnen zodat je je ritme kunt vinden. Als ik mijn rechterhand omhoogsteek moet je onmiddellijk stoppen. Dat betekent dat we de kudde zijn genaderd en ik de eerste elanden in het zicht heb. Op dat punt gaan we zoeken naar de geschiktste plek om je apparatuur op te stellen. Ik neem aan dat je het liefst met statief fotografeert?'

Ik knik bevestigend. 'Dat geeft de stabielste foto's en voorkomt dat mijn lens bevriest van mijn ademcondens tijdens het fotograferen.'

'Als we hier een tijdje staan dan hoef je voor condens niet meer bang te zijn. De lucht in je longen is dan zo koud dat je niks meer uitwasemt.'

'Nou, dan hoop ik dat ik voordat dat punt aanbreekt mijn plaatjes al geschoten heb,' huiver ik.

'Het is even wennen, hè, deze temperaturen?'

'Dat kun je wel zeggen. En ik ben al zo'n koukleum.'

'De volgende keer meedingen naar een opdracht op een tropisch eiland.'

'Ja, dat had ik ook al bedacht. Niet dat ik het hier niet mooi vind, hoor, maar die kou is niet echt mijn ding.'

'Jij ligt liever met een cocktail aan het strand dus.'

'Zeker weten. Het kiezen van vakantiebestemmingen leverde altijd discussie op met mijn ex. Hij wilde per se elk jaar skiën. Nou, dat mag hij nu met iemand anders doen.' Ik heb eigenlijk geen idee waarom ik Bart ineens in dit gesprek betrek.

'Dus jullie zijn uit elkaar omdat jij heetgebakerder was dan hij?' Aron lacht.

Ik wil een gevat antwoord geven, maar lach uiteindelijk met hem mee. Ik wil dit gesprek helemaal niet voeren en zeker niet bij temperaturen die onder de min tien liggen. 'Nou, kom maar door met die elanden, ik ben er klaar voor.'

# 14

'En, was het alle ontberingen waard?' vraagt Aron lachend. Hij houdt in zodat ik naast hem kan komen lopen. Ik schuif naar hem toe op mijn sneeuwschoenen alsof ik nooit anders gedaan heb. 'O, wauw, ja! Ik heb zoveel mooie foto's gemaakt dat het nog lastig wordt om een keuze te maken.'

'Ik heb die elanden al vaak gezien, maar ik blijf ervan onder de indruk.'

'Ze waren veel groter dan ik had gedacht.'

'Hoe is het met de kou?'

'Ha, goede vraag. Ik was zo geconcentreerd bezig dat ik alles om me heen vergat. Ik denk dat de adrenaline heeft voorkomen dat ik ben bevroren.' Ik grinnik. 'Maar jij hebt veel stilgestaan, hoe is het met jou?'

'Ik ben wel wat gewend. Bovendien heb ik me prima vermaakt. Het is een genot om jou aan het werk te zien.' Arons opmerking haalt nog wat extra kou uit de lucht. Zou hij er meer mee bedoelen? Als vanzelf dringt de herinnering aan zijn lippen op de mijne zich weer op. Het bezorgt me kriebels in mijn buik die prettig maar tegelijkertijd ook ongemakkelijk voelen. Het laatste stukje naar de camper lopen we zwijgend naast elkaar. Het voertuig staat er nog precies zo bij als we het hebben achtergelaten. De dikke laag ijs die ik op de ramen had verwacht ontbreekt. 'Ik had gedacht dat we flink zouden moeten krabben,' spreek ik mijn verbazing uit.

‘Goede voorbereiding is het halve werk. Ik heb ramen met een goede glascoating, waardoor ijs er moeilijker aan hecht en ik behandel mijn ruiten regelmatig met glasreiniger. Daar zit een hoge concentratie methanol in en dat zorgt ervoor dat je ramen niet snel bevriezen. Scheelt een heleboel gedoe. En voor de sloten heb ik deze.’ Aron steekt een flesje slotontdooier in de lucht dat hij ergens onder zijn dikke laag kleding vandaan heeft getoverd.

‘O, wat goed dat je dat spul mee hebt genomen. Het zou echt iets voor mij zijn om dat te vergeten en het in de auto te laten liggen.’

‘Dat is mij in een ver verleden ook weleens gebeurd, maar met deze temperaturen leer je dat snel af. Blauwbekken bij een auto waar je niet in kunt is niet bepaald prettig en de hulpdiensten zijn hier ook niet altijd snel ter plaatse door de ruige omstandigheden. Ik ga nergens heen zonder dat ik me zo volledig mogelijk wapen tegen de kou.’ Aron spuit de ontdooier in de sloten, wacht even tot het is ingewerkt en ontgrendelt de deuren. Sneeuw die zich op het dak heeft verzameld valt naar binnen op de stoelen. Met een paar handbewegingen veegt hij de stoelen schoon voordat de sneeuw erin trekt en natte plekken achterlaat. ‘Zullen we even koffiedrinken voordat we verder rijden?’

‘En misschien nog even iets eten?’ Nu ik hier zo stilsta merk ik pas hoeveel energie de fotoshoot en de wandeling door de dikke laag sneeuw me gekost hebben en ik heb even wat brandstof nodig om op te laden. Het is al uren geleden dat ik iets heb gegeten.

‘Prima, dan doen we even een snelle hap voordat we verder rijden richting de plek die ik je morgen wil laten zien. Ik wil alvast een stuk op pad zijn, zodat we morgen niet te veel tijd verliezen met rijden.’

‘Waar gaan we trouwens overnachten?’

'In de camper. Tenzij je wilt bevriezen in dat tentje van je, terwijl er wilde dieren op je azen?'

'O. Ik dacht dat we ergens naar een hotelletje op de route zouden rijden.'

Aron begint heel hard te lachen.

'Wat?'

'Er zijn hier geen hotelletjes, Rianne. Het meest luxe dat ik je kan bieden is een openbare cabin ten noorden van het park, maar dat zou onze planning behoorlijk in de war sturen. Als we niet willen afwijken van het schema dan wordt het wildkamperen in mijn bescheiden campertje. Zeg het maar.' Aron trekt de deur die halverwege de linkerzijkant van de camper zit open en nodigt me met een handgebaar uit om naar binnen te stappen. 'Na u, prinses.' Er klinkt spot door in zijn stem en ik voel me net een verwend kind.

'Ik heb hier gewoon geen ervaring mee,' mompel ik.

'Voor alles moet een eerste keer zijn,' antwoordt Aron achter me als ik plaatsneem op de hoekbank bij een uitklaptafeltje tegenover het keukenblokje. Terwijl hij een fluitketel vult met water en het aan de kook brengt op het tweepitsgasstelletje neem ik het interieur van de camper in me op. Er is een smal gangetje naar het achterdeel van de camper, waar een traditioneel camperbed staat dat over de breedte is geplaatst. Er liggen twee dikke slaapzakken en een stapel wollen dekens op. Ik schat in dat de breedte de een meter twintig nog niet haalt. Het is volledig strak tegen de wanden gebouwd en ik zie nergens een mogelijkheid om langs het bed te lopen. 'Uhm, is dat onze slaapplek?' vraag ik bezorgd.

Aron knikt bevestigend. 'Het is wat krapjes maar daardoor des te knusser.'

Ik kijk hem onderzoekend aan maar kan niet inschatten of zijn insinuatie plagend of serieus bedoeld is. 'Maar hoe zit dat dan als de persoon die achter ligt 's nachts naar het toilet moet?'

'Dan moet die persoon over de persoon die vooraan ligt heen kruipen of het zien op te houden tot de ochtend.'

Alles in mij maakt een terugtrekkende beweging. Ik heb dus geen andere keuze dan de nacht door te brengen met Aron in een veel te krap bed. De paniek moet van mijn gezicht af te lezen zijn.

'Ik ga wel achter liggen want ik hoef 's nachts nooit naar het toilet. Voor jou dus geen klauterwerk met een volle blaas. En verder hou ik me netjes stil op mijn eigen helft.'

Ik produceer een flauw lachje en weet nu al dat ik vannacht geen oog dicht zal doen. Ik mag dan wel wat puberaal fantaseren over de kus waarbij onze lippen elkaar per ongeluk raakten, maar met echte intimiteit heb ik altijd grote moeite gehad en dat heb ik nog steeds. Er is heel wat voor nodig om door mijn pantser heen te breken voordat ik me veilig genoeg voel. Bart is het uiteindelijk gelukt omdat hij engelengeduld had en mij altijd het tempo heeft laten bepalen. Sinds we uit elkaar zijn is er geen andere man meer in mijn leven geweest en dat was een bewuste keuze. Zelfs Bart heb ik nooit kunnen vertellen waarom ik zoveel moeite had om hem dichtbij te laten komen. Ik weet niet of ik het aankan om zo dicht bij Aron te zijn zonder dat ik een kant op kan.

Ineens vraag ik me af of ik hier wel goed aan heb gedaan. Ik vervloek mezelf dat ik zo onnadenkend hierin ben gestapt. Niemand weet dat ik met Aron en een camper door een afgelegen natuurgebied reis en mijn telefoon heeft geen ontvangst. Zijn satellietcommunicatiesysteem draagt hij op zijn lijf en is buiten mijn bereik. Overal om me heen alleen maar dikke pakken sneeuw en gruwelijke kou. Zelfs wilde dieren als ik Aron moet geloven. Ik kan hier voor eeuwig verdwijnen zonder dat er in eerste instantie een haan naar kraait. Pas als Barts skivakantie nadert en hij heeft nog niks van me gehoord of als ik mijn deadlines voor *Tripping* mis, zullen er misschien alarmbellen gaan rinkelen. Ik denk aan mijn lieve zoon. Bart en ik hebben ooit afgesproken dat we in de periode dat ons kind bij de andere ouder is niet aan de lijn hangen om het voor Hidde niet ingewikkelder te maken. Tot nu toe heeft het werk hier me genoeg afgeleid, maar nu snak ik ernaar om hem even vast te houden. Met mijn ouders heb ik al jaren geen contact meer, dus die zullen het niet eens doorhebben. Het besef dat ik zo'n beetje alleen op de wereld ben, daalt langzaam in.

Sinds mijn scheiding met Bart heb ik me volledig op mijn werk gericht en geen enkele investering gedaan in het behouden van sociale contacten of het maken van nieuwe. De tranen springen me in de ogen en ik knipper driftig om ze terug te dringen. De toch al kleine camper roept een gevoel van claustrofobie bij me op dat ik lang niet gehad heb. Ik probeer overdreven adem te halen met mijn buik om de opkomende paniekaanval te onderdrukken. Net op dat moment begint de fluitketel schril te fluiten en ik blijf er bijna in. Aron is zo druk in de weer met zakjes eten en oploskoffie dat hij niks in de gaten heeft. Gelukkig, want het laatste waar ik zin in heb is om mijn gedrag te moeten verklaren. Ik blijf me stug concentreren op mijn buikademhaling en tik om beurten met mijn handen op mijn knieën om mezelf af te leiden. De piep in mijn oren en het lichte gevoel in mijn hoofd nemen af en tegen de tijd dat Aron zich omdraait en een dampende mok oploskoffie en een bord pasta bolognese voor mijn neus zet, ben ik voldoende hersteld om hem aan te kijken.

'Pasta bolognese,' zegt hij ten overvloede. 'Zo'n gevriesdroogde maaltijd. Ben ik erg fan van als ik met de camper op pad ben. In een handomdraai klaar en smaakt prima. Ik hoop dat je het hiermee redt tot de avondmaaltijd.'

'Vast wel,' zeg ik en met trillende hand schep ik een lepel vol pasta en blaas de hitte ervan af voordat ik hem in mijn mond stop.

# 15

*Voor mijn doen heb ik vannacht goed geslapen. Iets waar ik na de vele slapeloze nachten niet meer op had gerekend. Lui rek ik me uit en draai nog eens op mijn zij terwijl ik de stapel dekens tot aan mijn neus optrek. Het huis is vannacht best wel afgekoeld en ik weet dat ik niet lang meer kan wachten met wat hout op de haard te gooien. Toch is de verleiding om nog even te blijven liggen groter dan de plicht die roept. Ik doezel weer weg. Als ik een tijdje later weer wakker schrik is er iets veranderd. Er hangt een ijzige sfeer en dat heeft niets te maken met de haard die nu waarschijnlijk helemaal uit is. Er is iets anders aan de hand en ik kan er de vinger niet op leggen wat het is.*

*Ik huiver als ik uit bed kom. Mijn wangen zijn ijskoud en het puntje van mijn neus doet pijn omdat er niet genoeg bloed doorheen stroomt. De kou van de vloer dringt door mijn dikke wollen sokken heen als ik naar de haard loop. Hij is zoals ik al vermoedde inderdaad uitgegaan. Vlug stook ik het vuur weer op en blijf even kijken naar het vlammenspel. Normaal word ik daar rustig van, vandaag op de een of andere manier niet. Het onrustige gevoel waar ik mee wakker werd is erger geworden. Ik haat het als mijn intuïtie opspeelt en de ratio verdringt. Een stuk hout valt met een bonk tegen de gesloten kacheldeur aan en ik spring geschrokken achteruit. Mijn hart dreunt als een heipaal tegen mijn borstkas en mijn ademhaling is raspend en onregelmatig. Weer realiseer ik me hoe slecht het voor me is om op deze plek te zijn. Van een stoere vrouw die alles onder controle had, ben ik steeds meer veranderd in een angstig kind. En het lijkt met de dag erger te worden.*

*Ik trek een extra wollen trui aan en een broek die gevoerd is met fleece. Daarna komt het ritueel met jas, muts, sjaal en handschoenen. Je loopt hier door de temperaturen die in de winter ver onder nul liggen nooit 'even snel' naar buiten. Ik ben eraan gewend dat ik mezelf hier altijd moet wapenen. Tegen de kou en tegen het dreigende gevaar. Ik gris mijn jachtgeweer mee als ik de deur ontgrendel en naar buiten stap. Ik laat mijn ogen over de maagdelijke sneeuw om het huis gaan. Er is vannacht weer een aardig pak gevallen dat mijn voetstappen van gisteren heeft uitgewist. Dat er nergens in de sneeuw om me heen nieuwe voetstappen te zien zijn, zou me gerust moeten stellen. Niemand loopt hier ongezien langs. Toch blijft de onrust samen met mijn ochtendhonger knagen in mijn maag.*

*Ik begin aan mijn dagelijkse patrouille rond het huis. Mijn geweer in de aanslag alsof uit elke hoek een vijand kan komen. Dat is geen paranoïde gedachte, maar bittere realiteit. Ik zoek rugdekking bij de randen van het huis. Het is nog donker, en toch voel ik me enorm zichtbaar. Ik til mijn voeten hoog op omdat ze steeds enkeldiep wegzakken in de knerpende sneeuw. Als ik de vlaggenmast zie kan ik het niet laten om ernaartoe te lopen en er een trap tegen te geven. Een trap waar onbeschrijfelijk veel emoties in zitten. Toch lucht het niet op. Sterker nog, het maakt mijn frustratie alleen nog maar groter. Als ik mijn route vervolg blijf ik staan bij de rand van het bos. Ik speur tussen de bomen door. Achter elke woudreus kan een verborgen vijand staan. Verderop in de duisternis is een hele verborgen wereld die ik niet kan zien.*

*De wind begint aan te trekken en ik kijk bezorgd naar de*

*donkere lucht. Als het straks losbarst zou het buiten weleens onbegaanbaar kunnen worden. Ik sluit een sneeuwstorm niet uit. De kou dringt steeds verder door de beschermende lagen van mijn kleren heen en ik weet dat ik hier niet te lang meer kan blijven staan. Mijn wangen zijn droog en pijnlijk, ondanks de vettige crème die ik er dagelijks op smeer. Mijn longen schrijnen bij elke ademhaling en produceren geen wasem meer als ik uitblaas.*

*In een opgevoerd tempo maak ik mijn patrouille via de bosrand af en loop naar de schuur. Mijn jachtgeweer zet ik tegen een paar pallets met hout aan. Het voelt niet fijn om het wapen tijdelijk achter te laten, maar met de bats die ik nu in handen heb kan ik als het moet ook rake klappen uitdelen. Ik graaf een pad uit door de dikke laag sneeuw naar mijn huis, zodat ik een paar kruiwagens hout naar binnen kan brengen waar ik de komende week mee doorkom. Het zal niet de eerste keer zijn dat een sneeuwstorm de witte omgeving om me heen overvalt en ik nog verder word afgesloten van de buitenwereld. Het enige prettige aan die situatie is dat als ik niet weg kan, anderen hier ook niet kunnen komen. Bij die gedachte verlang ik onmiddellijk naar die ondoordringbare deken van sneeuw die me even een paar dagen veiligheid en rust kan brengen. De continue stroom van stress is slecht voor mijn lijf, dat merk ik aan alles. Mijn hartslag is hoger dan normaal, mijn ademhaling oppervlakkiger en het zou me niet verbazen als de chronische hoofdpijn iets met mijn bloeddruk te maken heeft. Over wat het mentaal met me doet probeer ik maar niet te veel na te denken.*

*Ik ploeter voort met mijn kruiwagen en breng de ene na de andere lading hout naar binnen. Ik stapel het op tegen de wanden van de hal omdat ik er daar het minste last van heb. De woonkamer wil ik zo veel mogelijk vrijhouden. Als ik daar mijn kont niet kan keren dan wordt het opgesloten ge-*

*voel alleen maar erger. Ik moet er alles aan doen om het mentaal vol te houden en niet verder in mijn oude patronen van paniek te vervallen. Met mijn blik op oneindig laad ik nog twee extra kruiwagens vol. In de gang ligt inmiddels zoveel hout dat er nog maar een smal looppad is naar de woonkamer. Tevreden kijk ik naar het resultaat van mijn noeste arbeid nadat ik de laatste blokken heb opgestapeld. Mocht die sneeuwstorm komen dan ben ik in elk geval goed voorbereid. Boodschappen heb ik gisteren nog uitgebreid gedaan. Veel houdbaar spul waar ik nog een tijd op kan teren.*

*Ik rijd de lege kruiwagen terug naar de schuur. Maak de bats schoon en schrik als het ineens pikkedonker om me heen wordt. Is iemand de schuur binnengedrongen? Heeft die persoon het licht uitgedaan zodat ik niet zie dat ik word beslopen? De afstand tussen mij en mijn jachtgeweer is slechts een paar meter, maar het voelt als oneindig. Ik houd mijn adem in en spits mijn oren. Eerst is er alleen maar stilte, maar dan hoor ik geschuifel. Mijn hart slaat een slag over. In een opwelling ren ik richting de plek waar mijn geweer ongeveer moet staan. Het is alles of niets, ik moet mezelf kunnen verdedigen. Terwijl ik dat doe wordt het geritsel harder. Op het moment dat ik mijn jachtgeweer eindelijk te pakken heb voel ik iets langs mijn been strijken. Ik aarzel geen seconde. Blind door de duisternis los ik een schot in de richting van het geluid. Ik weet niet of ik iets geraakt heb, maar om me heen wordt het weer stil.*

*Ik heb mijn geweer in de aanslag terwijl ik wacht op wat er gaat komen. Ik begin te tellen in het ritme van een secondewijzer om bij te houden hoeveel tijd er verstrijkt. Als ik bij driehonderd ben en er vijf minuten voorbij zijn gegaan in doodse stilte durf ik eindelijk weer wat dieper adem te halen. Op goed geluk schuifel ik in de richting waar de deur moet zitten en duw hem snel open. De bewegingsmelder doet zijn werk en de lamp die buiten aan de schuur hangt floept aan. Het geeft me genoeg licht om te zien dat er niets in de schuur is. In elk geval geen mens. Meteen zie ik ook waardoor de plotselinge duisternis is veroorzaakt: de ouderwetse gloeilamp aan het plafond is doorgebrand. Alle spanning vloeit mijn lijf uit in een hysterische lachbui waar geen eind aan lijkt te komen. Ik laat mezelf op de grond zakken en het lukt me pas om op te staan als mijn lijf met wat laatste gehik weer tot bedaren komt.*

*Bevangen door de kou omdat de schuurdeur al die tijd open heeft gestaan, werk ik mezelf overeind. Het geritsel dat ik eerder hoorde klinkt weer en voordat ik op onderzoek uit kan gaan schiet er iets met een rode vacht langs me heen naar buiten. Een vos die dacht een veilig onderkomen in mijn schuur gevonden te hebben! Het beestje staakt zijn vlucht als hij een paar meter bij de schuur vandaan is. Draait zich om en kijkt me recht aan. Ik zal het me wel inbeelden, maar het lijkt of ik iets van verwijt in zijn ogen zie omdat ik bijna een schot hagel in zijn kont heb geschoten. Ik haal mijn schouders op en mompel een excuus. Hij draait zich om en rent weg. Ik ben weer alleen.*

*Ik pak een trapje en een nieuwe lamp en vervang het doorgebrande peertje. Nu de schuur weer goed verlicht is zie ik dat de kogel die ik blind heb afgeschoten in de robuuste poot van de werkbank is blijven steken. Ik besluit hem voor nu te laten zitten en hem er op een later moment uit te peuteren. Ik moet terug naar binnen om de haard weer bij te vullen voordat hij weer uitgaat. Ik pak mijn jachtgeweer en hang het om mijn nek zodat ik mijn handen vrij heb. Het is fijn om het wapen tegen mijn lijf te voelen. Ik werp nog een laatste blik in de schuur, doe de lamp uit en sluit de deur af. Als ik er een meter vandaan ben gelopen, ga ik weer terug omdat ik bedenk dat het misschien wel handig is om de bats en de sneeuwschep tijdelijk een nieuw onderkomen in mijn huis te geven. Mocht ik insneeuwen dan heb ik in elk geval wat gereedschap om mezelf uit te graven. De verder aantrekkende wind voert de dreiging op.*

*Over mijn uitgegraven paadje schuifel ik terug naar huis. Het is een beetje glad geworden op het spoor dat mijn kruiwagen in de sneeuw heeft achtergelaten. Gelukkig voorkomen de stugge profielzolen van mijn snowboots dat ik een onverwachte val maak. Het geweer bungelt aan mijn nek als ik vooroverbuig om mijn voordeur open te maken. Het slot is in de relatief korte tijd dat ik weg ben geweest bevangen geraakt door de kou en werkt niet bepaald mee. Ik moet er eerst wat ontdooier in spuiten voordat ik na even geduld de sleutel om kan draaien. Zodra ik binnen ben draai ik hem aan de binnenkant op slot en schuif de grendels ervoor. De aangename warmte van de kachel komt me in de gang al tegemoet. Terwijl ik de bats en de sneeuwschep tegen het hout aan zet en mijn besneeuwde laarzen op de mat achterlaat, rommelt mijn lege maag verontwaardigd. Nadat ik wat extra hout op de kachel heb gegooid om hem nog even extra op te stomen, loop ik naar de keuken. Een royaal ontbijt met eieren en spek gaat er wel in na al mijn inspanningen en mijn cafeïnetekort moet ook broodnodig verholpen worden. Neuriënd zet ik een koekenpan op het fornuis en vul ik de fluitketel aan de kraan bij het raam. Als ik opkijk valt de gevulde fluitketel uit mijn handen. Er klinkt een harde klap en water spat alle kanten uit, maar dat is niet waar ik van schrik. Ik schrik omdat er iemand naar me staat te kijken. Ze hebben me gevonden.*

# 16

Als ik wakker word lig ik te rillen van de kou. Ik lig op mijn rug met mijn armen strak tegen mijn lichaam aan. De matras naast me is leeg en de dekens die over een lege slaapzak liggen zijn teruggeslagen. Gretig gooi ik ze over mezelf heen. Vlakbij klinkt wat gerommel met servies, gespetter van vet in een pan en het schrille gefluit van een fluitketel. Op het raam bij het voeteneind van het bed zitten ijsbloemen die me beletten om naar buiten te kijken. Het verbaast me dat ik uiteindelijk toch in slaap ben gevallen en het verbaast me nog meer dat ik niet heb gemerkt dat Aron over me heen is gekropen om ontbijt te maken.

Aron komt aanlopen met een mok dampende oploskoffie en ik wurm mezelf een stukje onder de stapel dekens vandaan om hem aan te pakken. 'Hoe laat is het?' vraag ik met schorre stem. 'Of kan ik beter vragen hoe vroeg?'

'Vier uur.'

'Wát?' Ik kreun.

Aron doet net of hij het niet hoort. 'Ik heb ontbijt gemaakt en wil over een halfuurtje weer gaan rijden. Volgens de weersvoorspellingen gaat het halverwege de middag weer sneeuwen maar de lucht is nu nog helder. Als er kans is op noorderlicht dan is het de komende uren.'

*Vier uur! Midden in de nacht!* Hoewel we gisteravond al om acht uur naar bed gingen (want wat moet je anders in een koude camper in een besneeuwd landschap), voelt mijn lijf allesbehalve uitgerust aan. Mijn botten zijn koud, mijn gewrichten stram en mijn rug is stijf van alle ongemakkelijke houdingen die ik heb aangenomen bij het fotograferen van de kudde elanden. Ik verlang ontzettend naar een warme douche maar vrees dat daar geen ruimte voor is in het strakke tijdschema van Aron. Ik zal genoegen moeten nemen met een deodorantdouche, wat gezien de muffe slaapgeur die om me heen hangt geen overbodige luxe is.

Als ik aanschuif op de bank tegenover het keukentje zet Aron net twee borden met gebakken eieren die druipen van het vet, een pot pindakaas en een mandje met crackers op het tafeltje. 's Nachts om vier uur iets vets eten is voor iemand die het ontbijt het liefst overslaat een uitdaging, maar ik ga hem aan. Aron zit weer in zijn stugge modus en eerlijk gezegd vind ik het wel prima. Ik doe geen enkele moeite een gesprek op te starten en zwijg en kauw met hem mee. Ik dwing mezelf om de eieren helemaal op te eten en weet er zelfs nog een royaal besmeerde cracker met pindakaas in te krijgen. Als ik iets heb geleerd van gisteren dan is het wel dat je je lijf van voldoende brandstof moet voorzien om de kou en het wandelen op de moeilijk begaanbare witte vlaktes te kunnen doorstaan. De laatste hap spoel ik weg met het restje koffie dat nog in mijn mok zit.

'Nog een beetje? Er zit nog wat warm water in de fluitketel.'

'Nee, dank je, ik heb al flink mijn best gedaan hiervoor.'

Aron ruimt de tafel af en zet het vuile serviesgoed in het gootsteentje.

'Moet ik het even afwassen?' bied ik aan.

'Daar hebben we eind van de middag genoeg tijd voor. Als je kans wilt maken op noorderlicht dan moeten we prioriteiten stellen en nu op pad gaan,' slaat hij mijn aanbod resoluut af.

‘Oké, dan ga ik mezelf klaarmaken voor vertrek,’ zeg ik, en ik duik mijn tas in op zoek naar een borstel en deodorant. Met het elastiek dat rond het handvat van de borstel zit, bind ik mijn warrige kapsel in een staart om te voorkomen dat mijn haar steeds in mijn gezicht waait als ik straks aan het werk ben. Terwijl ik mezelf flink bespuit met deodorant en parfum om eventuele minder prettige geurtjes te verdoezelen haalt Aron de thermomat los die met zuignappen tegen de binnenkant van de voorruit zit. Als hij de deur opendoet om de beschermhoes die aan de buitenkant zit te verwijderen en de ruit te behandelen met glasreiniger, trekt de ijzige wind die binnenkomt een spoor van kippenvel over mijn huid. Na een paar minuten komt Aron weer binnen met de geur van menthol om hem heen.

‘Beetje ruitenreiniger geknoeid,’ zegt hij als hij me hoort sniffen. Hij gaat achter het stuur zitten en ik neem naast hem plaats. Hoewel de ruit nu vrij is levert het geen spat meer licht op in de camper. De wereld om ons heen is aardedonker omdat het dunne sikkeltje van de maan niet genoeg reflectie geeft op het witte sneeuwlandschap. Aron start de motor en laat hem even goed warmdraaien voordat hij de lichten aanknipt en de radiator wat hoger zet. ‘Het heeft vannacht niet heel veel gesneeuwd, dus in principe zou het moeten lukken om zo weg te rijden.’ Hij geeft rustig gas en als hij wat tegenstand ervaart drukt hij het pedaal verder in. De wielen spinnen even maar vinden dan genoeg grip om de camper in beweging te brengen. Zwalkend als een dronkenman rijden we weg en het duurt een paar honderd meter voordat we echt stevig op de weg liggen en ik weer een beetje relaxed adem kan halen. Aron zet een zacht muziekje aan. Als de warmte van de radiator en de rustige tonen de ruimte vullen doezel ik langzaam een beetje weg.

'Rianne, we zijn aangekomen op het punt waar ik wilde wezen en ik ga de auto parkeren.'

Er wordt zachtjes aan mijn arm geschud en ik vlieg overeind. 'O nee, ik ben in slaap gevallen,' zeg ik beschaamd. 'Ik ben het gewoon niet gewend om zo vroeg op te staan. Sorry.'

'Geeft niet,' zegt Aron glimlachend. 'Ik ben beter getraind. Als visser ben ik regelmatig 's nachts in touw. Ik zorg gewoon dat ik genoeg uren slaap krijg binnen de vierentwintig uren van een dag en ik zit niet zo gebakken aan een vast ritme of gezette tijden.'

'Ik ben echt het tegenovergestelde, geef mij maar rust, reinheid en regelmaat,' geeuw ik. In gedachten tel ik de dagen af totdat ik het vliegtuig naar huis kan nemen. Weg uit die kou, die duisternis en niet meer midden in de nacht opstaan. Maar het beeld van mezelf op mijn bank met als enige gezelschap een knorrige Pluis en Netflix maakt het ineens een stuk minder aantrekkelijk om naar huis te gaan. Elke dag hetzelfde riedeltje: werken, eten, slapen en af en toe een nukkige puber die de laatste tijd liever bij zijn vader en Nicole is omdat hij wil voetballen en gamen met zijn vrienden uit die buurt in plaats van met zijn saaie moeder opgescheept te zitten. Deze twee weken in Noorwegen bieden me eindelijk een onderbreking van de dagelijkse sleur en in plaats van het fantastisch te vinden loop ik voornamelijk te zuchten en te steunen. Ik spreek mezelf streng toe en hoop dat ik ergens mijn gevoel voor avontuur weer terug kan vinden.

Aron doet mijn deur open en steekt me zijn helpende hand toe. Ik pak hem aan en spring uit de camper. Net als gisteren laden we alle spullen op onze rug. Ik zak een beetje door mijn knieën door het zware gewicht en worstel even met het vinden van een nieuw zwaartepunt. Mijn eerste stappen zijn wat wankel en de spieren in mijn bovenbenen en kuiten voelen zwaar en stram. De rugzak drukt oncomfortabel in mijn rug en ik schuif hem wat meer naar het midden. Ik volg Aron en ben hem dankbaar dat hij rustig van start gaat. Sneller dan gisteren heb ik een lekker ritme te pakken. Mijn koude spieren warmen op en de pijntjes verdwijnen steeds verder naar de achtergrond. Onder invloed van de endorfine die door mijn lijf stroomt, bonkt mijn hartslag in een gestaag tempo. Met elke stap die ik zet neemt het euforische gevoel toe en worden de zorgen minder. Want zeg nou zelf: hoe bijzonder is het eigenlijk om in dit onherbergzame witte landschap dat voor toeristen niet toegankelijk is te mogen jagen op het noorderlicht?

# 17

De traditionele rode Noorse blokhut steekt fel af tegen de dikke laag sneeuw waar hij door omringd wordt. Ook op het dak ligt een dik pak. Aan de vlaggenmast die boven het geheel uitsteekt wappert een gerafeld reepje vergane stof dat ooit aan een vlag toebehoorde. Het danst wild mee op de wind in een laatste poging om het gevecht met de elementen niet te verliezen. Het gebouwtje zou zomaar kunnen opduiken op het X-account van Abandoned Places dat onder andere verlaten plekken en gebouwen in kaart brengt.

'Even een paar foto's maken,' schreeuw ik tegen Aron, die een paar meter voor me loopt en niet naar de hut heeft omgekeken. Hij draait zich om en houdt zijn hand bij zijn oor om aan te geven dat hij me niet verstaan heeft. Ik wijs naar de hut en daarna naar de camera om mijn nek. Hij knikt en komt naar me toe lopen. 'Die hut staat al heel lang leeg, ik heb er nog nooit iemand gezien sinds ik hier kom en dat is al heel wat jaartjes.'

'Weet je wie er gewoond heeft?'

'Nee, geen idee. Er staan in deze omgeving wel meer van dit soort volledig verlaten hutjes. De moderne mens trekt toch het liefst naar een dorp of een stad, waar het leven een stuk minder zwaar is. Spartaans wonen met alle ontberingen die erbij komen kijken was vroeger normaal omdat je niet beter wist, maar tegenwoordig is ook hier de levensstandaard en welvaart flink verbeterd en het gros van de mensen neemt geen genoegen meer met minder.'

Ik stel mijn camera in en maak wat foto's. Daarna neem ik de omgeving wat beter in me op en loop een stukje om het huis heen. Erachter ligt een schuur. 'Aron, kom eens kijken.'

'Wat?'

'Ik vraag me af of deze plek wel zo verlaten is. Er is een pad uitgegraven vanaf de schuur naar het huis. En kijk eens naar die schoorsteen. Het lijkt wel of daar rook uitkomt.'

'Shit, je zou weleens gelijk kunnen hebben. Dan moeten we hier maar niet te lang stil blijven staan. Straks krijgen we een schot hagel in ons achterste voor *trespassing*.'

'Meen je dat nou?' vraag ik geschrokken.

Hij grinnikt als antwoord en mompelt er een 'Zal wel meevallen' achteraan.

'Denk je dat het safe is als ik nog een foto maak?'

'Doe jij je werk maar, ik hou de boel wel in de gaten.'

Ik loop weer naar de voorkant van het huis, stel mijn camera nog wat bij en precies als ik wil afdrukken gaat er een lamp aan en verschijnt er een gezicht voor het raam waar ik op uitkijk. Ik schrik me kapot. Het gezicht kijkt me recht aan en even heb ik via mijn camera oogcontact. Mijn vinger drukt automatisch een paar keer op de ontspanknop en dan ren ik weg. 'Er is iemand binnen die niet al te vrolijk kijkt,' schreeuw ik tegen Aron. 'Wegwezen hier.'

Aron spurt achter me aan en we blijven rennen totdat we allebei niet meer kunnen. Dan pas durven we om te kijken. 'Zijn we gevolgd?' hijg ik.

'Ik denk het niet.'

'Nou, tot zover de onbewoonde hut.'

'Heb je gezien of het een man of een vrouw was achter het raam?'

'Ik denk een vrouw, maar ik weet het niet zeker. Ik heb

een paar foto's gemaakt maar ik sluit niet uit dat ze door de schrik bewogen zijn.'

'Nou ja, doet er nu ook niet toe. We zijn er zonder kleerscheuren van afgekomen en nu moeten we door.'

'Geef me nog een minuutje om bij te komen en dan kan ik er weer tegenaan.' Ik stop mijn camera terug in de beschermhoes en probeer het klamme gevoel op mijn huid te negeren dat wordt veroorzaakt door het zweten en me de rillingen geeft. Mijn bonkende hart begint langzaam weer een normaler ritme aan te nemen nu het gevoel van gevaar is geweken. Want veilig voelde ik me allerminst toen ik oog in oog stond met die persoon achter het raam. Waarom zou iemand op zo'n weggestopte plek verblijven? 'Op de terugweg maar een grote omweg. Ik wil voor geen goud meer langs die hut.'

'Dat kost je dan vijfhonderd Noorse kronen extra voor de omleiding.' Ik kijk Aron aan om te zien of hij een grapje maakt, maar hij lijkt bloedserieus. Vijfhonderd Noorse kronen is nog geen vijftig euro, maar op mijn toch al krappe budget is het weer een heel bedrag. Ik moet straks nog gaan bijbeunen om alle extra's van deze klus te bekostigen en niet in de rode cijfers te komen. Tegelijkertijd realiseer ik me ook dat ik niet echt een keuze heb. Zonder de hulp van Aron vind ik de weg naar de camper nooit meer terug. Hoe erg ik het ook haat, ik ben afhankelijk van hem en dat reduceert mijn onderhandelingspositie zo'n beetje naar nul. 'Nou, jij weet wel hoe je een situatie uit moet buiten. In plaats van dat je me beschermt, knijp je me uit. Maar whatever, als jij daar gelukkig van wordt.'

Aron begint keihard te lachen. 'Dat gezicht van jou! Alsof je het grootste onrecht wordt aangedaan. Natuurlijk meen ik dat niet serieus en natuurlijk gaan we op de terugweg niet dicht langs die hut.'

'Haha. Aparte humor heb je,' mopper ik terwijl ik tegelijkertijd opgelucht ben omdat we een veilige route terug nemen en ik die vijfhonderd kronen mag houden.

Aron geeft me een speels zetje tegen mijn schouder als hij me voorbijloopt. 'Er mag gelachen worden om mijn grappen. Ze zijn gratis en voor niks.'

Ik grimas naar zijn rug en probeer weer in een prettig wandelritme te komen.

# 18

Een uur nadat we de rode blokhut achter ons hebben gelaten zijn we aangekomen op de plek die Aron voor ogen had om het noorderlicht te fotograferen. Het uitzicht bij de fjord waar grillige, besneeuwde bergtoppen omheen liggen is waanzinnig, zeker in deze vroege ochtendschemer. Met de juiste belichting is het me gelukt om een paar prachtige spookachtige plaatjes te schieten. Nu is het wachten tot het noorderlicht doorbreekt. Aron kijkt zorgelijk naar de lucht. Er beginnen zich in razend tempo dikke wolken te vormen. De wind trekt aan en het begint te sneeuwen. In eerste instantie zachtjes, maar al snel worden de vlokken dikker en vallen ze in een steeds hoger tempo.

'Ik vrees dat we heel vette pech hebben. We kunnen beter onze spullen pakken en teruglopen naar de camper.'

'Misschien is het een buitje dat snel overwaait?' probeer ik de moed erin te houden. Het zal me toch niet voor de tweede keer gebeuren dat ik het noorderlicht niet met mijn camera kan vangen?

'Ik zou willen dat je gelijk had, maar ik vrees dat dit niet zomaar een buitje is. De kracht waarmee de wind aantrekt en het tempo waarin de sneeuw naar beneden komt voorspellen niet veel goeds. Het zou me eerlijk gezegd niet verbazen als er een sneeuwstorm op komst is.'

'Wat zegt dat hippe satellietding waar je de weersverwachting mee kunt opvragen?'

‘Toen ik om vijf uur checkte stond er dat het helder zou blijven en werden er geen waarschuwingen afgegeven. Maar niets is zo veranderlijk als het weer en het komt hier wel vaker voor dat het ineens in heel korte tijd volledig om kan slaan. Het zijn voorspellingen en geen zekerheden.’

Terwijl we staan te praten begint het nog harder te sneeuwen en ik moet mijn apparatuur in veiligheid gaan brengen. Aron helpt me om alles in te pakken. Als we klaar zijn en alles is opgeborgen, kijk ik omhoog. De lucht is in die korte tijd helemaal dichtgetrokken. Dikke sneeuwvlokken geselen mijn gezicht en ik moet mijn oogleden even sluiten om te voorkomen dat ze in mijn ogen terechtkomen. Aron staat op zijn satellietcommunicator te turen terwijl de wind vol in zijn rug waait. Ik trek mijn muts nog wat dieper over mijn hoofd om te voorkomen dat de wind hem meeneemt en zet mijn capuchon ook op. Met een stevige knoop zet ik hem vast onder mijn kin. ‘En wat zegt je voorspelling die geen zekerheden geeft?’ vraag ik als hij zijn satellietcommunicator weer opbergt.

‘Er is zojuist een weeralarm afgegeven voor een sneeuwstorm die razendsnel nadert. We moeten als de sodemieter terug naar de camper. Als het ons al lukt om op tijd binnen te zijn. We zullen stevig moeten doorlopen en we ontkomen er niet aan om de kortste route te nemen.’

‘Je bedoelt dat we toch langs de blokhut moeten?’

‘Ja, we moeten onszelf zo snel mogelijk in veiligheid brengen. Het zou onverantwoord zijn om nu voor een langere route te kiezen.’

Ik knik. ‘Het is niet anders.’ Hoewel ik weet dat we geen andere keuze hebben, zint het me niks dat we weer langs die plek moeten waar ik de kriebels van kreeg. Maar mijn weerstand tegen doodvriezen in een sneeuwstorm is nog groter, dus ik leg me neer bij Arons besluit. ‘Oké, laten we gaan dan. Ik ga mijn best doen om je bij te houden. Mijn uithoudingsvermogen kan niet tippen aan jouw oerconditie.'

'Ik zal regelmatig omkijken of je me nog volgt,' stelt Aron me gerust.

Als we weglopen gaat mijn hartslag niet alleen omhoog van de inspanning, maar ook van de stress of het ons lukt om de sneeuwstorm voor te blijven. Waar we de wind op de heenweg in onze rug hadden, hebben we hem nu volledig van voren en dat bemoeilijkt onze tocht aanzienlijk. Ademhalen wordt steeds lastiger en de nog steeds heviger wordende sneeuwval bemoeilijkt ons zicht meer en meer. Ik vraag het uiterste van mijn lijf maar het lukt me niet om Arons tempo bij te blijven benen. Als ik steeds verder achteropraak, begint de paniek toe te slaan. Helemaal als mijn zicht vooruit nog maar een meter is en ik Aron niet meer zie. Ik schreeuw zijn naam, maar kom niet boven het geluid van de fluitende wind uit. Sneeuwvlokken worden met kracht mijn open mond in geblazen. *Kijk achterom!* probeer ik in gedachten naar hem te seinen, in de hoop dat hij mijn noodkreet op de een of andere manier oppikt. Op de grond, in de lucht en overal om me heen is het wit. Ik heb geen enkel houvast of oriëntatiepunt waar ik mijn richting mee kan bepalen en ik voel me reddeloos verloren. Mijn benen worden zwaarder en zwaarder en het kost me steeds meer moeite om ze op te tillen voor een volgende stap. Mijn tempo valt zo ver terug dat ik nauwelijks nog vooruitkom. Sneeuw hecht zich aan mijn wimpers en ik moet flink blijven knipperen om te voorkomen dat ze vastvriezen. Ik buig mijn hoofd en kijk naar mijn schoenen, zodat de wind en sneeuw niet meer vol in mijn gezicht blazen. Hijgend ploeter ik door terwijl elke hap koude lucht schrijnt in mijn longen.

Het puntje van mijn neus, mijn vingers en tenen voel ik niet meer van de kou en het klamme zweet onder mijn dikke laag kleren zorgt ervoor dat mijn huid steeds verder afkoelt. De zware inspanning houdt me niet genoeg warm en ik begin te bibberen. Ik sta op het punt om in huilen uit te barsten als ik ergens tegen opbots. Omdat het totaal onverwachts komt en ik niet meer stabiel sta van de vermoeidheid, val ik achterover in de sneeuw. Gelukkig kom ik op mijn kont terecht en niet op mijn rugzak met kostbare apparatuur. Aron knielt bij me neer, pakt me vast onder mijn oksels en tilt me met het grootste gemak overeind. Hij draait me met mijn rug naar de wind toe. Mijn broek en jas flapperen aan mijn lichaam en even ben ik bang dat ik als een vlieger mee de lucht in word genomen. 'Was je kwijt… Kan niet meer…' weet ik met moeite uit te brengen.

Aron houdt me vast om te voorkomen dat ik meteen weer door mijn benen zak en steekt me iets toe. 'Hier, opeten. Je hebt een hongerklop.'

Ik neem een hap van het ding dat hij bij mijn mond houdt en mijn kiezen vermalen de energiereep werktuigelijk. Nu de wind in mijn rug blaast en niet meer vol in mijn gezicht lukt het me om een beetje op adem te komen. Geconcentreerd wissel ik ademen af met eten. Als ik de reep opheb staat Aron klaar met een soort touw in zijn handen dat hij vakkundig om mijn middel bindt met stevige knopen om het vervolgens ook met zijn eigen lichaam te verbinden. 'Zo kunnen we elkaar in elk geval niet kwijtraken en merk ik het meteen als je achteropraakt of valt. Dat maakt het hopelijk een beetje makkelijker voor je. Denk je dat het je lukt om weer een stuk te lopen? We moeten echt zo snel mogelijk een schuilplek vinden en in elk geval in beweging blijven om niet onderkoeld te raken.'

Ik kijk Aron aan en zie dat zijn lippen bleekblauw zijn van

de kou. Klontjes sneeuw zijn vastgevroren in zijn beginnende baard en snor. 'Ik denk dat die reep een beetje begint te werken, want ik begin me wat beter te voelen,' klappertand ik.

'Mooi. Ik loop weer vooruit en als het touw strak staat, pak het dan maar vast voor wat extra grip. Als er iets is of je wilt me iets vertellen, geef dan twee keer een harde ruk aan het touw en dan kom ik naar je toe. Oké?'

Ik knik.

'*Let's go.*'

Als een geolied team draaien we ons om en ik duw mijn bovenlichaam naar voren om weerstand te bieden aan de harde wind die me bijna meteen weer van mijn sokken blaast. Aron staat duidelijk stabieler op zijn benen en al snel staat het touw tussen ons in strak. Ik klamp me eraan vast en doe mijn best om een goed tempo aan te houden zodat het strak blijft. Ik tel elke drie stappen die ik zet: een, twee, drie, een, twee, drie. Het helpt me om in een stabiel ritme te komen en dat maakt het geploeter op mijn verzuurde benen iets minder zwaar. Ik probeer me voor te stellen dat ik op een strand loop, waar een bloedhete zon me verwarmt om de kou minder te voelen. Ik maak mezelf wijs dat het helpt.

# 19

Mijn tijdsbesef is helemaal weg. Het enige wat telt is het blijven volhouden van het geploeter door de sneeuw. Het tellen van mijn stappen doe ik alleen nog in gedachten omdat de kracht me ontbreekt om nog geluid te produceren. Mijn hart bonkt inmiddels twee keer zo snel als mijn voeten vooruitkomen en de krachtige slagen pulseren door in mijn hoofd. Ook Aron wordt moe, dat merk ik aan zijn vertraagde tempo. Ik aarzel even maar geef dan toch twee rukken aan het touw. Aron staat onmiddellijk stil en we lopen naar elkaar toe. 'Energiereep?' vraag ik hijgend. Mijn stem is hees geworden van de ijskoude lucht die met elke ademhaling langs mijn stembanden gaat en Aron moet zich naar me toebuigen om me te kunnen verstaan. Ik denk dat onze wangen elkaar schampen maar mijn huid is inmiddels zo verdoofd dat ik het niet voel. Hij knikt en haalt twee repen uit zijn jas. We draaien ons weer van de wind af en eten ze zwijgend op. Daarna vraagt hij me om de isoleerfles met bouillon uit zijn rugzak te pakken. We drinken om en om en spoelen de laatste kruimels van de energiereep weg met het nog steeds lauwe zoute vocht. Als het door mijn slokdarm naar beneden kronkelt wordt het gebibber van mijn lijf wat minder. De korte pauze en het eten en drinken geven me precies de opkikker die ik nodig heb om weer verder te kunnen. Aron kijkt ook weer wat energieker uit zijn ogen. Zijn baardje is inmiddels volledig wit van de aangekoekte sneeuw.

'Ik denk dat we nog iets meer dan een kilometer van de blokhut verwijderd zijn. Vanaf daar duurt het onder deze slechte weersomstandigheden nog minimaal twee uur voordat we bij de camper zijn.'

De moed zakt me in de schoenen. 'Ik weet oprecht niet of ik dit nog twee uur volhou.' Ik begin weer te klappertanden en het lukt me niet om het te onderdrukken.

'Het beste zou zijn dat we een schuilplek vinden tot de storm wat is gaan liggen.'

Ik laat mijn blik over de open vlakte gaan. 'Een schuilplek. Waar dan?'

'In de buurt van de hut ligt een bos. Als we daar kunnen komen dan hebben we in elk geval wat extra beschutting. Of...' Aron valt even stil.

'Of?' moedig ik hem aan.

'Of we moeten aankloppen bij de blokhut en vragen of we mogen schuilen. Al is het maar in de schuur.'

Het rotgevoel dat ik had toen we bij de hut stonden komt weer opzetten, maar wordt al snel overgenomen door het verlangen naar een warme kachel. Mijn behoefte aan het laatste is groter dan mijn angst voor de onbekende persoon in het huis. Aankloppen bij de blokhut is misschien gevaarlijk, maar ik ga liever dood in een warm huis dan hier op deze onherbergzame vlakte in de kou. 'Dan kies ik toch voor de blokhut,' zeg ik beslist. 'Jij?'

'Ik ook. Ik vind dat we de gok maar moeten nemen. En mocht het uit de hand lopen dan kom ik met mijn vuisten en mijn jachtmes een heel eind.'

'Misschien maken we er wel een te groot drama van,' zeg ik dapper. 'Misschien worden we wel gastvrijer onthaald dan we denken.'

'We gaan het meemaken.'

Ik controleer of ik Arons rugzak goed dicht heb gedaan

en als dat het geval blijkt gaan we weer op pad. Al snel bewegen we ons voort in een volmaakte synergie. De aanhoudende sneeuw veroorzaakt nog steeds een gordijn dat ver vooruitkijken onmogelijk maakt en we hebben pas door dat we de blokhut naderen als we er bijna tegenop lopen. Binnen brandt nog licht. Automatisch pak ik Arons hand als we naar de deur lopen. Hij trekt zijn hand niet terug. Als hij zijn vuist heft om aan te kloppen, klinkt er een hard geluid. Aron duikt op me af en we vallen samen in de sneeuw. 'Laag blijven,' sist hij, als ik me in blinde paniek onder hem vandaan wil worstelen. Er klinkt een tweede knal en zelfs voor mijn ongeoefende oren valt het niet te ontkennen: het zijn schoten.

# 20

Aron ligt als een betonblok boven op me en drukt me tegen de grond. Mijn armen gaan ongecontroleerd alle kanten op en raken hem in zijn gezicht. Grommend pakt hij mijn polsen en drukt mijn armen boven mijn hoofd tegen de grond. Ik probeer me los te worstelen maar zijn handen zijn als bankschroeven en ik kan geen kant op. Diep weggestopte herinneringen van vroeger flitsen door mijn hoofd en die angst en pijn komen in volle hevigheid terug. Mijn lichaam wordt slap en het is net alsof ik van bovenaf naar mezelf kijk. Aron zit nog steeds boven op me. Hij heeft mijn armen losgelaten en schudt me heen en weer. Slaat me een paar keer in het gezicht. Ik wil wel reageren, maar het lukt me niet. Ik krijg geen contact met mijn lijf. Dan klinkt er een derde schot en wordt iets in mij weer wakker. Als reactie leg ik mijn armen over mijn hoofd terwijl de knal nagalmt in mijn oren.

'We moeten hier nu weg!' bijt Aron me toe. Zijn gezicht staat grimmig. 'Ik weet niet wat er aan de hand is en wie die trekker steeds overhaalt, maar we zijn hier een levende schietschijf. We moeten bij die bosrand zien te komen. Tussen de bomen zijn we een stuk veiliger.'

'Het lijkt juist of de schoten daarachter bij het bos vandaan komen. Misschien is het veiliger om toch aan te kloppen bij die hut?' stel ik voor, nu mijn alertheid terug is.

'Die vrouw die je op de heenweg achter het raam zag kan

best eens de schutter zijn, dus dat risico ga ik niet nemen. Nogmaals, we weten niet wat er aan de hand is en wie we kunnen vertrouwen. En nu je mond houden en meekomen, discussiëren doen we wel als we op een veiligere plek zijn aanbeland.'

Aron begint bij me weg te kruipen en ik kan niet anders dan hem volgen. Voor geen goud blijf ik hier in mijn eentje achter. Zo snel als we kunnen werken we ons op handen en knieën bij de hut vandaan richting de schuur en de daarachter gelegen bosrand. Van het uitgegraven pad langs het huis is bijna niks meer te zien. Verse sneeuw heeft het zo goed als begraven. Het is ongelofelijk wat er in relatief korte tijd uit de lucht is gevallen.

Richting de schuur kruipen voelt onnatuurlijk. Alle alarmbellen die in mijn lijf afgaan schreeuwen dat ik de andere kant op moet. Zo ver mogelijk bij dit terrein en de gebouwen vandaan. Maar Aron heeft wel een punt, de bosrand biedt meer bescherming dan deze open vlakte en de snelste manier om er te komen is langs de schuur. Aron komt een stukje overeind, kijkt goed om zich heen en wenkt me dat ik moet volgen. Hij rent gebukt verder richting de bomen. Voortgestuwd door adrenaline lukt het me om mijn stramme benen in beweging te krijgen en dicht bij hem te blijven. We zijn gelukkig nog steeds met een touw aan elkaar verbonden, want het zicht is nauwelijks beter geworden.

Terwijl ik met mijn laatste krachten richting de bosrand ploeter, spits ik mijn oren. Op de loeiende wind na is het stil om ons heen, maar ik ben er beducht op dat er elk moment weer een schot kan klinken. De overlevingskracht die dat met zich meebrengt, zwengelt mijn uitgeputte lijf nog eens extra aan.

Eindelijk bereiken we de bomen en kunnen we het iets

rustiger aan gaan doen. Naar adem snakkend lopen we het bos een stukje in tot ik een ruk aan het touw moet geven omdat ik echt niet meer verder kan. Aron reageert meteen en staat binnen een paar seconden naast me. Ik buig voorover en steun met mijn handen op mijn knieën terwijl ik probeer om een beetje op adem te komen. Aron legt zijn hand losjes op mijn heup om me te ondersteunen. Zijn lichaam fungeert als een pilaar waar ik dankbaar tegenaan leun. Langzaam krijg ik weer wat meer lucht in mijn longen, maar mijn opluchting is van korte duur als ik een hoestbui krijg door de koude lucht die mijn longen al te lang irriteert. Ik kom overeind. Aron is achter me gaan staan en ondersteunt met zijn handen mijn uitgeputte middenrif dat nauwelijks in staat is om de hoestprikkel op te vangen. Als ik eindelijk ben uitgehoest kan ik niet meer op mijn benen staan en ik plof neer in de sneeuw. Aron gaat naast me zitten en wacht geduldig tot ik weer een beetje op adem ben gekomen. Hij geeft me de isoleerfles met bouillon aan en ik neem gretig een paar slokken. Voordat hij de kans krijgt om hem aan me te geven heb ik de energiereep die hij vasthoudt al uit zijn hand gegrist. Alle brandstof die ik kan krijgen is welkom en ik eet de reep zo snel mogelijk op.

Veel te snel naar mijn zin staat Aron weer op.

'Nog heel eventjes,' smeek ik hem.

Beslist schudt hij zijn hoofd. 'We moeten in beweging blijven, anders krijgt de kou of de schutter ons te pakken. We lopen tussen de bomen door parallel aan de weg die we oorspronkelijk zouden nemen. Kom, nog even doorzetten. Uitrusten kunnen we pas als we in de camper zijn.'

'Denk je dat de schutter hier nog rondloopt?'

'Geen idee. Het is sinds dat laatste schot al even rustig, maar we moeten er maar rekening mee houden dat er nog meer kunnen volgen. Wat ik wel weet is dat de schoten met een jachtgeweer zijn afgevuurd.'

'Een jager dus?'

'Zou kunnen, maar hoeft niet. Hier in de regio hebben veel mensen een jachtgeweer voor het schieten van klein wild. Wat mij zorgen baart is dat er geen enkele jager is die op pad gaat in een sneeuwstorm. Je ziet geen hand voor ogen en alle beesten trekken zich met dit weer diep in het bos terug. Geen beginnen aan als je het mij vraagt. Dus de kans dat het om jachtschoten gaat is klein. We moeten hier hoe dan ook zo snel mogelijk wegkomen.' Hij draait zich om ten teken dat ons gesprek ten einde is en dat we weer aan de bak moeten. Mijn lijf is inmiddels zo onophoudelijk aan het bibberen dat ik me begin af te vragen of ik hier wel heelhuids vandaan kom. Het is volgens eerdere beweringen van Aron nog minstens twee uur lopen naar de camper en ik weet serieus niet of ik dat wel red met mijn ongetrainde lijf in deze barre weersomstandigheden.

Het touw trekt strak en dwingt me om Aron weer in zijn kielzog te volgen. Hier in het bos is de laag sneeuw iets minder dik, maar het is nog steeds een enorme klus om erdoorheen te ploeteren. De sneeuwschoenen doen absoluut hun werk, maar kunnen niet voorkomen dat ik bij elke stap een stukje wegzak. De scherpe pijn in mijn voeten is overgegaan in een gevoelloosheid en ook in mijn handen breidt het verdoofde gevoel zich steeds verder uit. Mijn dikke met fleece gevoerde handschoenen lijken net als ik de strijd met de kou misschien wel te gaan verliezen. Ik probeer een knop om te zetten in mijn hoofd en alle doemdenkerij uit te bannen, want als ik me er te ver door laat meeslepen dan val ik nu neer en kom ik nooit meer overeind. Ik buig mijn hoofd, concentreer me op mijn voeten en begin mijn stappen weer te tellen. Dat heeft eerder gewerkt dus dat moet nu ook maar lukken. Precies op het moment dat ik wonder boven wonder weer in een lekker ritme begin te komen steekt Aron zijn arm naar rechts en staat hij abrupt stil. Ik weet net op tijd te voorkomen dat ik tegen hem opknal. 'Wat?' vraag ik terwijl ik probeer om naast hem te komen.

Hij steekt zijn arm uit om dat te voorkomen en duwt me terug. 'Achter me blijven,' sist hij, 'en doe je ogen dicht tot ik zeg dat je ze weer open mag doen.'

'Waarom...'

'Rianne, hou je kop en doe gewoon eens een keer wat ik zeg.' Voordat ik mijn ogen sluit zie ik nog net dat hij bukt en ik hoor hem een paar keer achter elkaar 'Shit!' roepen. Er is duidelijk iets aan de hand en ik wil weten wat dat is. Ik haal mijn handen voor mijn ogen weg en hap naar adem. Voor ons ligt een roerloos lichaam. Het is een man. De sneeuw om hem heen is rood gekleurd van het bloed. Aron staat er met grote ogen naar te kijken, maar komt verder niet in actie.

'Is hij dood?' vraag ik. Aron geeft geen antwoord. Ik loop naar het lichaam toe en probeer iets van een levensteken te vinden. Het controleren van een hartslag in nek en pols blijkt onmogelijk met mijn verdoofde vingers die een paarse kleur hebben. Vlug trek ik mijn handschoenen weer aan en buig me over het lichaam heen. Ik houd mijn oor bij de neus en mond in de hoop dat ik een ademhaling hoor of voel. Op het moment dat ik dat doe komt Aron in actie en hij trekt me bij het lichaam vandaan. 'Hé,' schreeuw ik verontwaardigd. 'We moeten toch weten of hij nog leeft! We kunnen hem hier toch niet aan zijn lot overlaten! Pak dat satellietding zodat we de hulpdiensten kunnen waarschuwen.'

'Hij is dood, Rianne, dat zag ik meteen al. Hij is op drie

vitale plekken geraakt.' Aron wijst naar de zij, de hartstreek en het hoofd van de man. 'We kunnen niks meer voor hem doen, maar wel voor onszelf. De schutter kan hier nog ergens rondlopen dus we moeten hier weg, tenzij je het risico wilt lopen om ook zo te eindigen.'

'We moeten contact zoeken met de politie. Dit is moord!'

Aron pakt zuchtend zijn satellietcommunicator en drukt op wat toetsen. 'Kansloos,' zegt hij al snel. 'De bomen verstoren het signaal en ik heb niet voldoende bereik om een noodoproep te kunnen doen. Ik ga me voor een dooie niet op de open vlakte wagen. Het spijt me zeer.'

'Maar kun je wel de coördinaten van deze plek zien?'

'Ja, hoezo?'

'Nou, zodat de politie de plek kan vinden als we melding maken van deze moord. Want dat is het toch duidelijk?'

'We weten niet wat er precies is gebeurd of wat er aan de schietpartij vooraf is gegaan, maar daar lijkt het wel op, ja.'

'Laat eens zien die coördinaten.'

Aron houdt het satelliettoestel voor mijn neus. Ik pak mijn camera en maak een foto van het schermpje waar de coördinaten op te lezen zijn. Daarna begin ik foto's te maken van het lichaam. Ik maak een close-up van het gezicht en de plekken waar de kogels het lichaam van het slachtoffer zijn binnengedrongen. Als ik een totaalplaatje van de man en de omgeving probeer te maken pakt Aron mijn arm vast en trekt me mee. 'Wat ben je aan het doen?'

'Wat denk je? Ik probeer de plaats delict vast te leggen voor de politie. Tegen de tijd dat wij bij de camper zijn en jij de hulpdiensten kunt waarschuwen is hij waarschijnlijk al onder de sneeuw verdwenen.'

'We gaan nu. Dit is niet het moment om de politiefotograaf uit te hangen. De belangrijkste taak op dit moment is dat we onszelf in veiligheid brengen en proberen ongeschonden bij de camper te komen, al het andere is bijzaak.' Aron begint bij het lichaam vandaan te lopen en gunt me niet eens de tijd om mijn camera fatsoenlijk op te bergen.

# 21

*De man en de vrouw lopen naar het lichaam toe en ik kruip wat verder weg achter de boom waar ik me achter verscholen heb. Mijn jachtgeweer heb ik nog steeds in mijn handen geklemd. De man blijft dicht bij het lichaam staan, werpt er een blik op, loopt eromheen maar raakt het niet aan. Hij maakt juist een terugtrekkende beweging, alsof hij schrikt en het liefst zo hard mogelijk weg wil rennen. De vrouw is assertiever en voert checks uit om te bepalen of de roerloze man aan haar voeten nog leeft. Als ze zich over het lichaam heen buigt trekt de man haar ruw weg. De vrouw is het er duidelijk niet mee eens en begint een discussie met felle handgebaren terwijl de man haar probeert te kalmeren. Haar handschoenen en jas zitten onder het bloed en ik vraag me af of ze dat wel in de gaten heeft. Bloed gulpt nog steeds uit de schotwonden die ik heb veroorzaakt en de rode plekken in de sneeuw worden groter. De vrouw pakt iets en in eerste instantie kan ik niet goed zien wat het is. De sneeuw raast onverminderd voort en belemmert mijn normaal zo scherpe zicht. Als ze het ding voor haar gezicht houdt weet ik wat het is: een camera. Ze begint foto's te maken en ik kijk vol afschuw toe. Moet ik ingrijpen of het laten gebeuren? Ingrijpen betekent dat er nog twee lijken bijkomen en dat ik de controle over de situatie verlies. Ik weet niet wie die vrouw is, of ze een groot sociaal netwerk heeft dat meteen alarm slaat als ze niks meer van zich laat horen. Dat risico kan ik niet nemen. En dan is er nog een ander probleem: ik heb blijkbaar niet zoveel moeite met moorden, maar waar ik wel moeite mee heb is het vermoorden van onschuldige mensen. De tweestrijd in mij wordt alleen maar groter als de man en de vrouw bij het lichaam vandaan beginnen te lopen en ze mij de rug toekeren. Ik richt mijn jachtgeweer en laat mijn vinger op de trekker rusten.*

*Het tweetal loopt verder bij me vandaan. Ik moet nu toeslaan, anders is het te laat. Mijn vinger zweeft nog even boven de trekker en dan gooi ik het geweer naast me neer. Ik kan het niet. Dit is niet het moment om in paniek te raken en ondoordachte dingen te doen. Het zou zoveel kapotmaken. Niet alleen voor mij. Ik heb ook verantwoordelijkheden en die zal ik moeten nemen als ik wil terugkeren naar mijn oude leven. Een leven waarin ik op mijn manier gelukkig was. Ik moet dingen in gang gaan zetten, want ik kan wel raden wat die vrouw met die foto's zal doen: naar de politie gaan. Ik kan niet hebben dat er hier rondgesnuffeld gaat worden en mijn dekmantel wordt ontdekt. Ik heb er goede hoop op dat de man haar op de een of andere manier tegenhoudt en voorkomt dat ze de politie inschakelt, omdat hij zelf ook het een en ander te verbergen heeft. Maar, daar kan ik niet met zekerheid van uitgaan en zeker niet op vertrouwen. De vrouw lijkt me iemand die haar eigen plan trekt en zich bij voorkeur door niemand iets laat vertellen. Ik herken die types altijd meteen, omdat ik zelf ook zo in elkaar zit.*

*Ik kom voorzichtig overeind en stamp flink met mijn voeten om de bloedstroom weer op gang te brengen. De man en vrouw zullen nu ver genoeg bij me vandaan zijn, maar toch wacht ik voor de zekerheid nog tien minuten extra voordat ik naar mijn huis loop om wat spullen te halen voor mijn volgende actie. Er zit maar één ding op: zorgen dat het lijk en alle sporen verdwijnen voordat deze plek weer bereikbaar is voor de hulpdiensten. Het is me eerder gelukt om een lichaam weg te werken zonder dat iemand het in de gaten had, dus ik weet wat ik moet doen.*

# 22

'We zijn er. We hebben het gehaald.' Aron wijst naar een plek voor ons. Hoewel de wind wat is gaan liggen en de frequentie waarmee de sneeuwvlokken uit de hemel op ons neerdalen is afgenomen, is mijn zicht nog steeds slecht. De vermoeidheid, de kou en de ijsklontjes die zich hebben vastgezet op mijn wimpers geven een vertroebeld beeld van de omgeving en het duurt eventjes voordat ik de camper op mijn netvlies krijg. De moed zakt me in de schoenen als ik zie dat het voertuig gedeeltelijk is ingesneeuwd. Als ik het grof inschat dan is er sinds we het ding hier achterlieten zeker een halve meter sneeuw gevallen.

Alle spanning en emoties van de barre tocht met gevaar voor eigen leven, de dode man die we op ons pad vonden en de angst dat de moordenaar ons achterna zou komen, vinden hun weg naar buiten in een enorme huilbui. Aron komt meteen op me aflopen en slaat zijn armen om me heen. Ik heb niet eens meer de kracht om me ertegen te verzetten en geef me over aan zijn omhelzing. Hij praat niet tegen me. Geen sussende of troostende woorden. Hij houdt me alleen maar stevig vast en dat is precies waar ik behoefte aan heb. Sterke armen waar ik me veilig in voel. Alleen Bart heeft me dat gevoel ooit gegeven.

Langzaam drogen mijn tranen op tot er niets meer van over is dan een koud, kronkelig spoor op mijn wangen.

Mijn lichaam schokt nu niet meer van verdriet, alleen nog van de kou.

'We moeten zorgen dat we in die camper komen. Schone en droge kleren aantrekken, opwarmen, eten.' Aron laat me voorzichtig los en met tegenzin zet ik een stap achteruit.

We kijken elkaar even verlegen aan en dan schakel ik maar weer over op de praktische modus. 'Hoe krijgen we die laag sneeuw weg zonder schep?'

'We graven met onze handen de deur vrij.' Aron zegt het alsof het de normaalste zaak van de wereld is. Het bereiken van de camper heeft hem duidelijk nieuwe energie gegeven en ik zou willen dat dat ook voor mij gold.

'Ik begin vast, kijk maar of het je lukt om mee te helpen.' Zijn handschoenen glijden soepel door de poederachtige sneeuw en ik verman me voor de zoveelste keer sinds ik dit avontuur ben aangegaan. Met gebundelde krachten weten we de deur toegankelijk te maken. Nadat de slotontdooier is ingewerkt weet Aron hem ook daadwerkelijk open te krijgen. We kloppen de sneeuw van ons af en gaan naar binnen. Ik omarm de stilte als de dichte camperdeur het geluid van de wind en de natte vlokken buitensluit. Bijna moet ik weer huilen, deze keer van pure opluchting. We hebben het gehaald. Ik plof neer op de bank bij het tafeltje terwijl Aron de petroleumkachel aanzet. Terwijl de ruimte opwarmt zet hij thee en komt met twee dampende mokken naast me zitten. 'Als we dit ophebben, maak ik wat te eten en dan ga ik de camper verder uitgraven. Als het me lukt om een begaanbaar pad naar de weg te maken dan komen we hier misschien weg zonder hulpdiensten.'

'Waarom zouden we die moeite doen terwijl we al zo uitgeput zijn? We kunnen toch beter wachten op de hulpdiensten die veel beter toegerust zijn om ons hier weg te halen? Bovendien moeten we melding doen van het lichaam dat we hebben gevonden en daar zullen ze ons wel over willen ondervragen.'

'Ik dacht dat je het wel prettig zou vinden om hier zo snel mogelijk weg te zijn na alles wat er gebeurd is. Er zit op dit moment nog te veel verstoring in de atmosfeer om een noodbericht te kunnen versturen met de satellietcommunicator. En als het uiteindelijk wel lukt, is het maar de vraag hoe snel de hulpdiensten hier kunnen zijn. Vandaag gaat dat sowieso niet meer lukken dus we zullen de nacht hier in de camper moeten doorbrengen.'

'We zitten hier in elk geval droog en het is hier een stuk warmer dan buiten. We hebben voldoende eten bij ons om niet om te komen van de honger. Na alles wat we vandaag hebben meegemaakt voelt het doorbrengen van een nacht in een ingesneeuwde camper als een vakantie.'

Aron laat mijn woorden op zich inwerken terwijl hij zijn thee naar binnen slurpt. Ook ik zet mijn lippen aan de mok en giet het hete vocht dat tot drinkbare temperatuur is afgekoeld naar binnen. Het gevoel in mijn handen begint een beetje terug te komen en dat gaat gepaard met een scherpe pijn die me doet terugverlangen naar de verdoving. Voorzichtig doe ik mijn handschoenen uit.

'Laat eens kijken.' Aron pakt mijn hand en bekijkt mijn rode, opgezwollen vingers. 'Dat gaat even pijn doen.'

'Geloof me, dat doet het al,' zeg ik met een verbeten lach. 'Moet ik me zorgen maken?'

Aron schudt zijn hoofd. 'Dit komt wel goed. Je handen zijn niet bevroren. Wat je wel moet doen is je handen wassen als ze weer een beetje zijn bijgetrokken.' Hij wijst op mijn nagels en vingertoppen, waar roestbruine plekken op zitten. Ik realiseer me dat het geen vuiligheid is, maar bloed van de doodgeschoten man en ik spring overeind, zet de kraan aan in het keukentje en begin te boenen.

Aron staat meteen naast me en zet de kraan weer uit. 'We hebben niet de beschikking over oneindig water, hè, en zolang we niet weten wanneer we hier weg kunnen moeten we dus zuinig zijn. Ik maak wel een kom met water en zeep voor je en daar zul je het mee moeten doen. De kraan lukraak laten lopen is echt geen optie. Ga maar weer zitten dan breng ik je die kom. En je kunt mijn reservejas lenen als je wilt.' Hij wijst op de roodbruine vlekken die aan de voorkant van mijn jas zitten en ik weet niet hoe snel ik het ding uit moet doen. Ik ben blijkbaar zo druk geweest met heelhuids door die sneeuwstorm komen dat het bloed op mijn jas me helemaal niet is opgevallen.

Aron zet een kom water op tafel, loopt naar het slaapgedeelte, haalt een jas uit het opbergvak onder zijn bed en helpt me erin. Als ik op het punt sta om mijn handen in één keer in de kom water onder te dompelen, houdt hij me tegen. 'Rustig aan. Ik heb het water niet warm gemaakt omdat het verschil in temperatuur met je handen anders te groot is. Tandjes op elkaar en stukje bij beetje dat water in.'

Ik laat de vingers van mijn rechterhand tot het eerste kootje in het water zakken en al snel kreun ik van de pijn. De tranen springen in mijn ogen en ik kan ze niet tegenhouden.

Aron laat me even worstelen en pakt dan voorzichtig mijn hand. 'Kom, laat mij je helpen.'

Ik geef me aan hem over met een knik en hij begint uiterst voorzichtig over mijn pijnlijke vingers te wrijven. Het gebaar is intiem en teder, helemaal omdat zijn handen net zo rood en gezwollen zijn als de mijne en hij minstens zo veel pijn moet hebben als ik. Ik sluit mijn ogen omdat ik Aron niet aan durf te kijken. Bang dat de verbondenheid die er nu tussen ons is, wordt verbroken en het ineens allemaal heel ongemakkelijk wordt in die krappe camper. Ik denk aan de eerdere omhelzing en de onbedoelde kus, en ben blij dat mijn wangen al rood zijn van de kou zodat het niet opvalt dat ik bloos.

# 23

De stilte in de camper wordt verbroken door het geluid van een zware motor. Als ik me niet vergis hoor ik ook de rotor van een helikopter. Na talloze mislukte pogingen is het uiteindelijk gelukt om een sos-bericht te versturen met Arons satellietcommunicator. Het zelf uitgraven van een pad naar de weg bleek onmogelijk, zoals ik al voorspeld had. Het was te veel, we waren te uitgeput. 'Sneeuwschuiver?' Hoopvol kijk ik naar Aron, die het geluid ook heeft gehoord en overeind komt.

'Blijf jij maar binnen zitten. Ik handel het wel af met de hulpdiensten.'

Ik kan de manier waarop Aron het zegt niet anders opvatten dan een bevel. 'Maar we moeten ze vertellen over die dode man. Ik ben een getuige. Ik heb hem nota bene aangeraakt. Zijn bloed zit op mijn kleren.'

'Onze eerste prioriteit is om hier veilig weg te komen. We willen niet dat er nog meer doden vallen, toch? Moet je kijken hoe je eraan toe bent, Rianne. Ik maak me zorgen om je.'

'Dat is heel lief van je, maar ik red me wel. Ik ben gewoon uitgeput en verkleumd, maar dat komt allemaal goed als we weer in de bewoonde wereld zijn.'

Ik zie Aron naar mijn handen kijken, die nog steeds heel veel pijn doen en die ik amper fatsoenlijk kan bewegen. Eerlijk gezegd zijn mijn handen mijn grootste zorg. Mijn vingers zijn zo verstijfd dat ik ernstig betwijfel of ik er op dit moment een ontspanknop mee kan indrukken. Wat als ze permanente schade hebben opgelopen en ik mijn werk niet meer goed kan uitoefenen? Dat zou een regelrechte ramp zijn.

Het geluid van de zware motor komt dichterbij. Aron ritst zijn jas dicht en gaat naar buiten. Voordat hij de deur dicht kan doen blokkeer ik de deuropening en steek mijn hoofd naar buiten. De ijzige kou slaat me meteen weer in het gezicht en ik kan een rilling niet onderdrukken. Een paar honderd meter van ons vandaan vang ik een glimp op van een sneeuwschuiver die een begaanbaar pad maakt richting de camper.

'Rianne, ga naar binnen. Ik regel dit.' Aron duwt me achteruit en slaat de deur met een klap dicht.

Even ben ik zo boos dat ik hem alsnog achterna wil gaan, maar uiteindelijk leg ik me er toch maar bij neer als ik de kou weer in mijn lijf voel slaan. Ik moet er maar op vertrouwen dat hij het juiste doet en de politie informeert over het lichaam dat we hebben gevonden. Zijn terughoudendheid heeft vast te maken met het feit dat hij geen zin heeft in gedoe. Over een week moet hij weer aan de bak op dat vissersschip en hij is misschien bang dat hij aan wal moet blijven als getuige. Ik snap dat dat desastreus zou zijn voor zijn inkomen, maar dat is nog geen reden om een misdaad te verzwijgen.

Ik poets de wasem die mijn adem achterlaat op het raam weg en kijk naar buiten. De sneeuwschuiver is de camper inmiddels op een paar meter genaderd. Aron staat druk gebarend te praten met iemand van de hulpdienst die knikt en wat dingen in een walkietalkie-achtig apparaat roept. Hij draagt een uniform maar ik heb geen idee of hij van de politie of een andere dienst is. Twee andere mannen beginnen ieder aan een kant de camper uit te graven, die alweer tot aan het chassis is ingesneeuwd. Hoewel de sneeuwstorm al enige uren voorbij is, is het pas sinds een halfuur echt helemaal opgehouden met sneeuwen. Ik kijk weer naar Aron en aan zijn lichaamstaal zie ik dat hij zijn gesprek aan het afronden is. Dan zal hij zo wel met die hulpverlener naar de camper komen om mijn verhaal op te laten tekenen. Tot mijn verbazing komt alleen Aron naar de camper en loopt de hulpverlener de andere kant op richting de sneeuwschuiver.

'En?' vraag ik als Aron de camper binnenkomt. 'Wat zeiden ze over die vermoorde man?'

'Dat hun eerste prioriteit nu is om ons hier veilig weg te krijgen. Precies wat ik je ook al heb gezegd. Een dode man is niet meer te redden, wij wel.'

'Maar wat is het plan dan nu? Willen ze mij niet spreken?'

'Het plan is dat we zodra de camper is uitgegraven over het pad dat de sneeuwschuiver heeft geprepareerd, naar de weg rijden. Daar in de buurt is een open plek waar we worden opgepikt door een helikopter. De camper wordt opgeladen en net als wij keurig thuisgebracht. Blijf je hier zitten terwijl we naar de weg rijden of kom je voorin?'

'Ik ga mijn spullen verzamelen terwijl jij naar de weg rijdt. Ik laat al mijn dure apparatuur hier niet liggen als de camper wordt vervoerd.'

'Je hoeft niet bang te zijn dat er iets gejat wordt, hoor.'

'Als je het niet erg vindt wil ik het risico niet nemen. En het is niet alleen dat, maar ook de kans op beschadiging als er ruig met die camper om wordt gegaan. Ik kan het me niet permitteren om een nieuwe camera te moeten kopen.'

Aron gaat achter het stuur zitten en na een paar haperingen krijgt hij de motor aan de praat. Hij geeft flink gas in zijn vrij en het toerental loopt luid ronkend op. Als er uiteindelijk een paar klappen op het dak worden gegeven ten teken dat de camper helemaal is uitgegraven, draait de motor inmiddels stabiel stationair. De camper schokt en begint langzaam achteruit te rijden over het pad dat de sneeuwschuiver heeft gemaakt. Ruimte om te draaien is er niet dus Aron zal al zijn stuurmanskunst moeten aanwenden om de camper in een rechte lijn achteruit te rijden tot aan de weg. Ik probeer me op mijn beurt te blijven focussen op het inpakken van mijn nog verspreid liggende spullen. Mijn handen werken niet bepaald mee en het is een moeizaam en pijnlijk proces. Toch lukt het me om alles precies op tijd te verzamelen. Op het moment dat Aron achterwaarts de weg op draait, rits ik mijn tas dicht. Mijn jas met bloed heb ik eruit gelaten zodat ik die meteen aan de politie kan overhandigen. Arons reservejas houdt me warm genoeg. Hoewel mijn bebloede handschoenen ook bewijsmateriaal zijn, trek ik die toch maar aan. Ik kan het me niet permitteren om mijn handen onbedekt bloot te stellen aan de kou in de toestand waarin ze nu zijn.

Aron zet de camper stil naast een grote oplegger en helpt mij naar buiten. Daarna rijdt hij zelf zijn camper op de autotransporteur. Andere mannen nemen het vastzetten van de camper voor hun rekening terwijl Aron en ik instappen bij de man van de hulpdienst met wie hij eerder een gesprek voerde. Zijn robuuste 4x4 zal ons naar de helikopter brengen. Het gaat allemaal zo snel dat ik me pas realiseer dat de bebloede jas nog in de camper ligt als we al op weg zijn naar de helikopter. 'Aron, we moeten terug. Mijn jas ligt nog in de camper en die moeten we aan de politie geven.'

'Ik zal er persoonlijk voor zorgen dat dat goedkomt, maar we gaan er nu niet voor terug.'

'Maar dat moet!'

'Ik zeg toch dat ik ervoor zorg. Vertrouw je me niet?'

Aron kijkt me indringend aan en door zijn blik krijg ik het niet over mijn lippen om te zeggen dat ik het niet weet. Ik heb geen aantoonbare reden om hem niet te vertrouwen. Hij heeft goed voor me gezorgd en me proberen te beschermen. Verslagen zak ik achterover.

'Jij moet even alleen maar aan jezelf denken nu. Bijkomen van alles en herstellen. Ik regel de rest, oké?'

'Oké.'

De 4x4 ploegt naar de open plek waar de helikopter op ons staat te wachten. De autodeuren worden opengedaan en ik stap uit. Als ik mijn tas wil pakken houdt Aron me tegen. 'Ik geef hem je zo aan.' Hij stapt uit en houdt mijn tas tegen zijn borst gedrukt. Die van hem ligt nog in de auto. Voor ik er erg in heb ben ik omringd door twee mannen die uit de helikopter zijn gesprongen. Ze pakken me allebei bij een arm en willen me meevoeren. 'Mijn tas! Ik moet mijn tas hebben.' Ik probeer me los te wurmen, maar hun greep is te stevig. Dit soort dwang trek ik niet. Denkend aan oude angsten en trauma's begin ik te vechten. 'Aron, help me!' schreeuw ik. 'Ik wil dit niet.'

Aron zegt wat in het Noors tegen de mannen en hun greep verslapt zodanig dat ik me eindelijk los kan rukken. Mijn ogen zijn groot van paniek en ik word licht in mijn hoofd van mijn snelle ademhaling. Aron steekt zijn hand op naar de mannen dat ze wat afstand moeten nemen en zet een paar stappen in mijn richting. 'Rianne, rustig aan. Ze willen je alleen maar helpen.'

'Waarom pakken ze me zo vast?'

'Je staat te wankelen op je benen, daarom pakken ze je zo vast. Je wilt niet ook nog eens onderuitgaan, toch? Je moet niet onderschatten wat je allemaal hebt meegemaakt. Ze gaan je even goed checken in het ziekenhuis en als dat allemaal oké is dan word je naar Skarsvåg gebracht.'

'Naar een ziekenhuis? Dat heb je er niet bij gezegd. We zouden meteen naar Skarsvåg worden gebracht.'

'Je moet even goed voor jezelf laten zorgen, Rianne. Ik zorg wel voor je spullen en zal Ebbe op de hoogte stellen. Ik zie je vanavond in je chalet.'

'Wat? Ga je niet mee met die helikopter?'

'De vrachtwagen brengt mij en de camper thuis.'

'Waarom moet jij niet zo'n medische check ondergaan?'

'Ik ben dit soort omstandigheden gewend en heb wel erger meegemaakt. Met mij gaat het prima. Voor jou is de survivaltocht die we hebben gemaakt in dat erbarmelijke weer een extreme situatie en het is goed om in de gaten te houden hoe je lichaam dat verteert. Geef je er nou maar gewoon aan over en voor je het weet zit je weer in je cottage bij de kachel.' Aron heeft mijn tas nog steeds tegen zijn borst geklemd en ik probeer hem uit zijn handen te trekken. Ik voel weerstand en hij laat niet zomaar los.

'Ik ga nergens heen zonder die tas.'

'Het is hartstikke onhandig als je zo'n groot lomp ding met overbodige ballast bij je hebt. Ik zorg dat hij ongeschonden in je cottage wordt gezet.'

'Overbodige ballast? In die tas zit mijn hele hebben en houden. Ik wil mijn spullen bij me hebben, dus geef hem nou maar aan me.' Even staan we allebei aan het ding te trekken maar uiteindelijk krijg ik mijn zin.

'Maar je camera dan? Die kan ik toch veel beter in je cottage leggen dan dat-ie overal mee naartoe wordt gesleept met kans op beschadiging.'

'Heel lief van je, Aron, echt waar, maar maak je geen zorgen. Het is mijn vak om mijn camera overal mee naartoe te slepen en ik weet heel goed hoe ik dat moet doen zonder dat-ie beschadigd wordt.'

'Je hebt mijn nummer. Laat het me weten als je op weg

bent naar Skarsvåg dan vang ik je daar op,' zegt Aron en dan draait hij zich om en loopt weg.

De mannen die me geforceerd in de helikopter wilden zetten staan nog steeds op een afstandje naar ons te kijken. '*I'm ready*,' laat ik ze weten terwijl ik richting de helikopter loop. Een van de mannen neemt mijn tas van me over en stapt ermee de helikopter in. Zijn collega helpt mij naar binnen en volgt dan zelf. Zodra ik ben geïnstalleerd wordt de deur dichtgeschoven en komt de rotor in beweging. Als de boel op volle kracht draait stijgen we loodrecht op. Ik druk de koptelefoon die me is opgezet stevig tegen mijn oren en kijk door het raam naar beneden. Er komt steeds meer afstand tussen mij en de witte wereld onder me. De voertuigen daarbeneden worden net als de mensen steeds kleiner. De helikopter zwenkt opzij als we de boomgrens zijn gepasseerd. Ik probeer tussen de poppetjes Aron te ontdekken, maar hij lijkt verdwenen.

## 24

Nadat de helikopter op het dak van het ziekenhuis is geland, word ik naar buiten geholpen. Op het dak staan een man en een vrouw klaar met een brancard. Ik schud mijn hoofd en geef aan dat ik zelf wel kan lopen, maar daar gaan ze niet mee akkoord. Omdat ik geen puf heb voor een hele discussie en hier zo snel mogelijk weer weg wil zijn, ga ik op de brancard zitten. Ik zet me schrap als er een band om mijn benen en borst wordt vastgesnoerd en probeer niet in paniek te raken als de boel nog eens stevig wordt aangetrokken. Ik weet dat het uit veiligheidsoverwegingen is, om te voorkomen dat ik van de brancard af val, maar ik trek het niet. Mijn ademhaling versnelt en ik krijg weer dat lichte gevoel in mijn hoofd, ik kan er niets aan doen. Als ik het gevoel heb dat ik geen kant op kan, knapt er iets. Er wordt een deken over me heen gegooid. De brancard wordt gedraaid en ze willen me wegrijden. 'Mijn tas! Geef me mijn tas!' gil ik met hoge stem. Een van de mannen die me in de helikopter heeft geholpen legt mijn tas op mijn benen. Ik trek hem naar me toe en klamp me eraan vast. Op de een of andere manier werkt het wat kalmerend.

Ik word het ziekenhuis in gerold en met de lift naar beneden gebracht. Via een lange gang word ik naar een zaal gereden en er met brancard en al in gezet. De gordijntjes om me heen worden dichtgetrokken en met een 'De dokter komt zo bij u', word ik alleen gelaten voordat ik kan vragen om de banden waarmee ik op de brancard ben vastgesnoerd los te maken. Ik doe een halfslachtige poging om ze zelf wat los te sjorren, maar de grote tas die nog steeds op mijn schoot ligt, maakt dat onmogelijk. Zuchtend laat ik me achterovervallen en probeer te berusten in mijn lot. Na wat een eeuwigheid lijkt te duren steekt een vrouw in een witte jas met een stethoscoop om haar nek haar hoofd om het hoekje van het gordijn. '*You're the Dutch snow angel?*' vraagt ze met een lach op haar gezicht.

'*I'm Rianne de Winter, and I'm dying to get off this thing.*' Ik wijs op de brancard.

'Ja, comfortabel is anders, ik weet het. Ik ben dokter Hansen. Mijn assistent Bjørnar Nilsen kan er elk moment zijn en dan willen we u even onderzoeken. Ik heb gehoord dat u kennis hebt gemaakt met de Noorse ruigheid en kou en er langer dan gewenst aan bent blootgesteld. We willen zeker weten dat u geen ernstige onderkoelings- of bevriezingsverschijnselen hebt.'

'Onderkoelingsverschijnselen vindt u alleen in mijn humeur als ik hier nog veel langer gevangen word gehouden. Ik vind dit hele gedoe eerlijk gezegd nogal overdreven. Ik voel me prima, ik ben alleen moe van het hele gebeuren en wil zo snel mogelijk terug naar mijn cottage in Skarsvåg. Ik ben hier voor werk en ik wil weer aan de bak om mijn tijdschema niet in de war te schoppen.'

'Wat doet u voor werk?'

'Ik ben fotograaf en ik maak een reportage voor een magazine over het gebied rond de Noordkaap. Ik was samen met een gids in een camper naar nationaal park Ånderdalen gegaan om achter het noorderlicht aan te jagen en wat meer van de ongerepte natuur vast te leggen toen we werden overvallen door een sneeuwstorm.'

De arts knikt. 'Het weer kan hier soms ineens omslaan...'

Voor ze haar zin kan afmaken piept het hoofd van een man met blond haar door een spleet van het gordijn heen. 'Ah, daar zul je Bjørnar hebben. Laten we maar meteen beginnen dan, gezien uw haast.' Ze geeft me een knipoog.

Mijn tas wordt van me afgenomen en op de grond in de buurt van de brancard gezet. 'Voorzichtig! Er zit kwetsbare apparatuur in.'

De banden rond mijn benen en borst worden losgemaakt. Mijn handschoenen worden afgenomen en Bjørnar begint mijn kleren van mijn lijf te pellen. Ik duw hem weg. 'Ik kleed mezelf uit.'

Bjørnar wisselt een blik met de arts en doet een stap terug als ze een subtiel knikje met haar hoofd geeft. Ik stap van de brancard en trek een voor een de lagen kleding uit. Omdat mijn handen nog steeds pijnlijk en stijf zijn gaat het niet al te snel. Bjørnar en dokter Hansen kijken van een afstandje toe en laten me mijn gang gaan tot ik in mijn ondergoed voor ze sta. Ik kruis beschermend mijn armen voor mijn borst. Hoewel het voor deze twee aan de orde van de dag is dat mensen zich voor hen uitkleden, voelt het voor mij heel ongemakkelijk. Bjørnar lijkt in de gaten te hebben dat ik de meeste moeite met hem heb en verdwijnt achter het gordijn. Hij komt terug met een bed en vraagt me daar op te gaan zitten. Hij doet zijn best om het me comfortabel te maken. Mijn kleren en handschoenen legt hij op een hoopje op de brancard en dan rijdt hij het ding buiten de zone van de gordijnen, zodat er voldoende ruimte is om langs het bed te lopen.

Dokter Hansen buigt zich over me heen. 'Ik zal elke keer zeggen wat ik ga doen, oké?'

Ik knik.

'Ik begin met luisteren naar uw hart en longen.' Ze blaast een paar keer tegen de stethoscoop om die een beetje op te warmen en stopt de oordopjes in haar oren. 'Adem maar een paar keer diep in en uit door uw mond.' Bij elke ademhaling wordt de stethoscoop verplaatst. Eerst alleen aan de voorkant van mijn borst en daarna op mijn rug.

'Dat klinkt allemaal goed. Nu ga ik nog even naar uw hart luisteren.' De stethoscoop verhuist weer naar mijn borst. 'Prima.'

Bjørnar komt aanlopen met een karretje waar wat apparatuur op staat. Hij schuift een bloeddrukband om mijn linkerarm. Dan bevestigt hij een knijpertje aan de wijsvinger van mijn rechterhand en zet de apparaten aan die mijn bloeddruk en het zuurstofgehalte in mijn bloed moeten meten. Er klinkt wat gepiep en de knijper rond mijn vinger wordt verplaatst naar mijn oorlel. Terwijl de apparaten hun ding doen steekt hij een thermometer in mijn vrije oor. Alle gemeten waarden worden keurig genoteerd op het klembord dat hij in zijn hand houdt. Dokter Hansen vraagt me om te gaan liggen zodat ze mijn buik kan controleren. Ze duwt her en der wat en zegt wat in het Noors tegen Bjørnar. Hij krabbelt weer wat op zijn klembord. Dokter Hansen laat haar ogen over mijn benen gaan en buigt zich dan over mijn voeten. Ze doet wat zenuwtestjes en vraagt me of ik dat voel. Gelukkig kan ik daar ja op antwoorden. Dan richt ze zich eindelijk op het gebied waar ik me de grootste zorgen over maak, mijn handen. Ze pakt ze een voor een vast, bestudeert ze uitgebreid en laat me wat bewegingen maken. Het gaat me niet makkelijk af en ik grimas van de pijn, maar het lukt. Hansen overlegt weer in het Noors met Bjørnar, die instemmend knikt.

'U hebt mazzel gehad met uw handen,' zegt Hansen in het Engels tegen mij. 'Ze zijn net niet bevroren geraakt en ik heb geen reden om aan te nemen dat u er blijvende schade aan overhoudt. U moet ze de komende dagen goed warm houden. Ik zal u een paar oefeningen meegeven die de bloeddoorstroming bevorderen, een zalfje om uw huid soepel te houden en een pijnstiller die de scherpe randjes ervan afhaalt.'

'Is die pijnstiller een sufmaker?' vraag ik bezorgd. 'Ik moet echt weer aan het werk en daarvoor moet ik mijn kop erbij houden.'

'Als u helder in uw hoofd wilt blijven dan kan ik u beter een hoge dosering paracetamol voorschrijven. Als u die trouw drie keer per dag, dus om de acht uur inneemt, dan bouwt u een spiegel op die de pijn voldoende zou moeten verzachten om te kunnen functioneren. Volgens mij bent u wel een bikkel.'

'Doe mij dan maar die paracetamol,' zeg ik vastberaden.

'Prima, doen we dat. Bjørnar, als jij mevrouw haar kleren wilt aangeven?' De assistent verdwijnt naar de gang, waar hij de brancard met mijn kleren heeft geparkeerd. Hij komt terug met mijn spullen en legt ze naast me op bed. Zo snel als ik kan kleed ik me weer aan, maar er ontbreekt iets. 'Hé, waar zijn mijn handschoenen?'

Bjørnar haalt zijn schouders op. 'Ik had de brancard met uw spullen even op de gang gezet om wat ruimte in de kamer te creëren. De brancard was inmiddels opgehaald en ik trof uw kleren aan op een stoel op de gang. Misschien zijn uw handschoenen gevallen? Ik zal nog even kijken op de gang of er iets op de grond ligt.'

'Heel graag,' zeg ik met een knoop in mijn maag. Ik heb die handschoenen met bloed nodig voor de politie.

Bjørnar komt terug en schudt zijn hoofd. 'Op de gang ligt in elk geval niks. Ik ben het hele pad afgelopen en heb onder alle stoelen gekeken. Sorry, maar ik vrees dat u nieuwe zult moeten kopen.'

'O nee,' roep ik uit terwijl ik mijn hand voor mijn mond sla.

‘Ik snap dat het vervelend is, maar het is niet de grootste ramp die u vandaag hebt meegemaakt, toch? U kunt hier op elke hoek van de straat wel goede handschoenen kopen, dus u hoeft zich geen zorgen te maken dat u uw handen niet goed kunt beschermen.’

‘Dat is het niet. Die handschoenen waren belangrijk! Er zat…’ Even aarzel ik, maar ik besluit er niet omheen te draaien. ‘Er zat bloed op van een dood lichaam dat mijn gids en ik in de sneeuw hebben gevonden.’

‘Een dood lichaam?’

‘We waren in de sneeuwstorm op de terugweg naar onze camper en liepen door een stuk bos omdat we hoopten daar wat meer beschutting te vinden. Daarvoor hadden we een paar knallen gehoord die op schoten leken. In het bos stuitten we op een lichaam met een heleboel bloed. In de sneeuw eromheen en op het lichaam zelf. Ik heb tegen beter weten in gecontroleerd of de man nog leefde en toen is er bloed terechtgekomen op mijn handschoenen en mijn jas. De gids heeft mijn jas en zal die aan de politie overhandigen als hij melding maakt van de moord. Ik kon hem mijn handschoenen niet meegeven omdat ik geen andere had en ik mijn handen niet kon blootstellen aan de kou. Als Aron, zo heet mijn gids, de politie naar mij zou verwijzen om me te horen dan zou ik de handschoenen zelf aan ze geven met de hoop dat ze er nog DNA vanaf kunnen halen als extra bewijs. Die handschoenen zijn dus onvervangbaar!’

Zowel Hansen als Bjørnar staat me met glazige ogen aan te kijken. ‘U hebt dus naar eigen zeggen een vermoorde man gevonden?’ verbreekt Hansen hun stilzwijgen.

‘Ja, dat zeg ik toch?’

‘Ik wil bij nader inzien toch nog even wat bloedwaarden bij u checken.’

‘Hoezo? Waar is dat voor nodig?’

'Ik wil zeker weten dat u niet bent uitgedroogd.'

'Denkt u soms dat ik onzin klets?'

Hansen kijkt betrapt.

'Ik werk niet mee aan een bloedonderzoek en wil de politie spreken. Ondertussen zal ik mijn gids bellen, zodat hij u kan vertellen dat ik dit allemaal niet verzin. Ik heb foto's gemaakt van het lijk, de plaats delict, en ik weet zelfs de coördinaten van de plek waar we die dode man hebben gevonden.' Grimmig pak ik mijn mobiel en bel Aron. De telefoon gaat eindeloos over, maar hij neemt niet op. Tot mijn verbazing springt het toestel niet op een voicemail en wordt de verbinding uiteindelijk verbroken. Ik probeer het nog een keer. Zelfde verhaal. Bij de derde poging krijg ik een toon die aangeeft dat het nummer niet in gebruik is. Hansen en Bjørnar kijken me al die tijd strak aan. 'Hij neemt niet op. Hij zal wel op een plek zijn waar de mobiele ontvangst slecht is.'

De arts en haar assistent lijken beiden niet verbaasd. 'Ik kan u niet laten gaan zonder dat ik uw bloed heb gecontroleerd. Ik moet weten of het medisch verantwoord is om u te laten gaan. Ook om claims achteraf te voorkomen.'

'Er mankeert mij helemaal niks. U kunt me niet dwingen.'

'Toch wel. Als u blijft weigeren dan stel ik een rekening op van hier tot Tokio waarvan u het gros niet vergoed zult krijgen van uw ziektekostenverzekeraar. Zeg het maar.'

Ik kook van woede, maar ik weet dat ze haar dreigement waar kan maken. Ik kan me het horrorverhaal van een collega-fotograaf nog herinneren. Ze moest voor een acute blindedarmoperatie tijdens haar verblijf in de VS nog zo'n zevenduizend euro zelf aftikken omdat haar verzekering alleen het Nederlandse tarief vergoedde. Ik heb de financiële buffer niet om dat soort bedragen te betalen. 'Prik dan maar,' bijt ik haar met samengeknepen kaken toe.

Bjørnar rommelt wat in een kast achter het gordijn en komt terug met een soort kartonnen bakje in de vorm van een nier, waarin een stuwband, twee naalden en wat buisjes liggen. Met enorme weerzin ontbloot ik mijn arm en draai mijn hoofd weg als de naald door mijn huid prikt.

Als hij klaar is plakt hij een pleister op het wondje. 'Ik breng het meteen even naar het lab. De uitslagen zouden binnen een uur bekend moeten zijn.'

Ik kan wel janken bij de gedachte dat ik nóg een uur moet verblijven in dat rotziekenhuis en de tranen springen me in de ogen. 'Wilt u de politie voor me bellen?' vraag ik Hansen. Als ik ze mijn verhaal vast kan doen dan besteed ik mijn wachttijd tenminste nog nuttig.

Ze kijkt op de pieper die aan haar doktersjas zit geklemd. 'Sorry, ik moet naar een spoedgeval. Bjørnar zal een verpleegkundige inschakelen die met u meeloopt naar de ziekenhuisapotheek voor het zalfje en de paracetamol. In het winkeltje beneden zijn volgens mij ook handschoenen te koop. Dat zou ik u aanraden. Ik wens u het beste.' En weg is ze. Tandenknarsend til ik mijn tas op bed en haal mijn fotocamera eruit. Er verkrampt iets in mijn buik als ik hem niet aan krijg. Het lukt me om de reserveaccu eraan te klikken en dan klinkt het vertrouwde geluid dat ik altijd hoor als mijn camera aanspringt. Zo goed en zo kwaad als het lukt scrol ik door de plaatjes die ik de afgelopen dagen heb geschoten tot ik bij de foto's van het lijk kom. Wonder boven wonder zijn ze allemaal goed genoeg gelukt om een duidelijk beeld te geven van het slachtoffer en de situatie waarin Aron en ik hem aantroffen. Als ze mij dan niet geloven dan moeten mijn foto's maar voor me spreken. Ik laat mijn camera aanstaan zodat ik Bjørnar de foto's kan laten zien als hij terugkomt. Als hij de kamer weer binnenloopt duw ik hem mijn camera onder zijn neus. 'Hier, geloof je me nu? Dít hebben mijn gids en ik aangetroffen in het bos. Reden genoeg om de politie te bellen, lijkt me.'

Bjørnar wordt bleek en kijkt weg.

'Ach, kom op, dit is vast niet de eerste keer dat je een dooie ziet. Bel de politie, ik wil ze spreken.'

'Ik ga even overleggen,' mompelt hij en hij weet niet hoe snel hij de kamer weer moet verlaten. Ik zet mijn camera uit om de accu te sparen en haal voor de zekerheid de SD-kaart eruit. Ik stop hem in een beschermhoesje en prop hem in mijn bh zodat ik hem maximaal kan beschermen tegen de kou en zeker weet dat ik hem niet verlies. Als de kamerdeur weer opengaat spring ik op, ervan overtuigd dat het Bjørnar is. Maar het is een blonde vrouw met een dikke knot op haar hoofd en een paar velletjes in haar hand die verdacht veel op recepten lijken. Ze heeft een lege rolstoel bij zich. 'Ik ben Solveig en ik loop even met u mee naar de apotheek.'

'Ik wacht eerst tot Bjørnar Nilsen terugkomt, hij is even iemand voor me aan het bellen.' Ik heb geen zin om het hele verhaal weer uit de doeken te doen dus ik houd het maar een beetje vaag.

'Dokter Nilsen is naar een spoedgeval, dus die komt niet meer terug. Ik zal de bloeduitslagen namens de artsen met u bespreken en dan kunt u hopelijk naar huis. Ik heb een nummer gekregen dat ik kan bellen om u naar Skarsvåg te brengen.'

Mijn woede laait weer op, maar ik slik hem in. Deze vrouw kan het ook niet helpen dat haar collega's me niet ter wille zijn. Als ik in Skarsvåg ben ga ik samen met Aron zelf wel naar de politie. Ik berg mijn camera veilig op in mijn tas.

'Gaat u maar zitten.' Solveig wijst op de rolstoel.

'Nee, dank u, ik loop liever.'

'Wat u wilt. Zet dan in elk geval die zware tas in de stoel en vermoei uzelf niet meer dan nodig is.'

Dat is een tip die ik wel ter harte wil nemen. Zeker als ik mijn benen enorm voel protesteren als ik ze weer dwing om in beweging te komen. Gelaten onderga ik de wachttijd bij de apotheek en reken ik de medicatie af. Solveig staat met een telefoon aan haar oor als ik terugloop met mijn zakje chemische troep.

'Ik heb goed nieuws voor u, de uitslagen waren goed en u mag gaan van dokter Hansen. Ik zal even een belletje doen voor het vervoer.'

Ik moet me bedwingen om niet meteen als een gek naar de uitgang te spurten. Solveig legt me uit waar ik kan wachten op mijn taxi, die er volgens haar binnen een kwartier zou moeten zijn. Ik bedank haar en vraag nog waar ik het winkeltje kan vinden om nieuwe handschoenen te kopen. Als ze me ook dat heeft verteld neemt ze afscheid van me. Ze rept met geen woord over de rekening voor alle onderzoekjes en dat ik die nog moet betalen voor ik weg mag. Dat is dus een zorg voor later. Ik maak dat ik wegkom voordat ze zich bedenkt.

# 25

Verbaasd kijk ik om me heen wanneer de taxi de parkeerplaats op rijdt die hoort bij de camping in Skarsvåg. Terwijl Senja werd bedolven onder een dikke laag sneeuw, lijkt er hier nauwelijks een vlokje te zijn gevallen sinds ik bij Aron in zijn camper stapte. De motor van de taxi draait stationair en de chauffeur lijkt geen aanstalten te maken om uit te stappen en een deur voor me open te doen. Ik morrel zelf aan de deur, maar de hendel blokkeert omdat hij op slot zit. '*Could you please let me out, sir?*'

De chauffeur reageert in eerste instantie niet en even ben ik bang dat hij me gaat vragen om de rit ter plekke af te rekenen voordat hij de deur ontgrendelt. Maar dan hoor ik een klikgeluid en ik weet niet hoe snel ik mezelf en mijn tas naar buiten moet wurmen. Voordat ik de deur weer dichtsla bedank ik de chauffeur met een haastig '*Thank you. Have a nice day*', en maak me uit de voeten. Ik twijfel of ik eerst even het gemeenschappelijke gebouw zal binnenlopen om Ebbe te laten weten dat ik weer terug ben. Maar vanwege mijn vermoeidheid en de druk van de zware tas op mijn rug besluit ik dat dat later ook wel kan. Op mijn laatste krachten strompel ik naar mijn cottage en ontgrendel de deur. De temperatuur in de compacte ruimte is zalig en omarmt me als een moeder die haar dochter na een lange tijd weer in haar armen sluit. Voorzichtig leg ik mijn tas op het onderste stapelbed en haal mijn camera eruit. Ik berg hem zorgvuldig weg in een kast. Daarna pel ik de lagen kleding van me af en gooi ze op een hoop in de hoek. Ik verlang naar een warme douche na die paar dagen vol ontberingen, maar ik heb op dit moment niet de puf om de kou weer in te gaan en naar de gemeenschappelijke badruimte te lopen. Ik moet echt even een paar uur slapen voordat ik weer een beetje kan functioneren.

Maar voordat ik aan mijn vermoeidheid mag toegeven moet ik eerst nog iets heel belangrijks doen: de foto's die ik heb gemaakt van de dode man op mijn computer zetten en er een goede back-up van maken. Het is op dit moment nog het enige bewijs dat ik aan de politie kan overleggen, aangezien mijn handschoenen zijn verdwenen en ik mijn bebloede jas ook niet in mijn cottage zie liggen. Aron heeft zich of niet aan zijn afspraak gehouden, of hij is er om de een of andere reden nog niet aan toegekomen. Ik weet niet eens of hij inmiddels zelf ook weer terug is in Skarsvåg.

Ik pak mijn laptop en zet hem aan. Het geheugenkaartje dat ik in mijn bh heb, leg ik ernaast. Terwijl mijn computer opstart was ik me zo goed en zo kwaad als het gaat met een washandje vol kokosdouchegel bij de keukenkraan. Als mijn huid schrijnt van het boenen en de zweetlucht die zich diep in mijn neus heeft vastgezet eindelijk is vervangen door een frisse geur, sproei ik een flinke wolk deodorant onder mijn oksels en parfum achter mijn oren en op mijn polsen. Voor het eerst in dagen voel ik me weer echt schoon. Ik trek een met fleece gevoerde joggingbroek en een beige coltrui van merinowol aan en ga met een glas warm water achter mijn laptop zitten, die inmiddels is uitgerateld. Terwijl ik kleine slokjes drink, zet ik de fotobestanden over naar mijn computer en mijn account in de cloud. Als het hele back-upproces is afgerond begin ik de foto's die ik de afgelopen dagen heb gemaakt stuk voor stuk te bekijken op mijn laptop. Tussen de natuurfoto's die ik in het begin heb gemaakt zitten een paar prachtige plaatjes die Marloes zeker zullen bekoren.

Tijd om te genieten van mijn goed gelukte werk neem ik niet en ik klik vlug door totdat ik bij de foto's kom die ik van het rode chalet met de vlaggenmast heb gemaakt. De foto die ik heb gemaakt toen die vrouw achter het raam verscheen is een beetje bewogen omdat ik schrok van haar plotselinge verschijning, maar gelukkig nog scherp genoeg. Ik vergroot de foto en bestudeer het gezicht. Het is bleek en rond de mondhoeken en ogen wat gegroefd. De scherpe jukbeenderen en kin geven het gezicht iets strengs. In de blik in haar ogen zie ik een combinatie van vastberadenheid en woede waar ik bang van word. De vrouw straalt uit dat ze boos is op de hele wereld en dat je maar beter uit haar buurt kunt blijven. Haar dikke blonde haar hangt in een grove vlecht over haar rechterschouder. De dikke bovenkleding die ze draagt maakt het onmogelijk om haar postuur goed in te schatten, maar gezien haar smalle gezicht denk ik dat ze meer kleren draagt dan vet. Is dit de vrouw die de schoten heeft gelost of is zij er net als ik en Aron door verrast? Ik bestudeer het gezicht nog eens. Is dit het gezicht van een moordenaar? Alles wat ik ervan vind of zeg is speculatie. De politie is de enige die misschien een antwoord op de vraag kan geven.

Dan klik ik door naar de volgende foto en slik ik flink als het lijk en de plaats delict op mijn scherm verschijnen. Er is zoveel bloed. De aanblik maakt me misselijk. Ik scrol door tot ik bij de close-upfoto kom van het gezicht van het slachtoffer. Ik wil dit helemaal niet zien, maar toch kan ik ook niet wegkijken. Mijn ogen worden naar het scherm getrokken. De foto van het dode, verwrongen gezicht en de inslag van de kogel laten onmiskenbaar zien dat er geen leven meer in de man zit. Dit moet voldoende bewijs zijn voor de politie dat er een moord is gepleegd. Tussen al het bloed meen ik wat hersenpulp en botsplintertjes te zien en ik heb moeite om de slok water die ik zojuist heb gedronken binnen te houden. Ik dwing mijn hand om op de muis te klikken zodat dit nachtmerrieplaatje van mijn scherm verdwijnt. Nu moet ik het nog van mijn netvlies af zien te krijgen. Misschien lukt dat met de laatste foto die ik heb ingeladen. Hij is van Aron en ik heb hem gemaakt toen we zaten bij te komen in de camper na de sneeuwstorm. Hij kijkt recht in de zoeker en zijn ruige baardje maakt hem niet onverzorgd maar juist aantrekkelijk. Zijn indringende ogen doen me meer dan ik wil toegeven.

Ik denk terug aan de manier waarop hij mijn handen zachtjes masseerde in de bak water, een moment waarop de muur om hem heen een beetje leek af te brokkelen. Maar tegelijk met die herinneringen komen ook de gedachten aan zijn stugheid en norse buien weer naar boven. Ik weet nog steeds niet precies wat ik nou aan hem heb. Het contrast tussen zijn stemmingen is zo groot dat het moeilijk is om me een beeld te vormen van de echte Aron. De behoefte om hem te bellen voordat ik ga slapen is na het zien van de foto ineens heel groot. Ik wil weten waarom hij niet zoals afgesproken naar mijn cottage is gekomen, of hij de politie heeft geïnformeerd over de dode man en waar mijn bebloede jas is gebleven. Ik pak mijn telefoon en klik zijn nummer aan. Net als bij mijn laatste belpoging in het ziekenhuis krijg ik de melding dat het nummer niet in gebruik is. Dat is vreemd, want hij moet nu toch wel terug zijn in Skarsvåg. Een ongerust gevoel overvalt me. Zou er iets aan de hand zijn met hem? Is de vrachtwagen waarmee zijn camper wordt vervoerd ergens gestrand op een plek zonder mobiel bereik? Is er een ongeluk gebeurd? Wil hij me om de een of andere reden niet meer spreken? Dat laatste kan ik me eigenlijk niet voorstellen. Er is niets tussen ons voorgevallen wat hem een goede reden geeft me te ghosten. Bovendien ben ik hem het resterende bedrag voor zijn gidswerk nog schuldig. Toen we de afspraken maakten gaf hij aan het geld hard nodig te hebben. Ik kan me dus niet voorstellen dat hij het geld laat lopen.

'Waar zit je, Aron, en wat ben je aan het doen?' mompel ik hardop. Een stoot adrenaline verdrijft de behoefte om mijn bed in te duiken. Zolang ik niet weet waar Aron uithangt kan ik toch niet slapen. Ik negeer de honger die inmiddels flink begint te knagen en trek mijn jas en boots aan. Ik zet mijn laptop uit en berg hem op in de kast waar ik ook mijn camera in heb gelegd. Het SD-kaartje stop ik weer terug in mijn bh. Ondanks de dubbele back-up die ik heb gemaakt voelt het nog steeds niet oké om het ergens te laten slingeren. Het materiaal dat erop staat is te belangrijk. Vastberaden verlaat ik mijn cottage en loop naar het gezamenlijke gebouw. Het duurt niet lang voordat ik Ebbe vind. Hij staat weer in zijn receptie alias campingwinkeltje en groet me vriendelijk.

'Dag Ebbe, heb jij Aron toevallig gezien?' val ik meteen met de deur in huis.

'Aron? Nee, niet gezien.'

'Hij is hier dus niet langs geweest vandaag of in mijn cottage geweest?'

'Nee, daar ben ik absoluut zeker van. En in jouw cottage zou ik hem niet binnenlaten zonder dat jij er zelf bij was. Zolang je de huur betaalt is dat jouw privéterrein. Het gaat me natuurlijk niks aan, maar jij was toch met hem op pad voor die fotoreportage, of is dat niet doorgegaan?'

'Ja, zeker wel, het liep alleen niet helemaal zoals we gepland hadden. We werden overvallen door een sneeuwstorm en zijn uiteindelijk door de hulpdiensten gered.'

'O, jeetje, een heel avontuur dus.'

'Dat is nogal een understatement. Aron is met de sleepwagen die zijn camper terug zou brengen meegereden en ik ben met een taxi hierheen gebracht. We hadden afgesproken dat hij hiernaartoe zou komen, maar dat heeft hij om de een of andere reden niet gedaan. Als ik hem bel dan krijg ik de melding dat zijn nummer niet meer in gebruik is. Ik heb dus geen flauw idee waar hij uithangt. Ik hoopte dat jij misschien meer wist, maar niet dus.'

'Nee, sorry, ik heb werkelijk geen idee. Je zou even bij zijn huis kunnen langslopen?'

'Ja, dat ga ik ook doen.' Mijn maag knort zo hard dat zelfs Ebbe het hoort.

Hij kijkt me bezorgd aan. 'Heb je recent wel iets gegeten?'

'Nee, dat is al even geleden.'

'Dat dacht ik al. Je ziet eruit alsof je wel een fatsoenlijke maaltijd kunt gebruiken. Het restaurant is officieel nog niet open maar ik zal de kok vragen een stevige hap voor je in elkaar te draaien voordat je naar Arons huis gaat. Je moet echt even op krachten komen na wat je allemaal hebt doorstaan.'

'Dat is erg aardig van je, Ebbe. Het zou heel fijn zijn als je wat te eten kunt regelen. Ik kan inderdaad wel een beetje brandstof gebruiken.' Ik twijfel of ik Ebbe zal vertellen over het dode lichaam dat Aron en ik hebben gevonden, maar ik wil eigenlijk zo snel mogelijk zorgen dat ik mijn maag weer gevuld krijg zodat ik op pad kan. Ik kan Ebbe altijd later nog inlichten. Mijn prioriteit ligt bij het vinden van Aron en samen met hem naar de politie gaan. Ebbe is al aan het bellen met zijn kok en als hij ophangt laat hij me weten dat ik in de restaurantruimte word verwacht. Voordat ik daar naartoe ga koop ik nog wat flatbrød, een paar blikjes rendiervlees in wildsaus dat Joika wordt genoemd en makreel in tomatensaus, voor het geval dat ik later vanavond nog trek krijg.

# 26

Met een goedgevulde buik en een '*Takk for maten*' bedank ik voor het eten en verlaat het restaurant. Toen de kok de maaltijd van in de schil gekookte aardappels, wortelen en vissticks voor mijn neus zette, waande ik me even in Nederland. Herinneringen uit mijn jeugd popten ongewild op. Mijn moeder in een rood-wit geblokt keukenschort die dampende pannen en een schaal zelfgemaakte appelmoes op tafel zet. Mijn vader die de aardappels en de groente met een roomsausje opschept en vissticks over drie borden verdeelt.

Ik heb al heel lang niet meer aan mijn ouders gedacht, maar toch zitten ze blijkbaar nog steeds zo diep in me verankerd dat ze meteen in mijn gedachten springen bij de geur en aanblik van een traditionele maaltijd. De pijn die samengaat met de herinneringen steekt de kop op. De angst, het verdriet, en ook de eenzaamheid. Ze kunnen al jaren dood zijn zonder dat ik het weet. Ze weten niet eens dat ik een puberzoon heb en dat ze al zestien jaar opa en oma zijn.

Ik probeer de krampen te negeren die altijd automatisch opkomen in mijn maag als het verleden zich onverwachts aan me opdringt. Ik heb in het heden al genoeg shit om me op te focussen. Terwijl ik op weg ga naar Arons huis probeer ik hem nog eens te bellen. Weer lukt het me niet om contact te krijgen met het enige nummer dat ik van hem heb. Het zou me na zoveel pogingen niet meer moeten verbazen, maar toch ben ik teleurgesteld. Ik duik diep weg in de kraag van Arons jas, die ik bij gebrek aan mijn eigen jas nog steeds draag. De blaren die ik heb opgelopen tijdens mijn wandeltocht door nationaal park Ånderdalen schrijnen en schuren ondanks de pleisters die er in het ziekenhuis op zijn geplakt. Eigenlijk zou ik een paar uur met mijn voeten omhoog moeten zitten om ze rust te geven, maar de drang om Aron en antwoorden te vinden overschaduwt alles. Om dat doel te bereiken zal ik de pijn moeten negeren. Ik probeer de moed erin te houden door mijn zegeningen te tellen. Ik heb een sneeuwstorm overleefd, mijn hongerige buik is voor het eerst in dagen goed gevuld en de aanhoudende sneeuw en wind waar ik de eerste dagen ook in Skarsvåg mee te maken had, zijn op dit moment gestopt.

Gewapend met mijn zaklamp focus ik me op de weg die me naar Arons huis brengt. Tegen mijn verwachtingen in krijg ik ondanks mijn vermoeidheid vrij snel weer het loopritme te pakken. De rush duwt mijn kwaaltjes naar de achtergrond en ik concentreer me weer op het tellen van mijn voetstappen. Mijn tocht verloopt sneller dan verwacht en als ik opkijk zie ik Arons huisje in de verte al liggen. Het steekt als een silhouet af tegen de witte oppervlakte en de besneeuwde bergtoppen die erachter liggen. Ik versnel nog een beetje voor het laatste stuk en kijk goed om me heen voordat ik Arons voortuin in loop. Tot mijn verbazing word ik niet begroet door geblaf en is husky Lasse op het eerste gezicht nergens te bekennen. De lampen rond Arons huis zijn uit. Met een onrustig gevoel in mijn buik loop ik naar de voordeur en klop aan. Op het moment dat mijn vuist de deur raakt gaat hij een stukje open. Verbaasd kijk ik door de kier die is ontstaan naar binnen. 'Aron?'

Ik zet me schrap voor Lasse, maar zowel om als in het

huis, heerst doodse stilte. Voorzichtig duw ik de deur een stukje verder open en roep nogmaals Arons naam. Geen reactie. Zal ik naar binnen gaan of omkeren en het morgen nogmaals proberen? Ineens schiet me te binnen dat Aron na onze trip als krabvisser zou gaan werken. Het is me in alle hectiek van de afgelopen dagen totaal ontschoten. Ik kan me niet meer herinneren op welke dag hij zich moest melden bij het visbedrijf. Zou hij al vertrokken zijn en op zee zitten? Dat zou wel verklaren waarom ik geen contact met hem krijg als ik hem bel. Word ik misschien toch niet bewust door hem genegeerd, maar is hij eerder opgeroepen door het vissersbedrijf doordat de weersomstandigheden de komende dagen gunstiger waren? Als de storm die op Senja heeft gewoed op weg is hiernaartoe dan hebben ze een uitdaging op zee.

Hoe meer ik erover nadenk hoe logischer het klinkt. Mijn woede en ergernis ten opzichte van Aron maken plaats voor voorzichtige opluchting. Het verklaart ook meteen waarom Lasse in geen velden of wegen te bekennen is. Zei Aron niet dat zijn buurvrouw altijd op de hond paste als hij op zee zat of een paar weken weg was voor andere klussen? Maar er is iets wat me dwarszit: waarom heeft Aron me niet laten weten dat hij op pad moest en hoe zit het met de melding die hij bij de politie zou doen over de dode man? Ik heb geen idee of hij zich aan zijn woord heeft gehouden en bij de politie is geweest. Heeft hij zoals afgesproken mijn bebloede jas bij hen afgeleverd? De talloze vragen die in mijn hoofd opduiken maken me weer minder zeker van mijn zaak.

Ik duw de deur verder open en loop Arons huis binnen, in de hoop daar wat antwoorden te vinden. Het gangetje naar de woonkamer is smal en pikkedonker. Ik druk op de lichtschakelaar naast de voordeur en de gang vult zich met zachtgeel licht. Aan de kapstok hangen een jas en een trui die ik Aron sinds ik hem ken nog niet heb zien dragen. Eronder staat een paar afgetrapte laarzen dat vanbinnen geïsoleerd is met bontachtig materiaal. Ik loop verder naar de woonkamer. Ook hier is het donker. Als ik de lichtknop heb gevonden bekijk ik de ruimte die ik niet veel groter schat dan vijfentwintig vierkante meter. De inrichting is sober. Een houten tafeltje met een stoel, een kleine bruine tweezitsbank en een eenvoudige, eveneens houten kast waar een kleine televisie en een stereo-installatie op staan. In de rechterhoek op de versleten plankenvloer staat een speksteenkachel die nog wel wat warmte in de kamer verspreidt maar niet meer zichtbaar brandt. Ik loop ernaartoe en voel aan het glas. Het is nog warm, maar ik kan het goed aanraken. De kachel ligt vol met as en ik trek hem voorzichtig open. De rokerige lucht die eruit komt prikkelt mijn longen en ik onderdruk een hoestbui. Een gedeelte van de as is wit en helemaal uitgebrand. De brokken zwarte as die er ook tussen liggen smeulen nog wat na. Aron is dus thuis geweest en heeft de kachel aangestoken. Ik snuif de geur die eruit komt nog eens op. Het heeft niet de zoete geur van zuiver, goed gedroogd haardhout. Eigenlijk stinkt het gewoon. Ik wil de kacheldeur dichtdoen voordat de hele woonkamer vergeven is met die vieze geur, maar dan valt mijn oog op iets roze wat tussen de as ligt. Wat is dat? Een stukje stof? Voorzichtig pak ik het met mijn duim en wijsvinger uit de kachel. Bijna laat ik het vallen omdat mijn vingers nog steeds niet als vanouds meewerken, maar het lukt me toch om het in de palm van mijn andere hand te leggen. Het is inderdaad een reepje stof. Aan de randen is het zwartgeblakerd en het lijkt wel of ik op het roze gedeelte een bruin vlekje zie. Er gaat een schok door me heen en ik pak de pook die naast de kachel staat. Ik woel ermee door de as, op zoek naar meer roze stukjes. Ik vind ze niet. Aron heeft iets in zijn kachel verbrand en ik denk te weten wat het is. De zuurstokroze kleur van mijn jas is onmiskenbaar en dat bruine vlekje moet bloed zijn van de vermoorde man. Ik hap naar adem. Waarom heeft Aron het bewijsmateriaal vernietigd dat we aan de politie zouden geven?

# 27

Met flinke pas loop ik naar het huis van Arons buurvrouw. Het ligt zo'n honderd meter verderop. Ik ben woedend om wat ik heb ontdekt. Ik moet Aron vinden om erachter te komen wat hem ertoe heeft gedreven om mijn jas te verbranden. Misschien weet zij waar ik hem kan vinden. Als ik op haar deur klop begint binnen in het huis een hond te blaffen. Haar eigen hond of Lasse? Ongeduldig wacht ik tot de deur wordt opengedaan. Een klein vrouwtje met lang grijs haar en een doorleefd gezicht verschijnt in de deuropening. '*Hva er?*'

'*I'm sorry, do you speak English?*'

'Natuurlijk, dat doet iedereen hier. Wie bent u en wat wilt u van deze oude vrouw?'

'Ik ben op zoek naar Aron, maar kan hem nergens vinden. Weet u misschien waar hij is?'

'Als Aron niet gevonden wil worden, dan vind je hem niet,' antwoordt ze beslist.

'Ik had een afspraak met hem en hij is niet komen opdagen. Dat is niets voor hem. Telefonisch krijg ik hem ook niet te pakken.'

De vrouw neemt me van top tot teen op terwijl in huis de hond blijft blaffen.

'Is dat Lasse?' vraag ik.

Ze knikt.

'Aron vertelde me dat u altijd op hem past als hij weg is voor werk.'

Weer slechts een knikje waar ik het mee moet doen. Het is duidelijk dat deze vrouw niet uit zichzelf gaat praten en dat ik elk woord uit haar zal moeten trekken.

'Heeft Aron u gevraagd op Lasse te passen?'

'Ja.'

'Voor hoe lang?'

Ze haalt haar schouders op. 'Aron komt en gaat zoals het hem blieft. Ik zie hem vanzelf wel weer een keer verschijnen.'

'Maar hij is dus vertrokken? Weet u waar naartoe?'

'Als hij had gewild dat u wist waar hij naartoe was, dan had hij het wel verteld. Ik voel me niet geroepen om dat namens hem te doen.'

'Waarschijnlijk is het hem niet gelukt om me te pakken te krijgen. Ik ben in het ziekenhuis geweest voor wat onderzoeken.'

Naar het medeleven dat ik had gehoopt te krijgen bij het noemen van het ziekenhuis kan ik fluiten. De vrouw vertrekt geen spier.

'Hij heeft me verteld dat hij gaat krabvissen. Is hij al de zee op?'

'Luister, dame, je moet niet bij mij zijn als je dingen wilt weten over Aron. Hij is heel erg op zichzelf en dat respecteer ik. Die jongen heeft genoeg ellende meegemaakt en ik ga het niet nog erger voor hem maken,' mompelt ze erachteraan.

'Wat voor ellende? Wat bedoelt u?'

'Ik denk dat het verstandig is dat u gaat. Van mij zult u niet wijzer worden. Goedenavond.' Voor ik haar tegen kan houden smijt ze de deur in mijn gezicht dicht.

'Hé, ik was nog niet klaar, doe open.' Ik bonk met twee vuisten tegelijk op de deur. 'Het is echt belangrijk dat ik Aron vind.' Lasse is harder gaan blaffen. Ik hoor het geluid van een grendel die aan de binnenkant voor de deur wordt geschoven en dan een sleutel die wordt omgedraaid in het slot. Gefrustreerd schop ik tegen de deur als er niet wordt gereageerd op mijn geklop. Hier kom ik duidelijk niet verder en er zit niets anders op dan te vertrekken. Dan maar weer terug naar Arons huis, kijken of ik daar iets van aanwijzingen kan vinden. Ik heb me toen ik net in zijn huis was bedwongen, maar daar kan nu geen sprake meer van zijn. Ik heb het recht op privacy altijd als een hoger goed beschouwd. Rondneuzen in andermans spullen is iets wat ik normaliter nooit zou doen, maar nood breekt wet. Nu ik er bij toeval achter ben gekomen dat Aron mijn jas heeft verbrand in zijn kachel en hij met de noorderzon lijkt te zijn vertrokken, heeft hij wat mij betreft zijn recht op privacy verspeeld. Ik moet weten waar hij uithangt en welk spelletje hij met me speelt.

In een drafje loop ik naar Arons huis en kan mezelf wel voor mijn kop slaan dat ik de deur niet open heb gelaten. Ik had er niet op gerekend hier zo snel alweer terug te zijn en nogmaals naar binnen te moeten. Ik loop om het huis heen naar de achterdeur. In kleine dorpjes waar iedereen elkaar kent is het nog weleens gebruikelijk om deuren niet op slot te doen, zodat buren kunnen binnenkomen voor een praatje. Als ik de klink naar beneden doe gaat de deur open en ik kan niet geloven dat ik zoveel mazzel heb. Ik glip naar binnen en sta weer in de woonkamer die ik nog niet zo lang geleden heb verlaten. Omdat ik op dit moment echt buiten mijn boekje ga, durf ik het grote licht niet aan te knippen. Ik zet mijn zaklamp aan en begin met het doorzoeken van lades en kastjes. Veel meer dan servies en de gebruikelijke rommeltjes die iedereen in zijn huis heeft kom ik niet tegen. In de badkamer vind ik wat pijnstillers in een medicijnkastje. Op de wastafel staat een glas met een gebruikte tandenborstel en een tube tandpasta naast een scheerkwast en een bus scheerschuim. De handdoek die over het handdoekenrekje hangt is nog vochtig. De bril van de toiletpot staat omhoog.

Ik open de deur tegenover de badkamer in de veronderstelling dat dat Arons slaapkamer is. Dat blijkt te kloppen. Op het keurig opgemaakte bed staat de tas die hij mee had in de camper. De rits staat open. Boven op wat kleding ligt een toilettas. Ik ga door de spullen heen. Onder in de tas vind ik Arons satellietcommunicator. Van zijn telefoon ontbreekt elk spoor. Het is vreemd dat hij hem is gesmeerd zonder zijn spullen. Ook al vertrek je halsoverkop, een tas is zo mee te nemen. Mijn oog valt op het bureautje tegenover zijn bed, waar een stapeltje post op ligt. Allemaal geopende rekeningen zie ik, als ik ze een voor een doorspit. Niets waar ik wat mee kan. Ik trek de enige la open die het bureau rijk is. Ik vind een leeg notitieblok, wat paperclips, pennen, plakband en een schaar. Ik leg het allemaal op het bureau neer en wroet verder. Met mijn zaklamp schijn ik in de la. Achterin zie ik nog wat liggen en ik haal het naar voren. Mijn vingers krijgen iets te pakken wat aanvoelt als een ansichtkaart. Het is inderdaad een kaart. Op de voorkant staan een aantal foto's van attracties van het pretpark Tusenfryd in Oslo. Als ik de kaart omdraai, zie ik dat hij gericht is aan Aron op een adres in Oslo. De poststempel is van vorig jaar. De afzender is ene Ivar die gezien de tekst op de kaart een vriend van Aron lijkt. Ik wil een foto maken van het adres in Oslo en knip toch het licht in de kamer even aan omdat ik mijn telefoon niet tegelijkertijd als zaklamp en fotocamera kan inzetten.

Als ik het adres heb gefotografeerd kijk ik nogmaals in de la. Er ligt nog een ding in met de achterkant naar boven en ik zie meteen dat het een foto is. Nieuwsgierig draai ik hem om en voor de zoveelste keer sinds ik Aron ken krijg ik een verrassing voor mijn kiezen die me de adem beneemt. Er staan drie mensen op de foto. De middelste is onmiskenbaar Aron. Hij lacht en heeft zijn armen om de mensen die aan weerszijden naast hem staan geslagen. Rechts van hem staat een vrouw wier gezicht me vaag bekend voorkomt, maar ik weet even niet waarvan. De man links van Aron herken ik maar al te goed. Het is het gezicht van de dode man die we in het bos hebben gevonden.

# 28

Ik leg de foto op Arons bureautje en kan nog steeds niet geloven wat ik zie. Aron kent de dode man! Ik probeer het moment terug te halen waarop hij de man als eerste ontdekte. Hoe hij naar achteren sprong, zijn verschrikte gezicht dat lijkbleek werd. Het leek me op dat moment een normale reactie bij het zien van al dat bloed en het roerloze lichaam. Ik schrok me ook kapot. Maar nu ik erop terugkijk was het toch niet zo'n normale reactie. Ik heb hem leren kennen als een doortastende man die dingen oplost en nergens voor terugdeinst. In die zin was het dus vreemd dat hij de man wilde laten liggen zonder zijn hartslag te checken en ook mij ervan probeerde te overtuigen dat we beter zo snel mogelijk weg konden wezen. Toen ik dat weigerde en controleerde of er nog leven in het roerloze lichaam zat, stond Aron op afstand en stak hij geen poot uit. In de hectiek van het moment heb ik me er niet echt druk over gemaakt, maar nu ik deze foto heb gevonden is het een ander verhaal. Aron was doodsbang voor de man die daar in zijn eigen bloed in de sneeuw lag en er leek een last van hem af te vallen toen ik concludeerde dat de man dood was.

Met de kennis van nu komt Aron ineens in een heel ander daglicht te staan en dat verwart me. De momenten waarop hij zich zachtaardig en toegankelijk toonde voelde ik me veilig en goed bij hem. Op die momenten wist hij een stukje door mijn zorgvuldig opgebouwde pantser heen te breken. Ik wist zeker dat hij deugde. Heb ik me dan zo vergist? Onzekerheid overvalt me, want als ik niet meer op mijn eigen oordeelsvermogen kan vertrouwen... Paniek slaat toe en ik probeer het meteen te onderdrukken. Het beste wat ik voor mezelf kan doen is op zoek gaan naar antwoorden in plaats van bij de pakken neer gaan zitten. Ik moet Aron zien te vinden, maar waar begin ik?

Ik kijk naar het adres in Oslo dat op de ansichtkaart staat. Het is samen met de foto het enige concrete wat ik nu in handen heb. Ik pieker me suf waar ik het gezicht van de vrouw eerder heb gezien, maar kom er nog steeds niet op. Even twijfel ik of ik de originele foto mee zal nemen of dat ik er een kopie van maak met mijn telefoon. Ik besluit tot het laatste omdat ik de afbeelding dan meteen ook digitaal heb en er een back-up van kan maken. Ik leg de foto zo neer dat er geen licht in reflecteert en leg hem vast. De afbeelding is mooi scherp en ik stuur hem meteen naar de cloud. Ik berg de kaart en de foto weer op in de la en loop richting de deur om de slaapkamer weer te verlaten. Op het moment dat ik het licht uit wil klikken hoor ik de voordeur dichtslaan. Geschrokken blijf ik staan terwijl mijn hand boven de lichtknop blijft zweven. Is het de wind of een persoon?

Mijn twijfel duurt niet lang, ik hoor voetstappen op de houten vloer. Shit! Waar verberg je je in een huis waar nauwelijks meubels in staan? Het bed staat te hoog op zijn poten om me eronder te verstoppen. De badkamer is een open ruimte zonder douchegordijn. De voetstappen komen dichterbij en ik druk mezelf plat tegen de muur naast de deur. Als iemand de kamer binnenkomt dan val ik in eerste instantie niet op omdat ik achter de deur sta. Aan dat ik oog in oog kom te staan met de persoon die in huis is als de deur dicht wordt gedaan moet ik maar even niet denken...

Het licht in de kamer is nog steeds aan. Ik zou mezelf meteen verraden als de streep licht die onder de deur door de gang in schijnt ineens verdwijnt. De klink van de deur gaat naar beneden en ik houd mijn adem in. Iemand loopt de kamer in en roept Arons naam. Daarna volgt wat Noors gemompel met een mopperende ondertoon. Ik herken de stem van de buurvrouw bij wie ik net vandaan kom. Het licht in de badkamer wordt met een ferme slag op de schakelaar uitgedaan. Ik druk mezelf nog strakker tegen de muur als de voetstappen van de buurvrouw mijn kant op komen. Nu zal het erom spannen. De lichtknop van de slaapkamer zit bij binnenkomst links naast de deuropening en ik sta rechts achter de nu openstaande deur.

'*Du er også så slurvete, Aron. Ditt rene avfall.*'

Ik heb geen idee wat de woorden van de buurvrouw betekenen maar ze slaakt een geërgerde zucht als ze een klap geeft op de lichtschakelaar. Ze zal wel denken dat Aron in de haast om te vertrekken zijn lampen heeft aangelaten. Het wordt donker om me heen en de deur die mijn buffer is, wordt bij me vandaan getrokken en ik zet me schrap. Klaar om de buurvrouw omver te duwen en het huis uit te sprinten als ze me betrapt. Het is niet nodig. De deur wordt met een klap dichtgeslagen. Niet veel later volgt nog een klap van de voordeur. Ik ben omringd door duisternis en stilte en ik ben weer alleen. Trillend haal ik een paar keer diep adem.

Voor de zekerheid wacht ik een kwartier voordat ik op de tast terugloop naar de achterdeur waardoor ik binnen ben gekomen. De voordeur valt te veel in het oog van Arons oplettende buurvrouw. Ik peins er niet over om ook maar iets van licht te maken omdat ik zeker weet dat ze daaropaf is gekomen. Ik heb één keer mazzel gehad, maar kan er niet van uitgaan dat dat nog eens gebeurt. Ik sneak naar buiten en begin met een klein omweggetje achterlangs aan de terugtocht naar mijn cottage. Het lopen gaat een stuk zwaarder dan op de heenweg. Mijn spieren zijn verstijfd van de spanning en de krampachtige houding waarmee ik me achter de deur heb verstopt. De pijn aan mijn blaren die ik eerder nog kon negeren vraagt nu mijn volledige aandacht. Strompelend vind ik mijn weg terug naar de camping, waar volledige stilte heerst. Omdat het in dit jaargetijde overal zo donker is, trekt iedereen zich op tijd terug in zijn huisje en gaat over het algemeen op tijd naar bed. Ook het hoofdgebouw is op wat verlichting bij de ingang na donker en oogt verlaten. Mijn plan om nog even langs Ebbe te lopen en hem wat vragen te stellen moet dus wachten tot morgen, en eigenlijk is dat misschien ook maar beter. Ik blijf maar doorgaan op adrenaline terwijl ik eigenlijk volledig uitgeput ben en even rust zou moeten nemen. Ik was uren geleden al te moe om op mijn benen te staan en na mijn retourtje naar Arons huis sta ik nu echt op instorten. Op mijn laatste krachten val ik mijn cottage binnen, waar het aangenaam warm is. De overgang van de kou naar de warmte doet me huiveren van genot. Het liefst zou ik mijn schoenen uittrekken en met kleren en al mijn bed in duiken, maar de wandeling heeft me hongerig gemaakt. Als ik mijn maag niet wat vul, weet ik zeker dat ik niet kan slapen.

Ik maak wat flatbrød met een blikje rendiervlees klaar en in plaats van thee neem ik er een glaasje wijn bij. Het is zo druk in mijn hoofd door alle nieuwe ontdekkingen die ik heb gedaan dat een slaapmutsje geen overbodige luxe is. Ik blijf maar malen over het gezicht van die vrouw met wie Aron op de foto staat. Waarom komt het me bekend voor? Ik ga alle vrouwen af die ik sinds ik hier ben heb gezien of gesproken. In eerste instantie kom ik niet verder, maar als ik mijn ergste honger heb gestild en wat nakauw op een laatste stukje flatbrød, schiet me ineens iets te binnen. Ik pak mijn laptop, ontgrendel hem met de beveiligingscode en open de foto's die ik eerder heb ingeladen. Ik pak mijn telefoon en houd de foto die ik in Arons huis vond van hem met die man en vrouw bij de foto van de vrouw achter het raam die op mijn laptopscherm staat. Verdomd, ze is het. Op de foto waar ze met Aron op staat heeft ze zwart haar in plaats van blond en haar wangen zijn wat voller. Om haar lippen speelt een ontspannen lach en van de verbeten uitdrukking die ze heeft op de foto die ik recent van haar maakte is geen spoor te bekennen. 'Wat is er met je gebeurd in de tijd tussen die twee foto's?' vraag ik mezelf hardop af.

Ik kijk nog eens goed om zeker te weten dat ik me niet vergis. Vergelijk de vorm van haar ogen en de contouren van haar gezicht. De spitse neus en kin zijn onmiskenbaar hetzelfde. Aron kende dus zowel de vermoorde man als de vrouw in het chalet. Ik zou het huisje van de vrouw in mijn eentje niet terug kunnen vinden, maar voor de politie moet dat geen probleem zijn. Het ligt vlak bij de plek waar de dode man in het bos lag en van die plek heb ik de coördinaten. Het is een concreet startpunt van mijn zoektocht naar Aron. Iets in mij wil hem nog steeds niet in de problemen brengen en naar de politie gaan betekent problemen. Toch kan ik dit niet negeren. Het deugt allemaal niet, dat is iets wat zeker is. Als Aron zelf niet de moeite neemt om zich nader aan me te verklaren dan zal ik zelf antwoorden moeten zoeken. Ik wil nog één ding zelf uitzoeken voor ik naar de politie ga. Ebbe kan me vast wel vertellen waar ik dat krabvisbedrijf kan vinden waar Aron een paar weken de zee mee op zou gaan. Als zij me kunnen vertellen waar hij uithangt, dan krijgt hij één kans om me te vertellen wat er allemaal aan de hand is voordat ik de politie inschakel. Ondanks het feit dat er een moord is gepleegd voel ik geen enkele angst voor een eventuele confrontatie met Aron. Ik weet dat hij daar in elk geval niets mee te maken heeft, omdat hij bij mij was toen we het lichaam vonden. In plaats van angstig ben ik vooral boos, ik voel me belazerd. Hij heeft me in de steek gelaten en afspraken geschonden en dat pik ik niet. Niemand behandelt me meer als een stuk vuil, die tijd is voorbij.

Het glaasje wijn begint ondertussen in te dalen en zorgt voor wat ontspanning in mijn lichaam. Ik geeuw luidruchtig en zet mijn computer uit. Ik kan nu toch niets concreets meer doen tot morgenochtend. Het lukt me nog net om het vuile bord en lege wijnglas op het aanrecht te zetten. Ik stook de kachel nog wat op voor de nacht en kan het niet meer opbrengen om mijn tanden te poetsen of een pyjama aan te trekken. Ik geef toe aan mijn oorspronkelijke verlangen om met kleren en al in bed te ploffen en krul me op onder de dekens en nestel mijn hoofd in het zachte kussen. Het is het laatste zetje dat mijn lijf nodig heeft om weg te zakken in een welverdiende rust.

# 29

Hard gebons op de deur van mijn cottage haalt me uit mijn diepe slaap. De smaak van het rendiervlees dat ik gisteravond voor het slapengaan heb gegeten zit nog steeds in mijn mond. Kreunend wurm ik me onder de dekens vandaan. Mijn lichaam doet pijn en ik kom nauwelijks overeind. Ik wrijf in mijn ogen en strompel op mijn dikke bedsokken naar de deur en doe hem open.

'*Morning*, Rianne,' begroet Ebbe me met een vrolijke lach. Hij loopt langs me heen met een dienblad waar zo te zien een ontbijt op staat en zet het op tafel. 'Ik zag je niet in het restaurant vanochtend en ik begon me een beetje zorgen te maken. Alles goed met je?'

Ik gaap achter mijn hand. 'Hoe laat is het?'

'Halfelf.'

'Serieus?' Ik kijk Ebbe verschrikt aan. 'Heb ik zo lang geslapen?'

'Blijkbaar. Je zag er gisteren ook erg moe uit.'

'Was ik ook. En weet je wat het erge is? Ik ben nog steeds bekaf.'

'Hier.' Ebbe schenkt een kop koffie voor me in uit de thermoskan op het dienblad. 'Van wat cafeïne en een goed ontbijt knap je vast op.'

'Wat superaardig dat je wat apart hebt gehouden voor me,' zeg ik nadat ik een slok koffie heb genomen.

'Ik zorg graag goed voor mijn gasten. Nou, kom op je gemakje even bij en als ik nog iets voor je kan doen dan hoor ik het wel.'

'Nou, eerlijk gezegd kun je inderdaad iets voor me doen. Ik ben nog steeds op zoek naar Aron. Ik ben gisteravond naar zijn huis gegaan, maar daar was hij niet. Zijn buurvrouw past op zijn hond. Hij is sinds gisteren al telefonisch onbereikbaar.'

'Tsja, ik heb je al eerder gezegd dat Aron zijn eigen gang gaat...'

'Weet ik, maar ik had een afspraak met hem die niet vrijblijvend was. Bovendien ben ik hem nog geld verschuldigd.'

'Dat is vreemd, inderdaad. Ik ken hem goed genoeg om te weten dat hij geld niet laat liggen.'

'Hij heeft me verteld dat hij de komende weken gaat krabvissen en ik vroeg me af of hij misschien eerder is opgeroepen om de zee op te gaan.'

Ebbe knikt. 'Dat is geen gekke gedachte.'

'Weet jij misschien waar ik het visbedrijf kan vinden dat hem inhuurt als bemanningslid? Dan kan ik daar langsgaan om te checken of zij weten waar hij uithangt.'

'Dat moet Norsk Kongekrabbefiskeselskap zijn. Ze hebben hun hoofdkantoor in de haven van Honningsvåg.'

'Kun je dat misschien even voor me opschrijven? Dan zoek ik de gegevens er zelf wel bij.'

Ik wijs Ebbe op het notitieblokje en de pen die op tafel liggen. Hij krabbelt wat op het papier en duwt het onder mijn neus. 'Kun je het zo lezen? Ik sta niet bepaald bekend om mijn schoonschrift.'

'Ja, hier kan ik mee uit de voeten. *Takk*.'

'Laat het dienblad maar staan als je bent uitgegeten. Ik haal het straks wel weer op.'

'Nee joh, als ik op weg ga naar Honningsvåg dan geef ik

het wel even bij je af. Kleine moeite. Ik ben al heel dankbaar dat je een ontbijt voor me hebt geregeld.'

Zodra Ebbe de deur uit is stort ik me hongerig op de broodjes. Ik beleg ze royaal met brunost en jam. Het smaakt me zo goed dat ik alles opeet. Na drie koppen van Ebbes sterke koffie begin ik me eindelijk weer een beetje mens te voelen. Hoewel mijn lijf al veel minder pijn doet dan bij het ontwaken, neem ik toch maar een paracetamol. Ik wil de rest van de dag niet onnodig vertraagd worden door hinderlijke pijntjes. Als ik alle vuile vaat heb verzameld op het dienblad stop ik een set schone kleding en mijn toiletspullen in een tas en loop met volle handen naar het hoofdgebouw. Ik geef het dienblad af bij de keuken en neem een douche. Omdat de bus naar Honningsvåg over veertig minuten vertrekt kan ik niet toegeven aan mijn verlangen om uitgebreid te genieten van het warme water. Zo vlug als ik kan was ik mijn haren en schrob ik al het vuil van de afgelopen dagen van me af.

Met een fris gevoel en met geföhnde haren ben ik binnen een kwartier weer terug bij mijn chalet. De blarenpleisters op mijn voeten vervang ik door de schone exemplaren die ik van het ziekenhuis heb meegekregen en ik smeer mijn handen in met de zalf die de arts me heeft voorgeschreven. Ik stop wat geld, pasjes, een flesje water, wat repen en mijn camera in de kleine rugzak die ik voor korte tripjes heb meegenomen en ga op weg naar de bushalte. De bus komt net aanrijden als ik daar aankom en ik ben blij dat ik meteen kan instappen. Dat scheelt weer kou. Het gaat al wat beter met mijn handen, maar ik moet nog steeds in de gaten houden dat de bloeddoorstroming goed op gang blijft. Tijdens de reis naar Honningsvåg zoek ik het adres en de route op naar het visbedrijf en bereid ik in mijn hoofd mijn vragen voor. Daardoor lijkt de reis een stuk sneller te gaan en voor ik het weet stopt de bus met zuchtende remmen en sta ik weer buiten. De routeplanner op mijn telefoon loodst me feilloos naar een wit, steriel ogend gebouw waar met grote grijze letters NORSK KONGEKRABBEFISKESELSKAP op de voorgevel staat.

De deur is niet op slot en een belletje kondigt mijn komst aan als ik het gebouw binnenloop. Recht tegenover de ingang is een informatiedesk waar een reusachtige krab op is afgebeeld. Ik krijg de kriebels als ik de scherpe scharen zie en kan me goed voorstellen dat het vangen van die beesten een gevaarlijke klus is. Er staat een man achter de desk voor wie de uitdrukking 'ruige zeebonk' lijkt uitgevonden. Hij heeft halflang dik grijs haar, een verweerd gezicht dat al te lang geen scheermes heeft gezien en hij draagt een donkerblauwe, dikke visserstrui met een grof kabelpatroon. Hij maakt zich groter en lacht breeduit naar me zonder zich te generen voor zijn slechte gebit met bruine tanden waar een snijtand aan ontbreekt.

'Uhm, goedemiddag,' zeg ik en ik knik hem toe.

'Wat doet zo'n mooie dame hier aan mijn desk?' vraagt hij met doorrookte stem terwijl hij een plukje snus wegstopt achter zijn bovenlip.

'Ik hoop dat u me kunt helpen,' zeg ik vastberaden. 'Ik ben op zoek naar Aron Knutsen en...'

'Nou, sluit maar achteraan in de rij dan.'

'Hoe bedoelt u, meneer?'

'Meneer, meneer, dat klinkt zo formeel. Zeg maar Thor.'

'Oké, Thor, wie is er nog meer op zoek naar Aron Knutsen?'

'Ik bijvoorbeeld. Hij is vanochtend niet op komen dagen.'

'Hij is nog niet de zee op met een van jullie schepen?'

'Nee, we varen pas over een paar dagen uit, maar we houden van tevoren altijd een kennismakings- en motiveringsbijeenkomst met de crew. De mannen zitten weken op elkaars lip en moeten op elkaar kunnen bouwen. Dan kun je geen gedonder hebben. Die koningskrabben zijn geen fijne jongens als ze je te pakken krijgen en de zeegoden zijn ons ook niet altijd goedgezind. Als het team geolied draait dan is de kans op ongelukken het kleinst.'

'En vanochtend was dus zo'n bijeenkomst en Aron had daarbij aanwezig moeten zijn.'

'Dat zeg ik toch. Aron heeft ons nog nooit laten zitten, dus ik begrijp het niet. Jij hebt hem toch niet weggejaagd?' Hij kijkt me met een insinuerende blik aan.

'O, nee, nee, ik heb geen relatie met hem, mocht je dat denken, althans niet op die manier. Ik heb een zakelijke afspraak met hem waar hij zich niet aan heeft gehouden. We zitten dus in hetzelfde schuitje. Ik heb een mobiel nummer van hem, maar daar krijg ik helemaal geen gehoor meer op.'

'Welk nummer?'

Ik pak mijn telefoon en laat het nummer aan Thor zien. Hij checkt het met de gegevens die hij in zijn personeelsbestand heeft staan. 'Dit is ook het enige nummer dat ik van hem heb. Het is mij ook niet gelukt om hem te bereiken. Hij heeft vandaag nog om zich te melden en anders roep ik een ander crewlid op om zijn plek in te nemen.'

'Dat zal hij niet leuk vinden, hij keek ernaar uit.'

'Zoals ik al zei ben ik dit niet gewend van Aron. Hij is al tientallen keren met onze boten mee geweest en tot nu toe altijd zonder problemen. Eerlijk gezegd is hij een van de betrouwbaarste krachten die we hebben. Hij kan dus wel een potje breken, maar daar zitten wel grenzen aan. Tot middernacht, dus mocht je hem nog vinden dan kun je dat tegen hem zeggen.'

'De kans dat jij hem vindt lijkt me groter. Ik kom uit Nederland en ben hier maar een paar weken. Jij bent een local en hebt contacten, ik niet. Misschien kun je wat rondvragen?'

'Dat zou ik straks kunnen doen. Ik was er nog niet aan toegekomen.'

'Mag ik mijn telefoonnummer hier achterlaten? Mocht je nou iets van hem horen of erachter komen waar hij uithangt, zou je me dat dan willen laten weten?'

Hij knikt en schuift een visitekaartje en een pen naar me toe. Ik schrijf mijn naam en nummer achter op het kaartje.

'Rianne.' Hij grijnst. 'Mooie naam voor een mooie vrouw.' Hij pakt nog een kaartje en schrijft net als ik iets op de achterkant voordat hij het me geeft. 'Mijn privénummer,' zegt hij met een knipoog terwijl de snus weer een stukje onder zijn bovenlip uit piept. Ik trek het kaartje uit zijn vingers en stop het zonder er verder naar te kijken in mijn jaszak. 'Een fijne dag nog, Thor.'

'Dag Rianne, we bellen.' Hij grinnikt.

*Denk het niet, Thor.* Ik maak me uit de voeten en ben blij dat ik weer buiten sta. Met de uitkomst van dit bezoekje ben ik allerminst gelukkig. Het begint er echt op te lijken dat Aron spoorloos is als hij hier vanochtend ook niet is komen opdagen. Ik ga er voorlopig van uit dat hij vrijwillig is verdwenen en er niks ernstigs aan de hand is. Hij heeft immers de moeite genomen om zijn hond bij de buurvrouw onder te brengen en dat getuigt van een gecalculeerde vlucht. Dat zijn telefoonnummer niet meer werkt is voor mij een extra teken dat hij niet gevonden wil worden. Er rest me nu geen andere keuze meer dan de zoektocht uit handen te geven en naar de politie te gaan. Er zijn te veel losse eindjes waar ik met mijn beperkte middelen en summiere kennis van dit land en de omgeving niet verder mee kom. Ik pak mijn telefoon, zoek het adres van het dichtstbijzijnde politiebureau op en begin aan mijn wandeling.

## 30

Als ik de straat Holmen in loop richting het water zie ik het politiebureau al liggen. Het roestbruine gebouw met blauwe deur bevindt zich tegenover het Noordkaap-museum. Op de gevel staat in grote witte letters POLITI. Ik loop naar binnen en word door een agent met lang rossig haar meteen doorverwezen naar de twee stoeltjes in de smalle gang met de mededeling: 'Ik kom zo bij u.' Ik ga zitten en wacht geduldig op haar terugkomst.

Tien minuten later staat ze weer voor mijn neus. 'Waar kan ik u mee helpen?'

'Ik kom een vermissing en een moord melden,' val ik meteen met de deur in huis.

Ze trekt haar wenkbrauwen op. 'Toe maar, dat is me nogal wat.' Ze kijkt me aan met een cynische blik maar vraagt me toch om mee te lopen 'naar een rustig plekje'. Ik word in een kamertje gezet met een tafel, een paar stoelen en een computer terwijl ze er een collega bij haalt. Al snel komt ze terug met een donkerharige vrouw die een dikke vlecht over haar linkerschouder heeft hangen. Beide agenten zijn in uniform. Ze laten de deur van het kamertje open en nemen tegenover me plaats. De agent met het rode haar trekt het toetsenbord van de computer naar zich toe, terwijl de agent met de donkere vlecht me om een ID-bewijs vraagt. Ik geef haar mijn paspoort. Ze bekijkt het vluchtig en gooit het dan achteloos op tafel. Vouwt haar handen en kijkt me met haar grote donkere ogen recht aan. Zonder zich verder voor te stellen begint ze me te ondervragen. 'Wat komt u doen?'

'Wat ik ook al tegen uw collega heb gezegd, een vermissing en een moord aangeven.'

'In ons rustige dorpje?'

'De moord is gepleegd op het eiland Senja, in het bos bij nationaal park Ånderdalen en de man die ik als vermist wil opgeven woont in Skarsvåg.'

De agent kijkt me vragend aan. 'Nou, dat behoeft wel enige uitleg.'

'Die kunt u krijgen.' Ik doe een nauwgezet verslag van mijn tocht met Aron in de sneeuwstorm, het chalet in de buurt van de bosrand met de vrouw achter het raam, de dode man met schotwonden die we vonden, de verdwijning van Aron daarna en de foto die ik vond in zijn huis. De donkerharige agent kijkt me glazig aan en de roodharige heeft haar handen grotendeels stil op het toetsenbord van haar computer liggen. 'Moet u geen aantekeningen maken?' vraag ik geërgerd. 'Ik heb geen zin om mijn verhaal straks nog een keer te doen.'

'We hebben een goed geheugen,' antwoordt de roodharige.

'En u denkt dus dat die vermeende moord en die vermeende vermissing in relatie tot elkaar staan?' vraagt de vlecht.

'Nou ja, die foto spreekt toch boekdelen? Aron kent zowel de vermoorde man als de vrouw uit het chalet in de buurt van de plaats delict.'

'En denkt u dat de vrouw in dat huisje de moordenaar kan zijn?'

'Dat weet ik niet. Het lijkt me aan jullie om dat uit te sluiten. Ze was in elk geval in de buurt.'

'Toen u op de heenweg langs dat chalet kwam, inderdaad. Maar wie zegt dat ze daar later nog steeds was? U hebt haar niet gezien toen u de tweede keer langs dat chalet kwam, toch?'

'Nee. Ik heb alleen de schoten gehoord en daarna vonden we dat lijk. Zoals ik al zei heb ik gecontroleerd of er nog een hartslag aanwezig was, maar dat was niet het geval. Er lag ook zoveel bloed. Ik heb het ook op mijn jas en handschoenen gekregen.'

'Waar zijn die jas en handschoenen nu? Hebt u die bij zich?'

'Uhm, nee. Die zijn helaas verdwenen.'

'Verdwenen?'

'Aron had me een jas van hem geleend. Mijn bebloede exemplaar lag nog in zijn camper die hij samen met een bergingsbedrijf naar Skarsvåg heeft gebracht toen ik met een helikopter naar het ziekenhuis werd gevlogen voor onderzoek. Zodra ik terug was uit het ziekenhuis zouden we samen naar de politie gaan om de jas af te geven en ons verhaal te doen. Omdat ik maar niks van hem hoorde ben ik naar zijn huis gegaan en daar vond ik een restant van mijn jas in zijn kachel. Hij had hem verbrand!' Ik pak het stukje roze stof dat ik nog uit zijn kachel heb kunnen redden en leg het op tafel. 'Er zit een bruin vlekje op, ik denk dat dat bloed is.'

'Begrijp ik nou goed dat u hebt ingebroken in het huis van de heer Knutsen?'

'De achterdeur was open.'

'Maar u was zonder toestemming in dat huis?'

'Ja, maar dat doet er nu even niet toe.'

'Dat doet er wel degelijk toe.'

'Luister, ik kom hier aangifte doen van een moord waar ik getuige van ben geweest en de verdwijning van een man die het slachtoffer kent. Dat lijkt me meer prioriteit te hebben dan dat ik het niet afgesloten huis van de heer Knutsen ben binnengegaan om te checken of alles goed met hem was.'

'Wat is het nou? Verdenkt u hem van betrokkenheid bij de vermeende moord of maakt u zich zorgen om hem?'

'Ik weet niet of hij zijdelings iets met die moord te maken heeft of dat hij bang is voor zijn eigen leven en daarom is gevlucht. Hij heeft de moord in elk geval niet gepleegd, want hij was al die tijd bij mij en we hebben samen dat lichaam gevonden.'

'Waar zijn de handschoenen die volgens uw zeggen onder het bloed van het slachtoffer zitten?' vraagt de roodharige nu. 'Mogen we die even zien of heeft de heer Knutsen die ook verbrand in zijn kachel?'

'Die handschoenen zijn verdwenen in het ziekenhuis.'

Beide agenten trekken hun wenkbrauwen op en wisselen een blik met elkaar uit.

'Ik moest me uitkleden voor lichamelijk onderzoek. Mijn kleren zijn met de handschoenen uit mijn zicht gelegd door een arts-assistent en toen ik na het onderzoek mijn kleren weer terugkreeg zaten de handschoenen er niet bij.'

'Wel erg toevallig dat beide bewijsstukken die u beweerde te hebben zijn verdwenen... Dat betekent dat we dus af moeten gaan op wat u ons vertelt. Eerlijk gezegd klinkt het allemaal nogal, uhm, fantasierijk.'

'Als een goedkope misdaadfilm,' vult de agent met de vlecht aan.

'Denkt u dat ik dit verzin?'

'U beweert nogal wat en als we geen bewijs hebben...' zegt ze schouderophalend.

'Maar ik heb bewijs!' Ik duw het stukje stof onder haar neus en haal een USB-stick uit mijn jaszak, waar ik kopieën op heb gezet van de foto's van de plaats delict, het chalet met de vrouw achter het raam en de foto waar Aron met de man en de vrouw op staat. Ik gooi de USB-stick op tafel. 'Alsjeblieft, foto's die mijn verhaal onderbouwen. Hoeveel bewijs wilt u hebben? Ik heb zelfs de coördinaten van de plek waar het dode lichaam ligt.'

De vlecht pakt de stick en loopt de kamer uit.

'Waarom bekijken jullie ze niet meteen op deze computer?' vraag ik.

'We moeten eerst checken of die stick safe is.'

'Safe?'

'Of er geen virussen of spionageprogramma's op staan die ons computernetwerk kunnen besmetten.'

'Waar ziet u me voor aan?'

'Je kunt tegenwoordig niet voorzichtig genoeg zijn.' De roodharige agent staat op. 'Zo terug.' Ze is de kamer al uitgeglipt voordat ik kan vragen wat ze gaat doen en hoe lang ik hier nog moet zitten. De deur die al die tijd open heeft gestaan, is nu dicht. Ik begin me behoorlijk op te vreten door de manier waarop er met me wordt omgegaan. Het lijkt er niet op dat ik erg serieus word genomen, ik word onterecht als een fantast weggezet. Na wat een eeuwigheid lijkt te duren komen beide vrouwen weer binnen. De vlecht heeft een stapel papier in haar handen die ze voor me op tafel legt. In een oogopslag zie ik dat het printjes zijn van de foto's op de stick die ze hebben meegenomen. Het ingezoomde gezicht van de dode man ligt bovenop en ik kijk de andere kant op.

'Is er iets?' vraagt de vlecht quasionschuldig.

'Voor jullie zijn dit soort plaatjes misschien dagelijkse kost, maar ik vind het geen pretje om hiernaar te kijken.'

'Wilt u even checken of dit alle foto's zijn die op de stick stonden?' vraagt de roodharige onverstoorbaar.

Met grote tegenzin neem ik het stapeltje door. 'Ja, dit zijn ze.' Ik pak de foto die ik heb gemaakt van Arons satelliet-communicator. 'Dit zijn de coördinaten van de plek waar het lichaam ligt.'

'Dat hadden we al begrepen.'

'En gaat u daar nu kijken?'

'We hebben het doorgegeven aan de collega's op Senja. Die pakken het op, want het valt buiten ons district.'

Ik zucht opgelucht dat er eindelijk iets gaat gebeuren en dat ze mijn verhaal nu blijkbaar toch serieus nemen.

'Dit is de man die vermist wordt?' De agent met de vlecht tikt met haar vinger op de foto waar Aron met de man en de vrouw op staat.

'Ja, dat is Aron Knutsen. Ik ben trouwens niet de enige die hem zoekt. Ik kom net bij het krabbenbedrijf vandaan. Aron zou de komende weken voor ze gaan werken en had vandaag aanwezig moeten zijn bij een teambespreking, maar hij is niet komen opdagen. Ik heb gesproken met ene Thor. Dit is zijn visitekaartje. U kunt hem bellen om te vragen of het klopt wat ik zeg. Thor zei dat Aron altijd heel punctueel en betrouwbaar is en dat het nog nooit is voorgekomen dat hij verstek liet gaan zonder zich af te melden.'

'We zullen contact opnemen.' Vlecht wil het visitekaartje in haar zak steken, maar ik gris het uit haar hand. 'Schrijf zijn naam en nummer maar op, dit kaartje hou ik zelf.'

Ik houd het visitekaartje voor de neus van de roodharige en ze typt de gegevens over.

'Kan ik mijn USB-stick ook terugkrijgen?'

'Nee, bewijsmateriaal,' zegt de vlecht onverbiddelijk. 'We willen graag nog een DNA-monster en vingerafdrukken van u afnemen,' voegt ze eraan toe.

'Waarom?'

'We zullen op dat stukje stof waarvan u beweert dat het

een restant is van uw bebloede jas gegarandeerd meerdere DNA-sporen vinden, waaronder die van u omdat u het in uw handen hebt gehad. Als we weten welke sporen van u zijn dan kunnen we die negeren in het onderzoek.'

'Hoe weet ik zeker dat u mijn DNA en vingerafdrukken niet gebruikt om me erin te luizen of het ergens in een schimmige databank zet?'

'Een beetje paranoïde bent u wel, hè?'

'Is dat zo? Er zijn genoeg voorbeelden die illustreren dat dergelijke dingen gebeuren.'

'Misschien in het grote Amerika, in Hollywood,' zegt de vlecht grinnikend, 'maar niet bij ons. Bij dezen geef ik u mijn woord dat we uw vingerafdrukken en DNA niet zullen gebruiken om u op te pakken voor inbraak in het huis van de heer Knutsen. Want daar bent u toch bang voor?'

Vlecht legt de vinger op de zere plek, want dat is inderdaad wat door mijn hoofd spookt. Ik kruis mijn armen voor mijn borst en kijk haar zwijgend aan.

'We zullen uw misstapje voor deze ene keer door de vingers zien,' stelt ze me nogmaals gerust.

'Werkt u vrijwillig mee of moeten we u dwingen?' vraagt de roodharige agent, die nu ineens de rol van *bad cop* op zich neemt.

'Als ik zo vrij mag zijn om u te adviseren: ik zou voor de eerste optie kiezen,' zegt de vlecht. 'We houden het graag een beetje gezellig, toch?' Ze staat op en spoort mij aan om hetzelfde te doen. 'Loopt u maar even mee, dan kunnen we het meteen afronden.'

'Ik wil eerst weten wat dan de verdere gang van zaken is,' zeg ik en ik maak geen aanstalten om van mijn stoel af te komen.

'Als we uw materiaal hebben afgenomen kunt u wat ons betreft gaan. Wij gaan een aantal dingen uitzoeken in samenspraak met de collega's uit Senja. Blijft u wel een beetje in de buurt voor als we nog vragen hebben.'

'U hebt mijn nummer en u weet waar ik verblijf. Maar even concreet: uw collega's op Senja gaan proberen te achterhalen wie die vermoorde man is en wie hem heeft neergeschoten en u gaat op zoek naar Aron Knutsen?'

'Dat zal de rolverdeling wel ongeveer worden, ja.'

'En ik neem aan dat u me op de hoogte houdt van de vorderingen in de onderzoeken?'

'Het is niet gebruikelijk om onderzoeksresultaten te delen met burgers, maar mochten we de heer Knutsen vinden dan zullen we hem vragen om contact met u op te nemen. Het is dan aan hem of hij dat ook daadwerkelijk doet. U weet zeker dat u geen problemen met hem hebt in de relationele sfeer? Want in dat geval kan iets anders hem ook weg hebben gejaagd. Misschien wil hij daarom wel even niet gevonden worden.'

'Ik heb alleen een zakelijke relatie met de heer Knutsen, zoals ik u al heb verteld. U lijkt zelf te beschikken over de royale fantasie waar u mij eerder van beschuldigde,' bijt ik de roodharige agent toe. Ik sta op en loop naar de deur. 'Laten we maar een eind aan dit gesprek breien. Ik heb alles gezegd wat ik wilde zeggen.'

'U werkt vrijwillig...' begint de vlecht, maar ik laat haar niet uitpraten.

'Neem dat materiaal maar af, ik heb in tegenstelling tot de heer Knutsen niks te verbergen.'

# 31

Mijn telefoon rinkelt en er gaat een schok door mijn buik. Sinds ik bij de politie ben geweest hoop ik elk moment op een belletje van Aron. Op mijn scherm zie ik dat ik word gebeld door een anoniem nummer. Ik neem op. 'Met Rianne de Winter.'

'*Miss Winter, this is officer Katharina Berg, Nordkapp politistasjon.*'

'Ja?' zeg ik verwachtingsvol terwijl er weer een schok door mijn buik gaat. 'Hebt u nieuws?'

'Niet het nieuws waar u op hoopt, vrees ik.'

'Vertel.' Ik kan de teleurstelling in mijn stem niet verbergen.

'Mijn collega's op Senja hebben de plek bezocht waar u de coördinaten van hebt doorgegeven omdat daar mogelijk een lijk zou liggen. Ze hebben helemaal niks gevonden. Geen lichaam en geen sporen die in de verste verte maar kunnen duiden op een misdrijf, dus we gaan het dossier sluiten.'

'Wat? Hoe kan dat nou? Er was zoveel bloed, daar moet iets van terug te vinden zijn. En dat lichaam, dat kan toch ook niet zomaar verdwenen zijn? Als de moordenaar het heeft weggewerkt dan moeten daar toch sporen van zijn? Met alle onderzoekstechnieken van tegenwoordig vind je altijd wel iets, toch? Als er tenminste goed gezocht is...'

'Begrijp ik nou goed dat u mijn collega's ervan beschuldigt dat ze incompetent zijn?'

'Ik vind het gewoon onbegrijpelijk en moeilijk te geloven dat er niets uit het onderzoek van de plaats delict is gekomen.'

'Toch is het zo.'

'En het stukje stof van mijn jas? Is daar nog iets uitgekomen?'

'Niets waar we wat mee kunnen. De sporen zijn te summier om er conclusies uit te kunnen trekken.'

'Is het u wel gelukt om Aron Knutsen op te sporen?'

'Ook daar moet ik met nee op antwoorden.'

'Hebt u dat adres in Oslo gecheckt dat ik op die ansichtkaart heb gevonden?'

'Dat adres bestaat niet meer. Het appartementengebouw is vorig jaar gesloopt.'

'Maar u hebt vast nog wel wat opsporingsmiddelen tot uw beschikking, toch?'

'Wij zien geen redenen om er nog meer tijd en mankracht in te stoppen. We hebben krappe budgetten en onze prioriteiten liggen ergens anders. We moeten keuzes maken.'

Ik schud moedeloos mijn hoofd. 'Laat me raden, die vrouw in de blokhut hebben jullie vast ook niet kunnen vinden.'

'We zijn ernaartoe gegaan maar er deed niemand open.'

'Wat zegt dat nou? Hebben jullie ook binnen gekeken? Uitgezocht wie de eigenaar is van die hut?'

'Zonder huiszoekingsbevel mogen we niet binnenvallen in privé-eigendom.'

'Dan regel je toch zo'n bevel!' Ik moet me inhouden om niet te vloeken.

'Op basis waarvan, mevrouw De Winter? Ik heb geen lichaam, geen sporen. Het enige wat ik heb is uw verhaal dat op geen enkele wijze met bewijs is gestaafd.'

'En die foto's dan, die ik heb gemaakt van het lichaam en de plaats delict?'

'Het spijt me, maar die foto's kunnen overal vandaan komen en overal gemaakt zijn. Wij gaan de zaak laten rusten en we adviseren u dringend dat ook te doen.'

'Aron Knutsen kan mijn verhaal bevestigen. Als u hem niet opspoort dan ga ik hem zelf wel zoeken.'

'Dat lijkt me niet verstandig, mevrouw De Winter. U bent in een vreemd land dat u amper kent en u spreekt de taal niet. We willen niet dat u in zeven sloten tegelijk loopt en uzelf in de problemen brengt.'

'Mezelf in de problemen breng? Hoezo? Ik kan me hier prima redden met de Engelse taal en ik ben geen klein kind.'

'U kent hier niemand en u hebt geen back-up als u in moeilijkheden komt. Het is duidelijk dat de heer Knutsen geen behoefte heeft aan contact met u, dus misschien moet u dat gewoon respecteren?' Ze brengt het als een suggestie maar de toon in haar stem is uiterst dwingend en kortaf. 'Zo lopen dingen soms tussen mensen. Uw verwachtingen zijn blijkbaar anders dan die van hem.'

Ik knarsetand een paar keer voordat ik antwoord geef. 'En het feit dat hij niet op zijn werk is verschenen terwijl hij een trouwe werknemer is, dat vindt u niet vreemd? U vindt het normaal dat iemand ineens van de aardbodem verdwijnt?'

'Soms hebben mensen even een moment voor zichzelf nodig en willen ze niet gevonden worden.'

'Dat is bullshit en dat weet u ook. Alles wat u me tot nu toe hebt verteld is bullshit. Ik voel gewoon dat er hier iets niet klopt en hoe meer u dat ontkent, hoe meer ik ga geloven dat u dingen verzwijgt. Ik ben geen fantast en ik ben niet gek. Ik heb schoten gehoord, een lijk gevonden en er is een connectie tussen Aron Knutsen en die vrouw in de blokhut. Ik ga uitzoeken hoe het zit en u kunt me niet tegenhouden.'

Ik hoor Katharina Berg heel hard zuchten aan de andere kant van de lijn. 'Ik word zo moe van burgers die denken dat ze na het lezen van een paar thrillers en het bekijken van wat misdaadseries voor privédetective kunnen spelen. Er komt echt wel wat meer kijken bij recherchewerk. Het is een vak, weet u.'

'Het spijt me dat ik u aantast in uw beroepseer, maar u laat me geen andere keuze. Ik kan niet leven met al die onbeantwoorde vragen.'

'Heeft iemand u weleens verteld dat u nogal eigenwijs bent?'

'O ja, hoor, dat hoor ik al mijn hele leven lang en weet u wat? Ik ben er trots op. Ik wil geen mak schaap zijn dat ja en amen zegt en alles maar gelooft wat er wordt gezegd. Ik denk graag zelf na en trek dan mijn conclusies. We leven in een wereld vol met nepnieuws waarin maar weinig mensen te vertrouwen zijn.'

Weer een diepe zucht aan de andere kant van de lijn. 'Volgens mij is dit het moment dat ik "*I rest my case*" moet zeggen. Er is geen zinnig woord met u te wisselen en het heeft me al te veel van mijn tijd gekost. Mijn dringende advies om de boel te laten rusten blijft staan, maar ik weet nu al dat u daar niet naar gaat luisteren. Ik stel het op prijs als u mijn telefoonnummer en dat van het bureau uit uw contactenlijst haalt.'

'Dat ga ik niet doen. Als ik nieuws heb dan bel ik u.'

'Ik zal het wat helderder formuleren. Verspil geen onnodige politietijd met uw complottheorieën en bel me niet meer.'

'Uhm, volgens mij hebt u mij gebeld...'

Er wordt opgehangen en het enige wat ik nog hoor is een pulserende kiestoon.

## 32

'Nou ja zeg!' In eerste instantie haal ik verbaasd mijn telefoon van mijn oor om hem er vervolgens weer tegenaan te drukken. Nog steeds klinkt die kiestoon. Katharina Berg heeft echt opgehangen, terwijl voor mij het gesprek nog lang niet klaar was. Boos scrol ik door mijn adresboek om het nummer van het politiebureau op te zoeken en terug te bellen omdat ik zo niet behandeld wens te worden. Als ik op het punt sta om verbinding te zoeken blijft mijn vinger boven het scherm zweven en zie ik er toch van af. Wat heeft het voor zin? Ik sta vast als persona non grata te boek bij de telefoniste dus het is een illusie om te denken dat ik überhaupt word doorverbonden met Berg. Ik zoek het nummer op dat op het visitekaartje staat dat ik van haar heb gekregen, maar zie dat het hetzelfde is als het centrale nummer van het bureau. Daar kom ik dus ook niet verder mee.

Op dit moment heb ik twee opties: óf ik doe wat Berg me dringend heeft verzocht, de boel laten rusten en me focussen op het afmaken van mijn reportage voor *Tripping*, óf ik ga op zoek naar antwoorden op mijn prangende vragen. Hoewel het verleidelijk is om voor het eerste te kiezen en mijn neus niet in een wespennest te steken, weet ik nu al dat ik niet anders kan dan voor de tweede optie te kiezen. Het zit gewoon niet in mijn aard om mijn ogen te sluiten voor zaken die niet deugen. Ik kan niet tegen onrecht, en de manier waarop Aron me in de steek heeft gelaten en de politie me als fantast probeert weg te zetten vallen daaronder. Ik kan het niet anders zien.

Ik trek mijn notitieblok en een pen naar me toe en begin een to-dolijst te maken. Ik schrijf alles op wat in me opkomt. Als mijn hoofd is leeggestroomd op het papier, pak ik een nieuw vel en begin de wirwar te ordenen tot een overzichtelijk geheel. Ik streep wat dingen weg en voeg hier en daar wat toe. Met elk woord dat ik schrijf voel ik dat ik rustiger word en dat ik steeds meer overzicht begin te krijgen. Het gevoel dat alles uit mijn handen glipt verdwijnt en er ontstaat een duidelijk beeld van hoe ik dit aan ga pakken. Ik mag hier nog een week blijven op kosten van *Tripping*, maar misschien kan ik Ebbe zover krijgen mij het geld voor die week terug te storten op mijn rekening zodat ik dat budget in kan zetten om naar Oslo te vliegen en Aron te zoeken. Marloes hoeft er niks van te weten. Als ik mijn werk keurig aanlever dan kan ik het aan mezelf wel verantwoorden. De enige vraag die nu rest is of ik aan een week genoeg heb om de antwoorden te vinden die ik zoek. Wat doe ik als ik meer tijd nodig heb? Mijn restje spaargeld is niet toereikend genoeg om capriolen uit te halen en Bart doet me iets aan als ik me niet aan de afspraak houd.

Ondanks deze bezwaren trek ik de stoute schoenen aan en wijzig ik mijn retourticket in een flexibel ticket waarbij ik de datum van de terugvlucht zelf kan bepalen. Punt één op mijn to-dolijstje kan afgevinkt worden. Daarna boek ik een binnenlandse vlucht naar Oslo voor morgen en zoek ik een goedkoop hotel in de buurt van de straat waar Aron in het verleden heeft gewoond. Ook al is het appartementencomplex vorig jaar gesloopt, er zijn vast wel wat mensen in die buurt die zich Aron herinneren en me wat over hem kunnen vertellen. Ik weet dat een bezoek aan Oslo me allerminst garantie op succes biedt, dat het een wilde en misschien onnodig dure gok is, maar ik moet het proberen. Mijn gemoedsrust is ook wat waard en dan heb ik het in elk geval geprobeerd.

Vandaag ga ik de hele dag besteden aan de nabewerking en selectie van de foto's die ik tot nu toe heb gemaakt en een poging wagen er vlotte tekstjes bij te schrijven zodat mijn reportage op wat puntjes op de i na zo goed als af is. Het enige wat nog ontbreekt en me ook echt dwarszit is dat ik nog steeds geen goede foto heb kunnen maken van het noorderlicht. Marloes zal woedend worden als het noorderlicht niet in de reportage zit en dat kan het einde van de samenwerking betekenen. Ik kan alleen maar hopen dat de weergoden me tegen middernacht gunstig gezind zijn en me alsnog een heldere lucht met noorderlicht cadeau doen zodat ik met een gerust hart naar Oslo kan vertrekken.

Maar eerst moet ik Ebbe zover zien te krijgen dat hij me de huur van de komende week terugstort, zodat ik enige marge heb om de tijd in Oslo door te komen. Hoe ga ik dat aanpakken? Moet ik een excuus verzinnen of gewoon open kaart spelen en hem vertellen dat ik Aron wil gaan zoeken en waarom dat zo belangrijk voor me is? Of misschien een combi van die twee? Ebbes eerdere woorden over de gesloten gemeenschap van Skarsvåg, waar de inwoners elkaar de hand boven het hoofd houden ben ik niet vergeten. Wellicht is het beter om te doen of mijn redenen om Aron te zoeken van romantische aard zijn. Dat het tussen mij en Aron liefde op het eerste gezicht was en dat het zo overweldigend was dat hij de benen heeft genomen. Dat ik het mezelf nooit zou vergeven als ik er niet alles aan deed om hem terug te krijgen. Ik heb Ebbe leren kennen als een vriendelijke en empathische man, dus het zou me verbazen als hij niet op zijn minst gevoelig is voor mijn verhaal. Het knagende gevoel dat ik misbruik ga maken van iemands goedheid stop ik zo diep mogelijk weg. Soms is het nodig om je principes wat op te rekken als daarmee een hoger doel wordt gediend.

Ik sta op het punt om mijn computer uit te zetten als me iets te binnen schiet wat ik nog wil checken voordat ik morgen naar Oslo vlieg. Ik start Google Earth op en typ het adres in dat op de ansichtkaart staat die ik in Arons huis heb gevonden, omdat ik een beetje een idee wil krijgen van de omgeving waar ik naartoe ga. Als ik Katharina Berg moet geloven zou op het adres een braakliggend terrein te zien moeten zijn. Het programma zoemt in op de locatie die ik in de zoekbalk heb ingetypt en tot mijn verbazing zijn er op die plek geen tekenen te zien van een gesloopt gebouw. Sterker nog, er stáát een gebouw. Dit kan betekenen dat Katharina Berg tegen me gelogen heeft over de sloop van het gebouw, óf de kaart van Google Earth is niet actueel. Na een simpele zoekopdracht kom ik erachter dat het laatste waarschijnlijk het geval is. De kaarten lopen vaak een paar jaar achter dus de kans dat de situatie van een jaar geleden al in kaart is gebracht is niet aannemelijk. En waarom zou Katharina Berg tegen me liegen over iets wat ik zo makkelijk kan controleren?

Toch kan ik het niet laten om nog één ding te checken. Ik open Google Maps, typ weer het adres in en klik op 'Street View'. Ook via deze route zie ik het appartementengebouw staan. Het is een lelijk gebouw met een kleur die tussen beige en lichtgrijs in zit. Het ligt aan een doorgaande weg waar meer van dergelijke gebouwen te vinden zijn. De bescheiden balkons zijn afgezet met glazen balustrades waarvan het gros aan de voorkant ligt en uitkijkt op de weg. 'Oké,' mompel ik. 'Eens zien hoe het met de actualiteit van Street View zit...' In een bescheiden tekstbalkje dat zich rechtsonder in het scherm bevindt, lees ik dat de afbeelding van het gebouw in juni 2023 is gemaakt. Dat is nog geen jaar geleden, om precies te zijn is de foto pas een halfjaar oud. Hoe kan ik een afbeelding van een gebouw op mijn scherm hebben dat volgens de bewering van Katharina Berg een jaar geleden is gesloopt? Dat kan alleen maar als ze me niet de waarheid heeft verteld of als de informatie die ze tot haar beschikking heeft niet accuraat is. Het laatste kan ik moeilijk geloven. Het enige wat rest is de vraag die ik eerder terzijde heb geschoven: waarom zou Berg tegen me liegen? Denkt ze nou werkelijk dat ze me met zo'n goedkoop smoesje kan tegenhouden en dat ik haar beweringen klakkeloos aan zou nemen zonder ze te checken? Ik realiseer me meteen dat ik op al haar andere beweringen ook niet kan vertrouwen. Als ze met het grootste gemak een gebouw wegtovert, dan kan ze dat ook doen met een dood lichaam en bewijsstukken. *Maar waarom?*

Deze zaak lijkt steeds ingewikkelder te worden. Het kan bijna niet anders dan dat hier grotere belangen meespelen die niet in de openbaarheid mogen komen. In plaats van dat dat me afschrikt, maakt het me alleen maar vastberadener om de waarheid te achterhalen. Ik moet weten waarom ik in een sneeuwstorm bijna over een lijk ben gestruikeld waarvan de autoriteiten bij hoog en laag beweren dat het niet bestaat en waarom de enige getuige die mijn verhaal kan bevestigen spoorloos is verdwenen. Misschien is Aron helemaal niet vrijwillig vertrokken. In het kader van wat ik nu allemaal weet is dat ineens helemaal niet ondenkbaar. Misschien is hij wel in gevaar. Die gedachte grijpt me naar de keel, helemaal als ik me realiseer dat hij al een aantal dagen weg is waarin er van alles met hem gebeurd kan zijn. De boosheid om zijn abrupte verdwijning die ik de afgelopen dagen had verandert in bezorgdheid. In dit hele verhaal is al een dode gevallen. Is Aron de volgende op de lijst en moet ik vrezen voor zijn leven? In normale situaties bel je in zo'n geval de politie, maar dit is geen normale situatie. De politie is op dit moment allesbehalve mijn bondgenoot.

Mijn behoefte om naar Oslo af te reizen en Aron te zoeken wordt alleen maar verder aangewakkerd. Wat me wel een beetje zorgen baart is dat er geen garanties zijn dat Oslo me brengt wat ik zoek en dat er een aannemelijke kans is dat mijn reis voor niks zal zijn. Dat Aron ooit in Oslo gewoond heeft, wil niet zeggen dat hij naar die plek is teruggekeerd. Maar omdat zijn voormalige adres het enige aanknopingspunt is dat ik heb, moet ik dat risico nemen. Ik moet ergens beginnen, dus Oslo, *here I come.*

# 33

## Een paar dagen geleden

*'Ik heb iets gedaan wat onvermijdelijk was, maar waar je niet blij van zult worden.' Ik knijp in de burner terwijl ik de woorden uitspreek. Het blijft even stil aan de andere kant van de lijn. 'Het was hij of ik.'*

*Weer die stilte en ik begin me bijna af te vragen of de verbinding is verbroken als er dan toch een reactie komt. Ik laat het over me heen komen en dan neem ík even tijd voor een ingebouwde stilte voordat ik antwoord. 'Als ik het anders had kunnen oplossen dan had ik dat gedaan. Je kent me goed genoeg om dat te weten.' Boosheid borrelt op vanuit mijn buik. 'Het is duidelijk dat je al te lang niet zelf gevaar hebt gelopen. Als elke seconde telt kun je maar één ding doen: zorgen dat je de eerste bent. Jij weet net zo goed als ik hoe het werkt.' Ik houd de telefoon wat verder van mijn oor af om mijn trommelvliezen te sparen. 'Nou moet je echt ophouden, hoor! Anders hang ik op en zie je me nooit meer terug. Luister, je kunt bevelen tot je een ons weegt maar daar ben ik niet van onder de indruk, dat weet je. Ik ben niet gek en ik weet precies wat ik doe.'*

*Ik laat een nieuwe stortvloed over me heen komen terwijl ik geërgerd op mijn nagels bijt. Een gewoonte die ik heb afgeleerd, maar waar ik automatisch op terugval als ik me in het nauw gedreven voel. 'Eigenwijs, zeg je? Ja, dat ben ik, maar dat is een van de redenen waarom je van me houdt, niet-waar?'*

*Eindelijk kalmeert de persoon aan de andere kant van de lijn. 'Ja, ik snap dat je met je handen in het haar zit, dat zit ik ook. Dit was ook niet mijn gedroomde uitkomst, maar we zullen het ermee moeten doen. En nee, ik heb geen troep achtergelaten. Ik ben geen amateur. O ja, nog een klein dingetje, er zijn misschien getuigen met wie we iets moeten.' Uit voorzorg haal ik het toestel van mijn oor en ik ben net op tijd voordat het gevloek begint.*

*'Volgens mij heb je net de toegestane geluidsnorm overschreden,' zeg ik droog als het gescheld eindelijk is gestopt. 'Mijn consult bij de kno-arts kan ik bij jou declareren, neem ik aan. … Sorry, je hebt gelijk. Dit is niet het moment om grapjes te maken. Timing is nooit mijn sterkste kant geweest. … Hoe nu verder? Als vanouds, lijkt me. Ik kan hier niet blijven door wat er is gebeurd. Prioriteit lijkt me dat jij zorgt dat ik met rust gelaten word. … Ja, ik snap dat dat complex is, maar je bent nooit vies geweest van een uitdaging, toch? … Wat je ze moet vertellen? Je verzint vast wel iets, daar heb ik alle vertrouwen in. … En dan gaan wij elkaar snel weer zien.'*

# Oslo, Noorwegen

# 34

Ik neem plaats op mijn plekje bij het raam en klik mijn gordel vast. De stoelen naast me zijn nog onbezet en ik hoop dat dat zo blijft. Ik heb er altijd moeite mee als mensen te dicht bij me zitten en in een vliegtuig is dat zeker het geval. Langzaam stroomt het toestel vol met mensen die net als ik naar Oslo afreizen. Ik gaap en verlang naar een sterke kop koffie met ontbijt. Omdat mijn taxi te laat was, had ik niet meer genoeg tijd om daar op de luchthaven van Honningsvåg even voor te gaan zitten. Gelukkig kon ik wel een paar belegde sandwiches scoren bij een tentje dat me lokte met de geur van versgebakken brood.

De vliegtuigdeuren worden gesloten en de laatste mensen zoeken hun plek op. Een vrouw met twee kinderen stopt ter hoogte van mijn rij en neemt plaats aan de andere kant van het gangpad. Mijn gebeden blijken verhoord, want de stoelen naast me blijven leeg. Ik zie het maar als een goed voorteken. Het voor driekwart gevulde vliegtuig taxiet naar de startbaan en ik zet me schrap als de krachtige motoren worden aangespoord om vaart te maken en ons de lucht in te brengen. Een paar minuten later zijn we los van de grond en zie ik de wereld onder me steeds kleiner worden. De ochtendzon kleurt de lucht oranje en geel en ik neem de tijd om te genieten van het adembenemende plaatje. Er is maar één plek waar ik in een vliegtuig altijd wil zitten en dat is bij het raam. Het jongetje dat aan de overkant van het gangpad zit denkt er blijkbaar net zo over, maar hij heeft minder geluk dan ik. Het meisje van wie ik aanneem dat het zijn kleinere zusje is, heeft de gewilde plek toebedeeld gekregen. 'Mam, wanneer mag ik bij het raam?' hoor ik hem in het Nederlands vragen aan de vrouw die tussen de twee kinderen in zit.

'Straks, Dylan. Eerst is Zoë aan de beurt.'

'Zoë mag altijd en overal als eerste,' antwoordt het jongetje ontevreden.

'Dat is niet waar, Dylan. We doen altijd om de beurt.'

'Maar ik wil het zo graag.'

'We kunnen niet altijd alles krijgen wat we graag willen, Dylan. Je moet gewoon even op je beurt wachten.'

'Maar hoe lang duurt dat dan?'

'Een halfuur en als je nu nog langer door blijft zeuren dan mag je helemaal niet aan het raam zitten.'

'Maar, mam...'

'Hij mag wel even op mijn plekje zitten,' bied ik in een opwelling aan. 'Ik wilde als kind ook niets liever dan bij het raam zitten.'

'Wat aardig van u. Weet u het zeker?'

Ik glimlach en knik.

'Nou, hoor je dat, Dylan? Je mag van die aardige mevrouw even op haar plekje bij het raam zitten.' Terwijl de moeder haar zoon helpt om zijn gordel los te klikken sta ik op uit mijn stoel en ga in het gangpad staan. Het jongetje schiet langs me heen en ploft uitgelaten neer in mijn stoel. Zelf neem ik de stoel helemaal links in het rijtje en Dylans moeder gaat zitten op de plek waar haar zoon net nog zat. 'Ik ben Nancy, trouwens,' stelt ze zich aan me voor.

'Rianne, en zeg maar jij, hoor.'

'Nou, Rianne, je hebt zijn dag goedgemaakt,' zegt ze, 'en de mijne ook,' laat ze er zachtjes op volgen. 'Niks zo vermoeiend als een discussie voeren met een zevenjarige die niet wil accepteren dat hij zijn zin niet krijgt. We zijn op weg naar mijn schoonouders, die wonen in Oslo,' vertrouwt ze me toe. 'Ik ben de afgelopen week met de kinderen naar de Noordkaap geweest. Mijn man vliegt morgen deze kant op. Ik had liever een strandvakantie geboekt, maar de kinderen zien hun grootouders al zo weinig.' Ze kijkt me verwachtingsvol aan, in de hoop dat ik ook iets deel over mijn reisdoel.

'Ik ga op bezoek bij een vriend,' antwoord ik terwijl mijn lege maag aangeeft dat het nu echt tijd is voor een sandwich.

'Al eerder in Oslo geweest?'

'Nee, mijn eerste keer.'

'Het is een prachtige stad, dus je zult er vast geen spijt van krijgen.'

Een stewardess rijdt met een drankkar het gangpad in en ik kijk verlangend naar de grote thermoskannen. 'Koffie,' verzucht ik. 'Daar ben ik hard aan toe.' Terwijl ik het zeg, haal ik een sandwich uit het tasje dat ik om mijn middel draag.

'Ah, dat ziet er heerlijk uit, zeg. Eet smakelijk.' Nancy kijkt het brood bijna uit mijn handen.

'Ik heb nog niet ontbeten, dus reken maar dat het me zal smaken.' Ik prop mijn mond vol met een grote hap.

'Als je je plekje weer terug wilt dan moet je het zeggen, hoor. Het is echt superaardig dat Dylan even bij het raam mag zitten van je.'

'Laat hem maar lekker, ik zit hier prima,' zeg ik met volle mond. 'Bovendien zit ik waarschijnlijk het gros van de vlucht met mijn ogen dicht. Slecht geslapen de laatste tijd.'

'Is het dan wel verstandig om koffie te nemen?' vraagt Nancy bezorgd als de stewardess me op mijn verzoek een gloeiend hete beker geeft.

'Misschien niet, maar ik heb er gewoon zin in.'

De stewardess vraagt Dylan wat hij wil drinken en hij vraagt om cola. Nancy grijpt meteen in en zegt dat hij het met een flesje water moet doen. Ik bereid me alweer voor op een discussie tussen moeder en kind, maar die blijft tot mijn verbazing uit. Als mijn maag is gevuld en mijn cafeïnelevel is aangevuld sluit ik vermoeid mijn ogen.

# 35

Zweterig en met een pijnlijke nek van mijn ongemakkelijke slaaphouding in het vliegtuig stap ik uit mijn taxi. De chauffeur heeft mijn spullen al uit de auto gehaald en biedt aan mee te lopen tot de ingang van het hotel. Ik maak er dankbaar gebruik van. Als hij is weggereden na het aannemen van een fooi blijf ik even voor de ingang staan om naar de bedrijvigheid op straat te kijken. Het voelt goed om weer terug in de bewoonde wereld te zijn. Tussen de mensen en in de dagelijkse hectiek van een stad voel ik me toch veiliger en meer thuis dan in het afgelegen gebied waar ik de afgelopen week heb doorgebracht. Ook de temperatuur is hier een stuk aangenamer, hooguit een paar graden onder het vriespunt. Als ik het hotel binnenga en mijn bagage naar binnen sleep komt een aangename warmte me tegemoet. Ik blijf even staan om ervan te genieten en check dan in bij de receptie.

Gewapend met mijn kamersleutel en wat toeristische folders neem ik de lift naar de derde verdieping. Mijn kamer ligt halverwege de gang en is eenvoudig maar modern ingericht. Ik kan de verleiding om me achterover op het bed te laten vallen niet weerstaan en plof met een zucht neer. De matras en het donzige dekbed voelen heerlijk aan en het is heel verleidelijk om mezelf op te krullen en even te blijven liggen. Hoewel het absoluut gerechtvaardigd zou zijn om een powernap te doen na mijn lange reis, geef ik er niet aan toe. Ik moet er zo snel mogelijk achter komen of hier aanwijzingen over Aron te vinden zijn.

Met een schoon setje kleding verdwijn ik in de badkamer om me wat op te frissen. Ik zet het water van de douche niet te warm omdat ik bang ben dat ik daar zo rozig van word dat ik alsnog in slaap val. Met een flesje water uit de minibar en mijn waardevolle spullen op zak loop ik een halfuur later weer naar buiten. Een zonnetje breekt door het wolkendek heen en schijnt op het scherm van mijn telefoon als ik Arons adres intoets in mijn kaartenapp. Ik beschouw het maar weer als een positief teken. Het appartementengebouw waar hij in heeft gewoond ligt op een kwartiertje lopen van mijn hotel. Hoe moe ik ook ben, voor zo'n afstand ga ik geen taxi bellen. Bovendien is het fijn om mijn stramme spieren even te bewegen na de lange zit in het vliegtuig. Ik zet er meteen flink de pas in en moet iets terugschakelen als mijn benen flink verzuren. Mijn benen worden minder zwaar en al snel heb ik de prettige wandelpas te pakken die ik ook had toen ik met Aron door Ånderdalen liep. Na een kleine twintig minuten sta ik voor het gebouw dat ik tot nu toe alleen kende van een adres op een ansichtkaart en de plaatjes van Street View. Ik loop naar de ingang en zoek de bel op die bij het huisnummer op de kaart hoort. Even aarzel ik. Wat ga ik zeggen als Aron op dit adres blijkt te zijn? Ben ik er voldoende op voorbereid als zijn stem uit de intercom klinkt? En áls hij hier is, hoe ga ik er dan voor zorgen dat hij me binnenlaat?

Hoe langer ik wacht, hoe meer vragen oppoppen in mijn hoofd en als ik hier nog langer blijf dubben dan bel ik uiteindelijk helemaal niet meer aan. *Niet denken maar doen, Rianne!* Ik druk op de bel en wacht af terwijl ik van de ene voet op de andere wip om warm te blijven. Er gebeurt niets. Geen krakende intercom, geen zoemende deur die opengaat. Ik bel nogmaals aan en wacht weer tevergeefs een paar minuten.

Teleurgesteld loop ik een stukje bij het gebouw vandaan en ik kijk omhoog of ik ergens achter de ramen een teken van leven zie. Mijn oog valt op een groot plakkaat dat op een van de ramen hangt met de woorden *TIL LEIE*. Ik googel de betekenis en zie dat het 'Te huur' betekent. Eronder staat een webadres en een telefoonnummer van een makelaar met de naam Sandra Halvorsen. Ik ga naar de makelaarssite en zoek het appartement op. Mijn hart maakt een sprongetje als ik het huisnummer zie. Het ligt naast dat van Aron. Zonder verder na te denken bel ik het nummer van de makelaar. Sandra Halvorsen neemt zelf op. Haar stem klinkt energiek en verwachtingsvol. Ik verzin dat ik een jaar in Oslo moet zijn voor werk en dat ik op zoek ben naar een appartement. Dat ik na het bekijken van haar website interesse heb in het tweekamerappartement dat te huur staat op de Lybekkergata en of het mogelijk is om het vandaag nog te bezichtigen.

'Vandaag? Dat is wel heel kort dag. Ik check mijn agenda even, ogenblikje.' Terwijl ik naar een wachtmuziekje luister doe ik een schietgebedje.

'Ja, daar ben ik weer. U hebt mazzel, want er is net een afspraak uitgevallen. Ik kan over een kwartier bij het appartement zijn en dan heb ik een uur de tijd om u rond te leiden en eventuele vragen te beantwoorden. Wanneer denkt u bij het appartement te kunnen zijn?'

'Om eerlijk te zijn sta ik al voor de deur.'

'Ik kom er nu aan.' Haar stem heeft een gretige ondertoon gekregen.

'Dan zie ik u zo.' Met een opgewonden gevoel hang ik op. Het is niet gezegd dat dit me wat gaat opleveren en me verder helpt in mijn zoektocht, maar het is een begin.

Terwijl ik wacht op de makelaar loop ik heen en weer voor het gebouw om warm te blijven. Ik ga zo op in mijn geijsbeer dat ik schrik als ik mijn naam hoor. Een blonde vrouw komt kordaat op me aflopen. 'Sandra Halvorsen?' vraag ik. Ze knikt en steekt haar gehandschoende hand uit. Ik pak hem aan. 'Rianne de Winter, aangenaam.'

'Kom maar gauw mee naar binnen voordat het weer gaat sneeuwen,' zegt ze terwijl ze met een schuin oog naar de lucht kijkt, die steeds verder begint dicht te trekken en geen ruimte meer laat voor de zon.

Ik volg haar het gebouw in. Recht voor ons zijn twee liften en aan de rechterwand van de centrale hal zijn postvakken bevestigd, waar ze me vluchtig op wijst. We nemen de lift naar de derde verdieping en lopen over de overdekte galerij waaraan vier appartementen gevestigd zijn.

Ze stopt bij de deur met huisnummer zes en haalt een rinkelende sleutelbos uit haar tas. Terwijl ze de deur openmaakt richt ik me op nummer vier, waar Aron in elk geval in het verleden heeft gewoond. Er hangt vitrage voor het raam naast de deur die het bemoeilijkt om naar binnen te kijken, maar ik kan wel zien dat het donker is in het appartement.

'Komt u?' vraagt Sandra, die uitnodigend de deur van nummer zes voor me openhoudt. Ik knik en stap naar binnen op de donkere laminaatvloer. Sandra gaat me voor naar de woonkamer die volledig gemeubileerd is. De wanden zijn strak gestukt en helderwit. Door de ramen komt meer daglicht dan ik had verwacht. Boven de openslaande deuren naar het balkon hangt een airco. Het keukentje met houtkleurige look en een zwart aanrechtblad is klein maar compleet en van moderne apparatuur voorzien. De tweezitsbank die op een blauw kleed staat, heeft dezelfde beige kleur als de gordijnen en de stoelen bij de houten eettafel hebben allemaal een andere pastelkleur. Het appartement oogt knus en heeft een rustige uitstraling. Het valt me op hoe stil het is. De rumoerige straatgeluiden zijn hierbinnen nauwelijks te horen.

'De appartementen zijn goed geïsoleerd,' antwoordt Sandra als ik er een opmerking over maak. Ze doet de deur naar het balkon open en het is meteen gedaan met de rust.

'Je hebt geen woord gelogen over die goede isolatie,' zeg ik grinnikend terwijl ik naar buiten spiek. Aan de linkerkant van het balkon staat de buitenunit van de airco en rechts staat een rond tafeltje met twee stoelen. Sandra sluit de deuren en neemt me mee naar de slaapkamer, waar een tweepersoonsbed en een grote wandvullende kast in staan. De badkamer is en suite en heeft een toilet en een douche.

'Hoe lang staat het al leeg?' vraag ik aan Sandra.

'Amper twee weken en ik verwacht dat het binnen een maand weer verhuurd is. Deze appartementen zijn erg populair omdat ze nog enigszins te betalen zijn en dicht bij het centraal station liggen. Eerste indruk?' vraagt ze.

'Mooi. Veel mooier dan ik had verwacht.'

'Ja, de lelijke buitenkant van het gebouw geeft nog weleens een verkeerde indruk. Maar zoals mijn moeder altijd zei: "Je kunt beter in een lelijk gebouw wonen dan erop uitkijken."'

Ik glimlach. 'Het appartement is per direct te huren en de inrichting is bij de huur inbegrepen, toch?'

Ze knikt. 'Het appartement is gemeubileerd en per direct beschikbaar. Er hoort ook nog een parkeerplek bij in de parkeergarage onder het gebouw. De minimale huurperiode is drie maanden, maar u zocht iets voor een jaar, toch?'

'Klopt.'

'Zijn het allemaal huurappartementen in dit gebouw of zit er ook koop tussen?'

'Eigenlijk zijn het allemaal koopappartementen, maar er zijn ook eigenaren die hun appartementen verhuren, zoals de eigenaar van dit appartement. Ik vertegenwoordig voor dit complex een aantal eigenaren. De regel die we hanteren is een maand vooruitbetalen inclusief een borg die aan het einde van de huurperiode wordt teruggestort als alles netjes wordt achtergelaten.'

'Oké, dat lijkt me fair. Wie is de contactpersoon voor het appartement voor als er dingen kapotgaan of iets dergelijks?'

'We hebben een huismeester die het eerste aanspreekpunt is. Hij repareert veel dingen zelf en als het hem boven de pet gaat dan regelt hij in overleg met de eigenaar iemand die het verder in orde maakt.'

'Ah, dat is fijn. En hoe zit het met de buren? Weet u wat voor types dat zijn?'

'De eigenaar van nummer vier is er volgens mij niet veel. Die van nummer acht is volgens mij een alleenstaande vrouw.'

'Zouden we bij beide buren even aan kunnen bellen zodat ik kennis kan maken? Ik heb ooit een heel slechte ervaring gehad met buren en ik wil graag weten met wie ik te maken krijg voordat ik definitief de knoop doorhak.'

Sandra trekt een moeilijk gezicht, maar gaat dan toch aarzelend akkoord als ik laat doorschemeren dat ik geneigd ben het appartement te nemen als mijn kennismaking met de buren meevalt. We bellen eerst aan bij nummer vier, maar net als bij mijn eerdere pogingen blijft de deur gesloten. Bij nummer acht hebben we wel succes. Een blonde vrouw met helblauwe ogen en een vlot kort kapsel doet open. Sandra legt haar uit dat ik misschien op korte termijn haar nieuwe buurvrouw word en dat ik vast kennis wil maken.

De vrouw steekt enthousiast haar hand naar me uit. 'Hi, ik ben Kaja.'

Ik stel haar wat vragen over de buurt en of het haar bevalt om hier te wonen.

'Ik woon hier nu drie jaar en ik heb er nooit spijt van gehad.'

Ik laat wat anekdotes over me heen komen en als ze is uitgerateld zie ik mijn kans schoon. 'Is het een beetje rustig op deze galerij? Ik ben een slechte slaper, dus ik vind het prettig als er niet te veel burenrumoer is 's avonds laat en 's nachts.'

'Van mij zul je geen last hebben en het appartement op nummer vier staat denk ik al zeker een jaar leeg. Ik heb buurman Aron echt al heel lang niet gezien. De huismeester houdt het appartement schoon en zorgt dat het af en toe wordt gelucht, maar dat is het dan ook. Ik verwacht dat het appartement uiteindelijk wel verkocht of verhuurd zal worden, maar tot nu toe is dat niet gebeurd. Misschien weet u daar iets van?' richt ze zich tot Sandra.

De makelaar schudt ontkennend haar hoofd. 'Ik ben nog niet benaderd voor dit appartement.'

'Maar de buurman heet Aron, zei je?' vraag ik aan Kaja.

'Ja, aardige, rustige vent. Harde werker, maakte altijd lange dagen. Ik meen dat hij voor een cateringbedrijf werkte dat de restaurants hier in de stad van verse vis voorzag.'

'Welk cateringbedrijf?' flap ik eruit.

Zowel Kaja als Sandra kijkt me een beetje verbaasd aan en ik realiseer me dat het een rare vraag is. Waarom zou ik willen weten waar iemand die ik zogenaamd niet ken werkt? Met een 'Ik ben nog op zoek naar een goede cateraar voor mijn werk,' probeer ik mijn vraag te verklaren.

'Poeh, geen idee,' antwoordt Kaja. 'Zo goed ken ik Aron nou ook weer niet. Het contact ging niet verder dan "Hallo" en "Dag" als we elkaar op de galerij tegenkwamen. Hij was niet iemand met wie je hele gesprekken aanknoopte of bij wie je op de koffie ging. We hebben zelfs nooit telefoonnummers uitgewisseld. Hij was erg op zichzelf en van de ene op de andere dag was hij ineens vertrokken en tot de dag van vandaag heb ik hem niet meer gezien.'

*Het is dus niet de eerste keer dat Aron van het ene op het andere moment van de aardbodem is verdwenen. Hij heeft het kunstje vaker geflikt.*

'Nou, bedankt voor je tijd, Kaja. Wie weet zijn we binnenkort buurvrouwen.'

'Lijkt me gezellig,' zegt ze enthousiast voordat ze zich weer terugtrekt in haar appartement.

'Leuke vrouw,' zegt Sandra in een duidelijke poging om me over de streep te trekken.

'Absoluut.'

'Hebt u verder nog vragen?'

'Ja, eentje nog. Ik heb wat rondgevraagd in de buurt hier en het is me ter ore gekomen dat dit appartementencomplex op de nominatie staat om gesloopt te worden. Klopt dat?'

'Nou, ik weet niet wie u dat heeft wijsgemaakt, maar dat is absoluut niet waar.'

'En er is ook nooit sprake geweest van een eventuele sloop in het verleden?'

'Nee. Er is juist een paar jaar geleden in overleg met de eigenaren voor gekozen om het gebouw vanbinnen helemaal te renoveren, zodat het nog een hele tijd meekan.'

'Dat is goed om te weten. Dan weet ik dat ik me geen zorgen hoef te maken als ik de huur na een jaar eventueel zou willen verlengen.'

'Dus u doet het?'

'Ik slaap er nog een nachtje over en laat het u morgen weten.'

Sandra steekt me haar hand en een visitekaartje toe. 'Ik ben morgenochtend goed te bereiken, 's middags heb ik een aantal afspraken.'

'Ik laat het u morgenochtend weten.'

'Ik wens u veel wijsheid en een goede nacht toe.' De lach op haar gezicht laat doorschemeren dat ze denkt dat ze beetheeft.

# 36

Op haar onmogelijk hoge hakken loopt Sandra terug naar haar auto, zonder dat er ook maar een wankele pas tussen zit. Ik krijg al pijn aan mijn voeten bij de gedachte dat ik zulke schoenen zou moeten dragen. Ik blijf een beetje dralen voor het gebouw totdat Sandra de straat uit is gereden en bel dan aan bij Kaja. De intercom begint te ruisen en ik hoor haar 'Hallo' zeggen.

'Kaja, hallo, sorry dat ik je nogmaals stoor maar ik heb nog een vraag die ik niet wilde stellen met de makelaar erbij.'

'O, geen probleem, wil je boven komen?'

'Nee, dat hoeft niet, hoor, het kan zo ook wel. Je had het erover dat het je niet zou verbazen als het appartement op nummer vier te koop komt, toch?'

'Ja?'

'Nou, ik heb daar misschien wel interesse in. Ik ben hier voor een jaar gedetacheerd met mogelijkheid tot iets permanenters. Als het goed bevalt dan ben ik van plan om hier in elk geval de komende jaren te blijven en in dat geval wil ik liever iets voor mezelf hebben dan huren.'

'Ja, dat snap ik.'

'Nu zei je dat de huismeester het beheer van nummer vier doet en ik vroeg me af of jij zijn nummer voor me hebt, zodat ik hem eens kan polsen en in contact kan komen met de eigenaar van het appartement. Ik vond dat niet zo netjes om te vragen toen de makelaar erbij was, omdat zij de belangen van die… Aron was het toch, niet beheert. Dus vandaar dat ik nog een keer bij je aanbel.'

'Ah, oké. Als je een ogenblikje hebt dan zoek ik het nummer even voor je.' De intercom stopt met ruisen en ik sta klaar met mijn telefoon in mijn hand om het nummer meteen in te toetsen zodra Kaja weer terug is. Als er bijna tien minuten zijn verstreken en ik op het punt sta om nog een keer aan te bellen, komt er weer geruis uit de intercom.

'Sorry dat het zo lang duurde. Ik ben wat slordig met mijn administratie en moest even zoeken.' Kaja leest het telefoonnummer voor en ik bedank haar uitvoerig voor haar hulp.

'De huismeester woont trouwens in het eerste appartement op de begane grond, dus je zou ook even bij hem langs kunnen gaan. Geen idee of hij er is, maar het is een poging waard. Zijn naam is Stig Lund, prima kerel.'

'Ik heb zo nog een afspraak, dus dat red ik niet. Ik probeer hem eind van de middag te bellen en dan kan ik altijd op een later tijdstip nog langsgaan. Nogmaals dank voor je hulp, Kaja. Mocht ik je nieuwe buurvrouw worden, dan ben je bij dezen vast uitgenodigd voor een drankje.'

'Dat lijkt me gezellig. Fijne dag en succes met beslissen.' De intercom stopt met ruisen en ik ben weer op mezelf aangewezen. Voordat ik bij het appartementencomplex wegloop maak ik nog wat foto's zodat ik zwart-op-wit bewijs heb dat het gebouw wel degelijk nog bestaat en niet gesloopt is, zoals Katharina Berg beweerde. Ik slenter de straat in en onderdruk de neiging om meteen te bellen naar het nummer dat Kaja me heeft gegeven. *Even rustig aan, Rianne, bedenk eerst hoe je dit het beste aan kunt pakken…*

Wat me meteen helder voor ogen staat is dat ik Stig Lund niet kan bellen met mijn huidige mobiele nummer. Aron heeft dat nummer ook en zal het meteen herkennen als het mijne. Als Stig hem vraagt om dat nummer te bellen is de kans dat hij dat zal doen nihil. Het eerste wat ik moet doen is dus een prepaidkaart aanschaffen. Een paar seconden overweeg ik om het bij die kaart te laten en er geen simpel toestelletje bij aan te schaffen om geld uit te sparen, maar dat zou onverstandig zijn. Het steeds wisselen van simkaart is met mijn huidige toestel een heel gepriegel en als Aron me belt moet ik meteen opnemen, omdat hij zich bij geen gehoor misschien wel bedenkt en niet meer terugbelt. Dat wordt dus een tweede telefoon aanschaffen.

Een halfuur later loop ik in een straat vlak bij de Lybekkergata met een refurbished toestel een telefoonwinkel uit. Ik zet het nummer van de prepaid meteen in mijn andere telefoon, zodat ik het bij de hand heb als Stig Lund ernaar vraagt. Nu nog even een rustig plekje zoeken om de man te bellen. Ik besluit naar het nabijgelegen Vaterlandsparken te lopen om de hectiek van de straat achter me te laten. Tijdens de korte wandeling valt mijn oog op een sculptuur van zes mannen die op hun kop aan ziplijnen hangen boven het water. Een snelle blik op Google leert me dat het kunstwerk met de naam Dykkar Installation in 1990 is gemaakt door kunstenaar Ola Enstad en dat het een groep duikers voorstelt die op het punt staat een plons te nemen.

Ik loop naar een bankje in de buurt van het kunstwerk en wrijf er een laagje sneeuw af voordat ik ga zitten. Uit macht der gewoonte pak ik mijn reguliere telefoon en heb het nummer van Stig al ingetoetst als ik me net op tijd realiseer dat ik bijna alsnog de fout in ga. Snel wissel ik het toestel om voor dat met de prepaidkaart en toets het nummer van Stig Lund in. Als de telefoon vijf keer is overgegaan klinkt er een afgemeten 'Lund' in mijn oor.

*'Hello, mister Lund, do you speak English?'*

'Yes.'

Opgelucht dat ik mijn verhaal in het Engels kan vervolgen vertel ik hem dat ik vandaag een bezoek heb gebracht aan het appartementencomplex waar hij huismeester van is. 'Ik heb het appartement met huisnummer zes op de derde verdieping bezichtigd en overweeg het te gaan huren maar voordat ik een knoop doorhak wilde ik u wat vragen over appartement nummer vier dat ernaast ligt. Ik hoorde van Kaja op nummer acht dat nummer vier misschien te koop komt en ik vroeg me af of u me daar wat meer over kunt vertellen. Ik vind het geen probleem om eerst een tijdje gehuurd te zitten, maar het liefst wil ik iets van mezelf hebben dus ik dacht...'

'Hoe komt Kaja erbij dat nummer vier in de verkoop gaat en waarom zou ik daar meer over weten? Hoe komt u trouwens aan mijn nummer?' Lunds stem klinkt niet heel onvriendelijk maar meegaand zou ik het ook niet willen noemen.

'Kaja heeft me uw nummer gegeven. Ze vertelde dat u de woning op nummer vier beheert voor de eigenaar. Ze had geen nummer van de eigenaar zelf dus vandaar.'

'De eigenaar heeft voor zover ik weet geen plannen voor verkoop dus ik weet niet hoe Kaja daarbij komt.'

'Ze vertelde dat het appartement al een tijd leegstond en daar heeft ze haar conclusies uit getrokken, denk ik. Hoe dan ook, ik heb interesse in het appartement en ik vroeg me af of u me in contact zou kunnen brengen met de eigenaar. Volgens Kaja is zijn naam Aron?'

'Ik zeg u net dat mij niets bekend is van een voorgenomen verkoop dus het lijkt me niet zinnig om u in contact te brengen met de eigenaar totdat hij me zelf laat weten dat hij verkoopplannen heeft.'

'Maar het is toch zonde als zo'n appartement leegstaat?'

'Dat is volgens mij niet aan u.'

'Zou u me het appartement willen laten zien?' Het kost me steeds meer moeite om mijn toenemende wanhoop niet in mijn stem te laten doorklinken.

'Een rondleiding, bedoelt u? Welk gedeelte van "het staat niet te koop" begrijpt u niet? U hebt niets te zoeken in dat appartement.'

'Maar geeft u me dan tenminste het nummer van de eigenaar, zodat ik mijn interesse kenbaar kan maken en een bod kan doen dat hem misschien over de streep trekt. Is hij op dit moment in Oslo? Want dan zou ik met hem af kunnen spreken. Face to face werkt altijd beter dan over de telefoon.'

'Heeft iemand u weleens verteld dat u behoorlijk kunt drammen?'

'Het zit nou eenmaal niet in me om snel op te geven als ik mijn zinnen ergens op heb gezet. Je hebt nou eenmaal doorzettingsvermogen nodig als je ergens wilt komen in deze wereld.'

'Maar dat doorzettingsvermogen kan zich ook tegen u keren als u te ver pusht.'

'Het nummer van de eigenaar zodat ik een afspraak met hem kan maken? Please,' smeek ik. 'Volgens Kaja werkt hij bij een cateraar? Als u me de naam van het bedrijf geeft dan kan ik daar wellicht even langsgaan om hem op te zoeken?'

'Nogmaals, ik ga u dat nummer niet geven en ik ga u ook niet vertellen waar hij werkt. Privacy, weet u.'

Ik wil hem alweer in de rede vallen als hij met stemverheffing verdergaat: 'Maar, ik zal hem uw nummer geven en uw interesse in zijn appartement aan hem doorgeven. Als hij er oren naar heeft dan kan hij zelf contact met u opnemen. Wat is uw nummer?'

Ik lepel mijn nieuwe nummer meteen aan hem op.

'En uw naam? Want die hebt u me nog helemaal niet verteld.'

'Britta Jansen,' verzin ik snel. '*From Germany*.'

'U wilt hier gaan wonen voor uw werk?'

'Klopt. Ik verwacht hier minimaal vijf jaar te verblijven, dus vandaar dat ik wat vastigheid zoek.'

'U bent in uw eentje?'

'Ja, helemaal single. Workaholic, weinig tijd voor andere dingen.'

Lund laat wat instemmend gebrom horen. 'Ja, ik herken het. In mijn vak sta je ook dag en nacht aan. Nou, u merkt vanzelf of de heer Knutsen u belt. Ik zal uw nummer noteren voor als er andere appartementen binnen het gebouw te koop komen. Er komt me nog weleens iets ter ore.'

'Dat is erg aardig van u, meneer Lund. Ik dank u hartelijk voor uw tijd en moeite. O, en meneer Lund? Denkt u dat het mogelijk is dat u de heer Knutsen vandaag nog belt?'

Het antwoord is een diepe zucht, gevolgd door de kiestoon. Het is de vraag of mijn doorzettingsvermogen zich tegen me keert en Lunds grens heeft bereikt, maar ik kan vanaf nu alleen maar hopen dat hij mijn boodschap aan Aron doorgeeft.

## 37

Het is nu al uren geleden dat ik Stig Lund aan de lijn heb gehad en ik kan alleen maar staren naar mijn prepaid telefoon die maar niet afgaat. Ik weet dat ik te veel verwacht, dat de kans dat Aron gaat bellen heel klein is, maar toch kan ik het niet laten om te blijven hopen. Ik moet iets hebben om me aan vast te houden maar de krampachtigheid waarmee ik dat op dit moment doe, zorgt dat er niks uit mijn vingers komt. Ik heb zelfs amper bewogen en verlies mijn telefoon geen seconde uit het oog. Bang om het telefoontje te missen als het wel komt. Ik moet verder met mijn zoektocht, want ik ga de race waarschijnlijk niet winnen door op één paard te wedden.

Ik trek mijn laptop naar me toe en zet hem aan. Kaja zei dat Aron werkte voor een cateringbedrijf dat vis aflevert bij restaurants in Oslo. Hoewel ik geen naam heb moet het niet onmogelijk zijn om het juiste bedrijf te vinden en daar eens een kijkje te gaan nemen. Van Stig Lund kreeg ik toch de indruk dat Aron in Oslo is. Dat hij niet wilde vertellen waar Aron werkt, lijkt een aanwijzing te zijn dat hij hier in elk geval is, dus wie weet heeft hij zijn oude baan weer opgepakt. Hij heeft in die paar dagen dat we samen optrokken vaak genoeg laten doorschemeren dat hij krap bij kas zat. Wat ik alleen niet snap is waarom hij niet gewoon op de boot is gestapt om te gaan krabvissen. Een bezigheid die naar ik vermoed veel beter betaalt dan koerieren voor een cateraar. Maar goed, dat doet er nu verder niet toe. Als ik hem wil vinden dan zal ik van mijn hotelbed af moeten komen en actie moeten ondernemen.

Ik begin online een zoektocht naar cateringbedrijven. Er zijn behoorlijk wat cateraars actief in Oslo en het is onmogelijk om ze allemaal langs te gaan. Ik verfijn mijn zoekopdracht naar cateraars die gespecialiseerd zijn in vis. Het lijstje dat daarna nog overblijft stemt me een stuk vrolijker. Eén voor één bezoek ik de websites en kan er meteen weer een aantal wegstrepen omdat ze zich voornamelijk richten op de particuliere markt. Uiteindelijk houd ik er drie over die in mijn ogen reële kanshebbers zijn. De grootste met de naam Fiskeservering Oslo zit aan de haven op de Akershusstranda, waar ook de havenautoriteit is gevestigd. Het is de grootste en drukste haven van Noorwegen, waar veel veerboten en container- en cruiseschepen aanleggen. Ik besluit mijn zoektocht daar te beginnen omdat Fiskeservering Oslo adverteert met 'Dagelijks verse vis' en waar is de vis nou verser dan in een haven waar vissers hun vangst van de dag komen afgeven? Ik zet het adres in mijn kaartenapp en zie dat het twintig minuutjes lopen is vanaf mijn hotel. Dat moet te doen zijn. Na mijn gehang op bed ben ik wel weer toe aan wat beweging.

Ik rek me uit en loop naar het raam dat uitkijkt op de straat. De wereld buiten ziet er grauw uit, maar het is in elk geval droog. Ik trek met hernieuwde krachten het klemmende raam open en steek mijn hoofd naar buiten om in te schatten hoe warm ik me aan moet kleden. Een gure windvlaag doet me rillen en ik sluit het raam meteen weer om de aangename warmte in mijn kamer te behouden. Bijna kom ik in de verleiding om een taxi te bestellen, maar ik kan mijn geld echt beter besteden. Het vorige ritje was ook een stuk duurder dan ik had gehoopt. Schop onder mijn kont en een dik pak kleren aan dus. Heimwee naar de milde Nederlandse winters waarvoor je je niet hoeft te wapenen met ontelbare lagen kleding steekt even de kop op, maar ik zet het gevoel snel weer van me af.

Ik realiseer me dat ik nog één ding moet doen voordat ik op pad ga. Ik pak de prepaid telefoon en spreek een voicemail in namens 'Britta Jansen'. Mocht ik onverhoopt een telefoontje van Aron missen dan kan hij in elk geval een bericht inspreken en zijn nummer achterlaten. En voor Stig Lund geldt hetzelfde, mocht hij nog terugbellen. Ik luister de boodschap die ik heb ingesproken af en sla hem tevreden op. Het geluid van mijn beide telefoons zet ik op maximaal en ik berg ze op in mijn jaszak. Voordat ik mijn handschoenen aantrek bekijk ik mijn handen nog even. De roodheid en de zwelling zijn zo goed als verdwenen nu ik een paar dagen consequent met de zalf heb gesmeerd die ik van het ziekenhuis heb meegekregen. De pijn en het stijve gevoel in mijn vingers is ook bijna weg. Dankbaar dat ik er zo goed van af ben gekomen en dat ik niet bang hoef te zijn dat ik mijn werk niet goed meer kan doen, vervolg ik mijn zoektocht en ga ik op pad.

# 38

Met rode wangen van de inspanning kom ik aan bij de haven van Oslo. De wind is tijdens mijn wandeling wat gaan liggen en af en toe breekt zelfs een waterig zonnetje door de bewolking heen. Ik loop naar het water en blijf even kijken naar alle boten en de bedrijvigheid eromheen. Tegen beter weten in check ik mijn telefoons op gemiste oproepen voordat ik doorloop. Ik houd mijn ogen en oren open in de hoop een glimp van Aron op te vangen. Een paar keer denk ik hem te zien, maar als ik op het punt sta hem aan te spreken, blijkt het toch een andere man te zijn. Ik passeer het gebouw van de havenautoriteit en zie in de verte het pand van Fiskeservering Oslo al liggen. Naast het kantoorgebouw staat een opslagloods waar mensen af en aan naar binnen lopen met kratten vis en dat is te ruiken ook. De geur wordt steeds sterker en maakt me een beetje misselijk. Ik zou er niet aan moeten denken om de hele dag in deze stank te werken.

Op een afstandje blijf ik staan om het gebouw en de mensen die in en uit lopen te observeren. Het zijn hoofdzakelijk mannen, met een enkele sterk uitziende vrouw als uitzondering. Aron kan ik er niet tussen ontdekken. Het zou ook te mooi zijn om waar te zijn als hij rechtstreeks mijn armen in liep. Besluiteloos draal ik wat rond. Zal ik het kantoor binnengaan om naar Aron te vragen of hier nog even in de stank blijven staan om de boel te observeren? Mijn omkerende maag neemt uiteindelijk de beslissing voor me. Ik adem door mijn mond om de stank zo veel mogelijk buiten te sluiten als ik de laatste meters overbrug naar de ingang. De deur blijkt op slot te zitten. Naast de deur hangt een bel met een camerasysteem. Ik druk op de bel en wacht af. '*Hvem er der?*' vraagt een zware mannenstem.

'*Hello*,' antwoord ik. '*I'm a friend of one of your employees and I want to surprise him. I come from abroad*.'

'Kunt u voor de camera gaan staan zodat ik u kan zien?'

Ik doe wat me gevraagd wordt.

'Naar wie was u op zoek, zei u?'

'Aron Knutsen. Hij zou volgens mijn informatie hier moeten werken.'

'Wat wilt u van hem?'

'Hij werkt hier dus inderdaad?'

'Dat zeg ik niet.'

'Mag ik misschien even binnenkomen? Dat praat wat makkelijker.'

'Dit pand is alleen toegankelijk voor personeelsleden.'

'Luister, Aron was deze zomer mijn vakantieliefde en ik kan hem niet uit mijn hoofd zetten. Ik ben hier vandaag aangekomen om hem te vragen of hij hetzelfde voor mij voelt. We hebben destijds geen adressen uitgewisseld omdat we een langeafstandsrelatie allebei niet zagen zitten maar ik blijf maar aan hem denken.' Ik zoek een foto van Aron op mijn telefoon en houd hem voor de lens van de camera. 'Kijk, dit is hem. Hij heeft weleens laten vallen dat hij voor dit bedrijf werkte als koerier dus vandaar dat ik hier aanbel. Het is mijn enige aanknopingspunt.'

'Ik kan u niet verder helpen.'

'Ah, toe nou, ik ben helemaal uit Nederland hiernaartoe gekomen.'

'Hebt u geen telefoonnummer van hem?'

'Dat werkt niet meer, dus ik denk dat hij een ander nummer heeft gekregen.'

'Misschien heeft hij er geen behoefte aan om u te spreken? Dat kan natuurlijk ook.'

'Dan wil ik dat van hemzelf horen en daarvoor moet ik hem dus eerst vinden. Werkt hij hier nou of niet?'

'Dat mag ik u niet vertellen. Ik wens u veel succes.' De verbinding wordt verbroken. Boos bel ik meteen weer aan, maar er wordt niet meer gereageerd op mijn oproepen. Na de derde keer staak ik zwaar gefrustreerd mijn poging. Ondanks het feit dat ik het niet bevestigd heb gekregen, heb ik toch het gevoel dat ze Aron hier kennen. Als mensen niet weten waar je het over hebt zijn ze vaak geneigd om dat meteen te zeggen en het gedraal om mijn vraag heen dat de medewerker van Fiskeservering Oslo vertoonde past bij het gedrag van iemand die heel goed weet waar het over gaat maar geen antwoord wil geven. Daarom besluit ik me niet meteen te laten ontmoedigen en het bedrijf nog even vanaf een verdekte positie in de gaten te houden. Op hun website staan een paar vacatures waarin mensen worden gevraagd voor de ploegendiensten. De tijdschema's van de diensten staan erbij. De ploeg die nu aan het werk is, wordt over een halfuurtje vervangen door een nieuwe ploeg. Het lijkt me de moeite waard om dat even af te wachten en te kijken of Aron ergens opduikt.

Het lukt me zowaar om een plekje te vinden waar de vislucht minder indringend is en waar ik toch het hoofdgebouw en de naastgelegen loods goed in mijn vizier houd. Terwijl ik de mensen die voorbijkomen scan op enige gelijkenis met Aron bel ik de andere twee cateraars die nog op mijn lijstje staan als mogelijke werkgevers. Bij beide bedrijven krijg ik een vrouw aan de lijn die mijn verzonnen verhaaltje over mijn vakantieliefde als zoete koek slikt en het uit romantische overwegingen ook niet zo nauw neemt met de privacyregels waar de man bij Fiskeservering Oslo wel strikt aan vasthield. Aron is bij beide bedrijven in het verleden niet werkzaam geweest en ook op dit moment staat hij niet op de personeelslijst. Inmiddels is het weer zachtjes gaan sneeuwen en ik begin het behoorlijk koud te krijgen. Verlangend denk ik aan mijn warme hotelkamer en een kop thee. Maar het zou zonde zijn als ik op het laatste moment afhaak en hier al die tijd voor niks heb staan blauwbekken en ik geef het nog even een kans. Natuurlijk is het nog steeds niet gezegd dat een kwartier langer wachten ervoor zorgt dat ik Aron zie, maar dan heb ik in elk geval het idee dat ik er alles aan gedaan heb en hoef ik mezelf niets te verwijten.

Bij elke minuut die verstrijkt nemen mijn zorgen toe. Als ik zo onverrichter zake terugga naar mijn hotel, hoe ga ik dan verder met mijn zoektocht? De belangrijkste aanknopingspunten ben ik nagelopen en ik heb waar ik kon lijntjes uitgezet, maar dat is het ook wel zo'n beetje. De bal ligt niet meer bij mij maar bij anderen en dat geeft me een heel machteloos gevoel. Ik moet dus een manier verzinnen om de controle weer naar mezelf toe te trekken, maar mijn creativiteit laat me even behoorlijk in de steek. Waar ik weleens gek word van alle ideeën die door mijn hoofd bruisen en die me regelmatig uit mijn slaap houden, vind ik deze stilte ook maar niks. Ik moet een manier verzinnen om van dit doodlopende pad af te komen en een kansrijkere weg te vinden.

Ik ben zo in gedachten dat ik even vergeet de gebouwen in de gaten te houden. Ik schrik op als ik wat rumoer hoor en een groepje mannen pratend en lachend naar buiten loopt. '*Ha en fin kveld, så ses vi i morgen, Knut,*' klinkt het als een van de mannen zich afsplitst van de groep en in zijn eentje verder loopt. Hij loopt wat voorovergebogen en heeft zijn handen diep weggestopt in zijn jas. De rand van de gevoerde pilotenmuts met oorflappen die hij draagt, reikt tot vlak boven zijn ogen en maakt het vrijwel onmogelijk om zijn gezicht goed te kunnen zien. Toch gaat er een schok van herkenning door me heen. Ik ken die muts en ik ken dat karakteristieke loopje. Het kan natuurlijk toeval zijn, maar deze man heeft verdacht veel weg van Aron. Het postuur, de lengte, de donkere snowboots, het klopt. Ik heb de Noorse zin die zijn collega's hem net toeriepen uiteraard niet verstaan, maar het woord 'Knut' heb ik wel opgevangen. Zou het een afkorting kunnen zijn van Knutsen?

Uit de loods waar kratten met vis naar binnen zijn gebracht komt nog een man naar buiten. Hij oogt gehaast en veegt zijn handen af aan een witte doek die hij vervolgens in zijn jaszak propt. Hij loopt weg in dezelfde richting als de man van wie ik ervan uitga dat hij Aron is. De afstand tussen beide mannen wordt steeds kleiner maar uiteindelijk blijft de man uit de visloods achter hem lopen. Ik volg het duo eerst met mijn ogen en als ik zie dat de tweede man geen poging doet om naast Aron te gaan lopen of hem te passeren kom ik zelf in actie. Een stoot verse adrenaline stroomt door mijn lijf en zet alles weer op scherp. Ik vergeet de kou, mijn pijnlijke spieren en de vermoeidheid. Ik verlies Aron geen seconde uit het oog en besluit hem eerst op afstand te gaan volgen. Ik wil weten waar hij naartoe gaat voordat ik hem eventueel aanspreek. Met een beetje mazzel leidt hij me naar zijn huidige verblijfplaats en weet ik in elk geval waar hij uithangt. Als ik hem nu confronteer gaat hij er misschien vandoor en vind ik hem nooit meer terug. Voor het eerst vind ik het niet erg meer dat mijn zuurstokroze jas in vlammen is opgegaan. De donkere jas die ik taxfree op de luchthaven heb aangeschaft is een stuk minder opvallend en bovenal, Aron herkent hem niet.

Ik trek mijn muts nog wat verder over mijn hoofd en verberg mijn gezicht tot aan mijn neus achter de opstaande gevoerde kraag als de man me op een afstandje passeert. Hij kijkt niet op of om en ik weet zeker dat hij me niet heeft gezien. Als Aron een voorsprong heeft van ruim honderd meter kom ik in beweging. Hij stampt stevig door en ik moet nog een tandje bijzetten om de afstand tussen ons niet groter te laten worden. De andere man volgt nog steeds in zijn kielzog maar Aron lijkt het niet in de gaten te hebben omdat hij niet op of om kijkt. Daardoor heeft hij mij ook nog steeds niet gezien.

Ik volg hem de haven uit over de Akershusstranda die kronkelend langs onder andere musea en overheidsgebouwen loopt. De route is druk genoeg om te zorgen dat ik ook hier buiten beeld blijf. Na ruim een halve kilometer gaat de weg met een bocht over in de Skippergata. Vanaf dat punt wordt het nog drukker omdat er meerdere hotels aan die route liggen. Ik ga er al bijna van uit dat de man op weg is naar het centraal station en de kruising met de Rådhusgata die we naderen recht over zal steken, als hij ineens afbuigt naar links. De man die achter hem loopt lijkt even rechtdoor te lopen maar bedenkt zich dan en slaat ook af. Loopt hij net als ik achter Aron aan of is het toeval dat hij dezelfde route neemt? Ik ren een stukje om te voorkomen dat ik beide mannen uit het oog verlies en laat mijn tempo weer terugzakken als ik ook links af ben geslagen. Auto's scheuren in stevig tempo over de weg en regelmatig klinkt er getoeter en geschreeuw als overstekende voetgangers een vlotte doorstroom belemmeren. Ik heb het gevoel dat ik elk moment van mijn sokken gereden kan worden en kom ogen en oren tekort. Aron lijkt niet onder de indruk van het verkeersgeweld en loopt nog net zo stoïcijns door als hij aan het begin van de wandeling deed. Ik heb geen flauw idee waar zijn route ons naartoe voert en ik begin me steeds ongemakkelijker te voelen omdat het ook nog mogelijk is dat ik een totale onbekende aan het volgen ben. Ik moet zijn gezicht bekijken om daar zekerheid over te krijgen, maar zie daar geen kans toe als hij maar blijft doorlopen.

Mijn maag begint inmiddels behoorlijk te knorren en van al dat hijgen is mijn mond kurkdroog geworden. Ik wil niet eindeloos meer door de stad blijven lopen, maar voel er ook niks voor om mijn achtervolging nu al te staken. Alsof hij mijn gedachten kan lezen stopt de man ineens bij een pand waar aan weerszijden van een houten deur met glas een tafeltje met een paar stoelen staan. Tussen de tafeltjes door ligt een rode loper die via een trapje van drie treden naar de ingang leidt. Achter het linkerraam naast de ingang staat een verlicht bord met de tekst Roti Shop. Ik blijf op een afstandje staan kijken als de man er naar binnen gaat en googel dan het restaurantje. Je kunt er ter plekke eten maar ook afhalen. Zal ik ook naar binnen gaan en daar de confrontatie aangaan of is het beter om te wachten tot de man weer naar buiten komt? Het laatste maar, want een eventuele scène in een restaurant trekt veel te veel aandacht en daar zit ik niet op te wachten. Ik kan alleen maar hopen dat de man snel weer naar buiten komt met een afhaalmaaltijd en er niet voor kiest om uitgebreid binnen te gaan dineren, want ik begin het inmiddels weer aardig koud te krijgen.

De man die Aron leek te volgen is het restaurantje voorbijgelopen zonder Aron een blik waardig te gunnen. Hoewel er tijdens de hele route geen enkele dreiging van hem uitging lucht het me op de een of andere manier toch op dat hij zijn eigen pad kiest. Mijn goed ontwikkelde zesde zintuig voor gevaar staat vanaf dat hij in beeld kwam bij de haven al in de alertstand ondanks het feit dat er geen enkele concrete aanleiding voor was. Mijn hartslag komt eindelijk een beetje tot rust.

Ik duik verder weg in mijn jas en hup van mijn ene op mijn andere voet in een poging mezelf warm te houden. Mijn ogen blijven onafgebroken op de overkant van de weg gericht. Een donker busje met geblindeerde ramen rijdt uiterst traag voorbij en ontneemt me het zicht op de ingang van de Roti Shop. Het achterliggende verkeer toetert ongeduldig en het busje maakt wat meer vaart. Tot mijn opluchting zie ik de man die hopelijk Aron is nog steeds binnen in de eetzaak staan. Hij staat met zijn rug naar me toe voor de counter te wachten.

Mijn ogen dwalen even af naar de foto's met gerechten die boven de kassa hangen en het water loopt me in de mond. Na alle vismaaltijden die ik de afgelopen dagen heb gegeten zou een roti er wel in gaan. In Amsterdam kom ik regelmatig bij een Surinaams eettentje waar ze authentieke rotivellen gebruiken die royaal belegd worden met aardappels, kip, kousenband en ei die doordrenkt zijn met masalasaus. Als ik na een lange werkdag geen puf meer heb om te koken dan is dat een van mijn favoriete maaltijden. De gedachte aan thuis, mijn zoon Hidde, het gespin van Pluis en mijn vaste ritueeltjes overspoelt me met heimwee. Terwijl ik hier sta te klappertanden had ik ook op mijn comfortabele loungebank kunnen zitten met een boek. Ik had nu een goede detective kunnen lezen in plaats van er zelf eentje te spelen.

Maar ik ga niet opgeven. Ik roep mezelf weer tot de orde als ik zie dat Aron in de rotishop een tas krijgt aangereikt door de vrouw achter de counter. Hij steekt zijn hand op als groet bij het verlaten van de zaak. Meteen sta ik weer helemaal op scherp. Een lange rij auto's rijdt over de weg en maakt het onmogelijk om over te steken en Aron te confronteren. Hij loopt in een flink tempo weg en kan elk moment uit het zicht verdwijnen als hij een van de steegjes in de buurt in zou slaan. Er zit niks anders op dan parallel aan hem te gaan lopen op mijn stuk van de weg en zodra het veilig genoeg is alsnog naar de overkant te rennen. Ik trek een kort sprintje om mijn achterstand te verkleinen en probeer dan mijn pas gelijk te krijgen met mijn doelwit aan de overkant. Als we aan beide kanten van de weg in hetzelfde tempo lopen komt er ineens een donkere bestelbus tussen ons in rijden. De bus heeft geblindeerde ramen, net als de bus die me al eerder het zicht op mijn doelwit even ontnam, toen ik stond te posten bij de Roti Shop. Ik heb het kenteken van de vorige bus niet genoteerd dus ik kan niet met zekerheid zeggen dat het dezelfde is, maar hij lijkt er wel op.

De bus rijdt uiterst traag alsof hij op zoek is naar de juiste route. Ineens zwenkt hij naar links en rijdt half de stoep op aan de kant waar Aron loopt. De auto die aan die kant van de weg in tegengestelde richting komt aanrijden knalt er bijna tegen op. Het schelle geluid van remmen en banden die tot het uiterste worden getergd, vult de straat. Daarna volgt luid geschreeuw en getoeter. De bus maakt gebruik van de chaos die ontstaan is en weet zich op de een of andere manier zonder brokken langs het andere verkeer te manoeuvreren. Ik haast me naar de overkant, maar de stoep waar Aron liep is leeg.

# 39

Beduusd kijk ik om me heen. Er zijn geen steegjes op het stukje weg waar de man liep die ik ervan verdenk Aron te zijn. Hij lijkt in rook opgegaan. Ik kan maar één conclusie trekken: hij is meegenomen door het busje. Ik ren in een impuls achter de wegrijdende bus aan, die nu ineens wel tempo kan maken maar realiseer me al snel dat het kansloos is. Hijgend kijk ik om me heen en zie een taxi aan komen rijden. Zonder aarzeling dwing ik hem te stoppen door voor hem op de weg te springen. Terwijl de chauffeur nog aan het bijkomen is van mijn onbezonnen actie die maar net goed afliep, trek ik de achterdeur van zijn taxi open. Ik duik op de achterbank voordat de chauffeur goed en wel doorheeft wat er gebeurt. Vloekend draait hij zich om.

'*Follow that black van!*' schreeuw ik hem toe zonder me iets van zijn getier aan te trekken. Ik wijs naar de bus die in rap tempo steeds verder uit het zicht verdwijnt en wapper tegelijk met mijn creditcard. Dat laatste lijkt de chauffeur tot actie aan te zetten en de auto komt in beweging. Ik schuif naar het midden van de achterbank en pak de hoofdsteun van de bijrijdersstoel vast. Ik zit niet in de gordel maar de chauffeur zegt er niets van. Hij concentreert zich op de weg en het lukt hem om in te lopen op de bus. Hij passeert een paar auto's die voor ons rijden en als er nog maar één auto tussen ons en de bus zit laat hij zijn tempo terugzakken. Ik zit al die tijd op het puntje van de bank terwijl de spanning door mijn lijf raast. 'Moeten we die auto ook niet voorbij?' vraag ik als hij niet van zins lijkt om de auto te passeren die tussen ons en de bus rijdt.

'Nee, dat valt te veel op. Voordat ik taxichauffeur werd zat ik in de beveiliging, dus ik weet wel hoe ik een achtervolging moet doen. Als die bus een beetje stabiel blijft rijden dan laat ik waarschijnlijk nog een auto passeren.'

'Sorry dat ik bijna op uw motorkap sprong en u zo liet schrikken, maar ik moest snel handelen,' bied ik mijn excuses aan. 'Ik mag dat busje niet uit het oog verliezen.'

'Iets crimineels?'

'Privé,' werp ik snel op.

'Gaat je vent vreemd?'

'Zoiets. Ik wil het er liever niet over hebben.'

'Prima. Je bent een klant die betaalt dus ik vind alles best. O, en doe je gordel even om. Ik heb geen zin in een boete en als het ritje onverwachts toch nog ruig wordt dan vlieg je tenminste niet alsnog door mijn voorruit.'

Braaf schuif ik naar de rechterkant van de achterbank en tuig mezelf in. De chauffeur lijkt te weten wat hij doet dus de noodzaak om mee te kijken neemt af. Ik zak achterover tegen de rugleuning aan en laat me door het donkere Oslo rijden. De lantaarnpalen langs de weg laten hun lichten met tussenpozen in de auto schijnen terwijl we langs een reeks hoge gebouwen rijden.

'Dat is het barcodeproject,' licht de chauffeur toe als hij me ziet kijken naar de typische bouwstijl die inderdaad doet denken aan een barcode. 'Het is een samenwerking geweest tussen Noorse en Nederlandse architecten.'

'Ha, wat grappig, ik kom uit Nederland.'

'Die gebouwen zijn in de plaats gekomen van een voormalig haven- en industrieterrein. Nu kun je er wonen, werken en shoppen combineren.' De afkeer in zijn stem valt niet te missen.

'Ze zijn best mooi, toch? Apart wel, ze vallen op.'

'Apart is een understatement. Ik vind ze afschuwelijk. Mij te futuristisch allemaal. Noem me ouderwets maar ik hou het liever bij het oude, dan weet je tenminste waar je aan toe bent. Al dat moderne gedoe van tegenwoordig, ik heb er helemaal niks mee. Voor je het weet is alle sfeer en authenticiteit verdwenen en is de hele stad overgenomen door dat soort kille gebouwen.'

Ik schuif wat onrustig naar voren op de achterbank en de chauffeur heeft het meteen in de gaten.

'Ik kan kletsen en opletten tegelijk, hoor, dat is mijn vak. Ik heb dat busje nog steeds volop in de smiezen.'

'Hebt u misschien enig idee waar dat busje naar op weg zou kunnen zijn?'

'Nee, hoe zou ik dat kunnen weten?'

'Nou ja, als taxichauffeur kent u alle routes hier en waar ze naartoe leiden wel zo'n beetje uit uw hoofd, lijkt me?'

'Maar dat wil niet zeggen dat ik ook voorspellende gaven heb.'

Ik zucht ongeduldig.

'Die bus kan niet eeuwig in de rondte blijven rijden dus hij stopt vanzelf een keer. Gewoon een beetje geduld, alle tijd.'

'Joh, je meent het,' mompel ik cynisch in het Nederlands. *De rit zou mij ook niet lang genoeg kunnen duren als ik per minuut werd betaald...* Waar voor mijn geld krijg ik ook niet echt. Dit moet haast wel de saaiste achtervolging zijn die ooit heeft plaatsgevonden. Het lijkt wel of ik in een boemeltreintje terecht ben gekomen. Dit komt absoluut niet in de buurt van de spectaculaire achtervolgingen die je altijd in crimeseries ziet met auto's die om de haverklap bijna uit de bocht vliegen, te krappe steegjes in scheuren, rode lichten negerend over een drukke kruising racen, geluiden van blik op blik, piepende banden en knarsende remmen achter zich latend. Het enige wat me tot nu toe adrenaline bezorgt tijdens deze rit is de meter die maar doortikt. Ik begin me zelfs een beetje af te vragen of ik geen spoken zie. Door de manier waarop de bus bij de Roti Shop de stoep op reed en Aron meenam was ik ervan overtuigd dat het een ontvoering tegen zijn wil was, maar wat als hij vrijwillig is ingestapt en had afgesproken dat het busje hem daar kwam ophalen? De manier waarop het voertuig zich aandiende en het andere verkeer in de problemen bracht verdient niet de schoonheidsprijs, maar de wereld zit tegenwoordig vol met slechte en asociale bestuurders.

Terwijl ik in dubio zit of ik deze rit om financiële redenen misschien toch beter kan afbreken als er niet snel een einddoel in zicht komt, rijdt de bus voor ons steeds verder bij de drukte vandaan. De gebouwen langs de wegen worden schaarser, ik zie steeds minder mensen op straat en de verlichting wordt summierder. Ik begin te vermoeden dat we op weg zijn naar de rand van de stad, waar de bewoning steeds dunner wordt en er dus ook minder sociale controle is op zaken die niet deugen. Dat pleit er weer voor om deze rit wel uit te zitten en de chauffeur niet de opdracht te geven om rechtsomkeert te maken naar mijn hotel.

‘Misschien heb ik toch een vermoeden waar die bus naartoe rijdt,’ onderbreekt de chauffeur mijn gedachten. ‘Pin me er niet op vast, maar er ligt een voormalig industrieterrein aan de rand van de stad dat de naam heeft ’s nachts een vrijplaats te zijn voor “ontmoetingen”, zullen we maar zeggen. Het is een particulier terrein waar de bewaking meer oogjes dichtknijpt dan openhoudt. In het verleden heeft de gemeente nog wel wat pogingen gedaan om het terrein op te kopen, maar de eigenaar wilde daar nooit wat van weten. Omdat het terrein aan de rand van de stad ligt en er geen incidenten worden gemeld, heeft de gemeente het uiteindelijk maar laten gaan. De boel wordt gedoogd en het zou me niet verbazen als een paar ambtenaren worden beloond voor dat gedogen, als je begrijpt wat ik bedoel.'

'Corruptie is een universeel iets, in Nederland kunnen ze er ook wat van,' beaam ik. 'Maar u bent goed op de hoogte, dat moet gezegd worden.'

'Ik heb mijn ogen en oren altijd open. Het zal je verbazen wat mensen allemaal met me delen zodra ze mijn taxi instappen en sommige dingen weet ik uit eigen ervaring...' Hij laat even een stilte vallen die me een ongemakkelijk gevoel geeft.

'Wacht eens, u vertelde dat u voorheen in het beveiligingswerk hebt gezeten. Hebt u soms op dat terrein gewerkt waar u het net over had?'

'Misschien... Maar als dat zo was dan zou ik dat nooit vertellen. Alles wat achter de hekken van dat terrein gebeurt, blijft achter de hekken.' Hij knipoogt samenzweerderig naar me via de achteruitkijkspiegel. Hoewel hij zichzelf als betrouwbaar neerzet, begin ik me sterk af te vragen of hij wel te vertrouwen is. Ik realiseer me hoe kwetsbaar mijn situatie is. Ik zit in een taxi met een onbekende vent terwijl we steeds verder bij de bebouwde kom vandaan rijden richting een dubieus terrein. Niemand weet waar ik ben. Als deze man kwaad in de zin heeft kan hij alles met me doen zonder dat iemand het doorheeft. Het liefst wil ik zo snel mogelijk die auto uit, maar van de gedachte om in the middle of nowhere uit te stappen krijg ik net zo goed de kriebels. Toch gaat mijn hand als vanzelf naar de hendel van de deur. De chauffeur kijkt me over zijn schouder recht aan en er klinkt een klikgeluid. 'W... waarom doet u de deuren op slot?' Mijn stem slaat over van angst terwijl ik aan de deurgreep trek.

'We willen niet dat je uit een rijdende auto valt, toch? Alles voor de veiligheid van mijn klanten.' Hij grinnikt op een manier die mijn angst nog verder aanwakkert.

'Ik hou er niet van om opgesloten te zitten. Ik wil dat u de deuren weer ontgrendelt.'

De chauffeur doet net of hij me niet hoort en geeft meer gas.

'Hé, dit is niet grappig. Laat me eruit.'

De chauffeur begint keihard te lachen en laat het gas weer wat terugzakken. 'Had ik je even mooi te pakken. Meid, maak je niet druk, ik zit je maar een beetje te plagen. Gun mij ook een lolletje.' Met een druk op de knop ontgrendelt hij de deuren weer.

'Nou, als u dit grappig vindt dan hebben we duidelijk niet dezelfde humor.'

Hij trapt de rem in en zet de auto stil. Daarna geeft hij de sleutel in het contactslot een draai en het gebrom van de motor stopt. Als laatste schakelt hij de verlichting uit en draait zich naar me om. 'Je mag uitstappen, hoor. Het is nog vijf kilometer lopen naar dat industrieterrein. Als je een beetje doorstapt ben je er met een uurtje. Als je tenminste niet verdwaalt. Met mijn auto zijn we er binnen vijf minuten. Aan jou de keuze.'

De rode achterlichten van het busje voor ons worden steeds kleiner en als we niet snel weer gaan rijden raken we het kwijt. Dan is deze hele rit voor niks geweest. 'Rij maar door,' zeg ik afgemeten.

# 40

'U vergeet de lampen,' zeg ik als de taxi weer langzaam is gaan rijden en de weg donker blijft. De achterlichten van het busje zijn inmiddels kleine rode stipjes in de verte.

'Bewuste keuze,' antwoordt de chauffeur. 'We willen niet opvallen, toch?'

'Nee, maar...'

'Maak je geen zorgen, ik kan deze route met mijn ogen dicht rijden als het moet. Ik blijf op een afstandje volgen en als we in de buurt van het terrein zijn dan gooi ik je eruit. Het laatste stukje zul je moeten lopen om ongezien in de buurt te komen. Er zijn voldoende bosjes waar je je achter kunt verschuilen.'

Ik slik hoorbaar. 'Oké... Bij het terrein komen is stap één, maar hoe kom ik erop? U zei eerder iets over een omheining en bewaking?'

'Bewaking is wellicht een te groot woord. Sociale controle is een term die beter past bij de huidige situatie. Het gros van de mensen die daar komt kent elkaar en laat elkaar met rust, maar nieuwe gezichten worden in eerste instantie altijd met argusogen bekeken. Vertrouwen moet je verdienen.'

'Ik val dus meteen op, wilt u zeggen.'

'Jij snapt het.'

'En wat gebeurt er met nieuwelingen die nog moeten bewijzen dat ze te vertrouwen zijn?'

'In het ergste geval word je het terrein afgejaagd op een manier die ervoor zorgt dat je het wel uit je hoofd laat om nog eens terug te komen.'

'Met geweld dus.'

'Jouw woorden, niet de mijne.'

'Jemig, man, doe eens niet zo vaag. Zeg gewoon waar het op staat. Moet ik vrezen voor mijn leven als iemand me daar ziet rondneuzen of niet?'

'Dat ligt eraan wie je betrapt en hoe groot de belangen zijn. Het beste zou zijn om buiten het terrein te observeren en je vent thuis te confronteren met wat je hebt gezien. Dat zou ik doen als ik jou was.'

'En wat zou u doen als u mij was en toch het terrein op wilde?' zeg ik met een zucht.

'Dan zou ik het hek aan de voorkant mijden en naar de achterkant lopen, want daar zit een gat in het gaas dat groot genoeg is om doorheen te kruipen… De boel is daar flink overwoekerd zowel langs als binnen het hekwerk. Voor zover je van ideaal zou kunnen spreken is dit de beste en veiligste plek om je een tijdje schuil te houden en te observeren als je per se het terrein op wilt.'

'En de mensen die daar komen, komen voor…?'

'De uitwisseling van goederen en andere dingen in natura. Er wordt plezier gemaakt en er worden dealtjes gesloten.'

'Illegale handel en seks dus.' Ik beschouw het zwijgen van de chauffeur maar als een ja.

'Heb je er al over nagedacht hoe je hier weer wegkomt?' vraagt hij na een korte stilte. 'Of was je van plan de nacht hier klappertandend door te brengen in de bosjes? Ik zou natuurlijk in de buurt kunnen blijven om je weer op te pikken als je een seintje geeft.' Hij graait in het opbergvakje bij zijn schakelpook en steekt me een visitekaartje toe.

Ik pak het aan en steek het in mijn jaszak. 'Ik weet niet hoe het allemaal loopt maar als ik u nodig heb dan bel ik wel.'

'Dat is te vaag. Moet ik wachten of niet?'

'Mijn budget is te krap om u exclusief te claimen voor onbepaalde tijd dus ga uw eigen ding maar doen,' antwoord ik met tegenzin. Natuurlijk wil ik het liefst dat hij wacht ondanks het feit dat hij me eerder flink heeft laten schrikken met zijn 'grapje'. Hoewel ik hem niet helemaal vertrouw voelt zijn taxi veiliger dan het terrein waar het busje naar op weg is. Stiekem hoop ik dat hij me aanbiedt om evengoed te wachten, maar dat gebeurt niet. Met een 'Jouw keuze' zet hij de taxi stil voor een bocht die de bus een paar minuten eerder heeft genomen.

'Vanaf hier moet je het zelf doen. De bocht om en dan alleen maar rechtdoor.' Hij zet de meter stil en er verschijnt een bedrag in beeld dat ik tandenknarsend aftik met mijn creditcard als hij me een mobiele pinautomaat toesteekt.

'Dan wens ik je veel succes. En je kunt nog terug, je hoeft het maar te zeggen,' voegt hij eraan toe als hij merkt dat ik aarzel om uit te stappen.

'Ik heb uw nummer.' Ik schuif naar de deur en doe hem open. Met tegenzin verlaat ik de warme auto. Het contrast met de buitentemperatuur is groot en er trekt een rilling door me heen. Ik sluit het portier zo zacht mogelijk omdat ik niet kan inschatten hoe ver het geluid hier draagt. Ik erger me altijd kapot aan crimeseries waarin keihard met deuren wordt gesmeten als een doelwit zogenaamd onopvallend benaderd wordt. De chauffeur steekt zijn hand op, keert zijn auto en rijdt weg. Ik kijk hem na. Als hij een paar honderd meter van me verwijderd is doet hij zijn lampen aan en in no time is hij helemaal uit beeld.

Nu ben ik op mezelf aangewezen. Ik loop naar de bocht

in de weg en krijg bijna een hartstilstand als mijn telefoon afgaat. *Shit, vergeten om het geluid uit te zetten.* Grote ergernis nummer twee bij crimeseries en nu maak ik me er zelf schuldig aan. Ik trek mijn toestel uit mijn jaszak en zet het schuifje voor de stille modus om voordat ik op het scherm kijk wie het in zijn hoofd haalt om me precies op dit moment te bellen. De makelaar! De afspraak was dat ik haar morgen zou bellen. Geërgerd stop ik mijn telefoon diep weg in mijn jas. Voor de zekerheid check ik ook of het geluid van de prepaid telefoon uitstaat voordat ik vlug verder loop.

Zodra ik de bocht om ben zie ik in de verte de verlichting van het voormalige industrieterrein gloeien. Langs de weg ernaartoe staan hoge wilde bessenstruiken die zo in elkaar zijn gegroeid dat ze op hele stukken een ondoordringbare, natuurlijke muur vormen. Op het veld daarachter staan kriskras en dicht op elkaar talloze naaldbomen. Precies de beschutting die de chauffeur had omschreven en die ik nodig heb om ongezien naar het terrein te lopen. Aan de remlichten in de verte zie ik dat het busje inmiddels stilstaat voor de ingang van het terrein. Als ik wil zien of Aron eruit stapt dan zal ik op moeten schieten. Ik duik achter de bessenhaag en begin zo hard als ik kan parallel aan de weg te rennen. De laag sneeuw verhult de ongelijkheid van de grond en een paar keer kom ik bijna ten val als ik op een kei trap die aan het zicht wordt onttrokken. Hoewel ik de sneeuw regelmatig vervloek omdat die mijn weg naar het terrein zwaarder en ingewikkelder maakt, realiseer ik me ook dat het witte poeder het geluid van mijn stampende voeten dempt.

Hijgend kom ik uiteindelijk tot stilstand op een plek waar de haag iets minder dicht is en ik een glimp kan opvangen van de weg. Terwijl mijn longen schrijnen en schuren van de inspanning en de koude lucht, hoor ik stemmen en getoeter. Ik loer tussen de struiken door en zie de chauffeur van het busje ongeduldig op zijn claxon duwen terwijl hij door zijn open raam iets tegen een man schreeuwt die aan de binnenkant van de omheining staat. Ik loop iets verder door naar een stukje waar de struiken minder goed op elkaar aansluiten en loer door het gat om beter zicht te krijgen. Niet lang daarna schuift het metalen toegangshek open en rijdt het busje naar binnen. Het hek wordt meteen weer gesloten. Het busje rijdt een paar meter verder het terrein op maar ik blijf er voldoende zicht op houden. De chauffeur stapt uit en loopt om het voertuig heen. Ik kan niet zien wat hij doet maar hoor het geluid van een schuifdeur die opengaat en niet lang daarna weer wordt gesloten.

Ik houd mijn adem in als twee mannen bij het busje weglopen met een derde man tussen hen in. Ze houden hem allebei vast aan een arm en hoewel de middelste man zich niet verzet ziet het er ook niet bepaald vriendschappelijk uit. De man die het hek heeft opengedaan roept iets naar de mannen en ze draaien alle drie hun gezicht naar hem om. Ik herken de man die Aron volgde vanaf de haven. De witte doek waar hij zijn handen aan afveegde steekt nog steeds een stukje uit zijn jaszak. Maar bovenal herken ik Aron zelf als de man in het midden. Hij heeft zijn pilotenmuts niet meer op zijn hoofd en met behulp van de lampen bij de ingang kan ik eindelijk zijn gezicht goed bekijken. De blik in zijn felblauwe ogen is grimmig. Zijn blonde haar is samengebonden in een knotje en zijn stoppelbaardje is uitgegroeid tot een volle baard. Zijn jukbeenderen steken scherper af sinds de laatste keer dat ik hem zag. Hij oogt in zijn geheel magerder en op de een of andere manier ook kwetsbaar, iets wat ik nog niet eerder bij hem gezien heb. Ik weet niet wat er met hem is gebeurd sinds zijn verdwijning, maar het heeft hem in elk geval geen goed gedaan. Nou, *that makes two of us* gaat er door me heen terwijl ik vlug wat foto's met mijn telefoon maak.

De chauffeur van de bus wisselt wat woorden met de man aan het hek en steekt zijn duim op. Daarna grijpt hij samen met zijn maatje Aron weer vast en voeren ze hem mee verder het terrein op richting een van de loodsen. Ik heb genoeg gezien en wil nu zo snel mogelijk achter die hekken zien te komen. Op het moment dat ik in beweging wil komen schampt het licht van een felle zaklamp rechts van me langs de struiken. Ik trek me terug achter een ondoordringbaar stuk en laat me plat op de grond vallen. De lamp flitst een paar keer van rechts naar links heen en weer en ik houd mijn adem in. De heg zou me voldoende moeten beschermen om uit het zicht te blijven, maar toch breekt het zweet me uit. Het felle licht gaat uit maar het duurt zeker tien minuten voordat ik me durf te verroeren. Voorzichtig ga ik op mijn hurken zitten en neem niet de moeite om de sneeuw van me af te kloppen. Dat komt later wel. Als mijn benen beginnen te krampen van de ongemakkelijke houding waarin ik zit kom ik langzaam verder overeind en neem een gebukte houding aan. Mijn benen en rug zijn stijf en ik ben koud tot op het bot. Ik sluip terug naar het gat in de heg. De man bij het hek is verdwenen en ook van Aron en zijn begeleiders is geen spoor meer. Het terrein oogt verlaten. Alle reuring speelt zich blijkbaar volledig buiten het zicht af in de verschillende loodsen. Voor mij lijkt de kust nu even veilig en ik glip gebukt en zo snel als ik kan langs het gat in de heg naar een stuk waar de begroeiing genoeg woekert om er weer ongezien achter te verdwijnen.

Ik volg in het spoor van de struiken die langs de omheining lopen. Hoe verder ik richting de achterkant van het terrein loop hoe minder ruimte er tussen de begroeiing en het hek komt. Op sommige stukken hebben de struiken zich zelfs vastgezet in het gaaswerk en woekeren ze er ruimschoots doorheen. Ik hoop dat het gat in het gaas waar de taxichauffeur het over had nog toegankelijk is. Als de boel is dichtgegroeid heb ik een probleem. Met mijn handen een doorgang zien te maken lijkt me geen reële optie. Ik vrees dat ik er niet sterk genoeg voor ben en ik zie ook niet voor me hoe ik dat onopvallend kan doen. Het geluid van knappende takken valt met de stilte die hier op dit moment heerst niet te verbloemen. De kans dat mensen die in de loodsen zijn het horen schat ik niet heel hoog in, maar als er plotseling iemand naar buiten komt wordt het een ander verhaal. Dat risico wil ik niet lopen.

Zo snel als ik kan loop ik verder totdat ik de achterkant van het terrein heb bereikt. Geconcentreerd neem ik de situatie in me op. Mijn ogen zijn naarstig op zoek naar een opening in de ondergroei die zicht geeft op de omheining en mogelijke zwakke plekken in het gaas waar ik me onderdoor kan wurmen. Ik juich vanbinnen als ik een plek heb gevonden waar aan de onderkant een stuk gaas ontbreekt ter grootte van een skippybal. Het ziet eruit alsof iemand er ooit een tang in heeft gezet om het stuk eruit te knippen. Aan de randen van het gat steken scherpe roestige stukken ijzerdraad uit waar geen coating meer op zit. Als het me lukt om erbij te komen moet ik dus opletten dat ik mijn huid niet openhaal of er met mijn kleding in blijf hangen. Maar stap één is zorgen dat ik überhaupt bij dat gat kom.

Ik duw de struiken met mijn handen zo veel mogelijk uit elkaar en steek mijn hoofd in de opening die ontstaat. Op het moment dat ik door wil duwen kan ik ineens geen adem meer halen. In mijn eerste paniek denk ik dat er een tak klem zit om mijn nek die mijn luchtpijp dichtduwt en ik probeer me los te worstelen. Maar dan word ik keihard naar achteren getrokken. De druk op mijn strottenhoofd neemt niet af maar wordt erger. Een sterke arm houdt me in een meedogenloze nekklem die niet alleen mijn luchtpijp maar ook mijn halsslagaders steeds verder dichtknijpt. Sterretjes flitsen voor mijn ogen en ik word duizelig. In plaats van te vechten voor mijn leven en me te verzetten, verstar ik volledig. Het is net alsof een onzichtbare vuist me knock-out probeert te slaan en ik heb geen enkele controle meer over mijn lijf. Trauma's van vroeger sturen mijn geest naar een plek heel diep vanbinnen, waar het zo zwart is dat er geen gevoel meer door komt. Mijn lichaam wordt slap en ik verdwijn.

# 41

Mijn armen zijn op mijn rug gebonden en er snijdt iets pijnlijk in mijn polsen. Ik lig op mijn zij op een ijskoude betonnen vloer. Aan mijn enkels voel ik dezelfde scherpe pijn, dus die zullen ook wel aan elkaar vastzitten. Ik heb ongelofelijke dorst en mijn mond is zo droog dat mijn tong aan mijn gehemelte vastplakt en zich op mijn tanden een plakkerig laagje heeft gevormd. Mijn hoofd doet zoveel pijn dat ik er misselijk van ben en de rillingen schieten ongecontroleerd door mijn lichaam. Langzaam kom ik steeds verder bij bewustzijn.

Om me heen is het stil en even denk ik dat ik alleen ben. Maar als ik zachtjes kreun roept een mannenstem mijn naam. Ik schrik en sper mijn ogen in een reflex wagenwijd open terwijl ik mijn lijf kronkelend achteruitduw. De ruimte om me heen is zo donker dat ik geen hand voor ogen zie. De stem roept opnieuw mijn naam en vraagt of alles goed met me is. De toon is net als de vraag niet agressief maar bezorgd. Mijn hoofd wordt steeds helderder en ik realiseer me dat ik weet van wie die stem is. 'Aron,' ben jij dat?'

'Ja.'

'Wat doe je hier?'

'Dat kan ik beter aan jou vragen.'

'Jou zoeken. Je was ineens van de aardbodem verdwenen terwijl we samen nog wel iets af te handelen hadden. Je hebt me laten barsten.' De opluchting die ik in eerste instantie voelde dat ik hem gevonden heb, maakt plaats voor de boosheid die sinds zijn verdwijning al in me broeit.

'Ik heb je niet laten barsten, ik had geen andere keuze.'

'Hoezo had je geen andere keuze? En bovendien blijft de uitkomst hetzelfde, je kwam niet opdagen, ik kreeg je nergens te pakken en je was niet thuis.'

Aron slaakt een diepe zucht. 'Je had het moeten laten rusten, Rianne. Je hebt het behoorlijk voor me verkloot. Je hebt geen idee wat je hebt aangericht.'

'Wat ik heb aangericht? Nou wordt-ie helemaal mooi. Ik heb de afgelopen dagen heel wat dingen over je ontdekt en ik geloof dat ik wel recht heb op wat antwoorden.' Ik wil zoveel tegelijk zeggen dat ik struikel over mijn woorden en niet weet waar ik moet beginnen.

'Rianne, haal even een paar keer diep adem en probeer een beetje te kalmeren. De situatie wordt er niet beter op als je ook nog hysterisch wordt. Ik heb liever dat je met me meedenkt over hoe we hier weg kunnen komen. Als die klootzakken die ons hier hebben opgesloten terugkomen voordat we ontsnapt zijn dan is de kans dat we dit overleven niet heel groot. Ik weet niet hoe het met jou zit, maar ik heb nog geen zin om dood te gaan.'

'Heeft dit iets te maken met het lichaam dat we hebben gevonden?'

'Waarom zou het daar iets mee te maken hebben?'

'O, hou toch op. Ik weet dat je hem kende, net als de vrouw in die blokhut die daar in de buurt stond.'

'Waar heb je het over? Je ziet spoken.'

'Op dit moment zie ik alleen een leugenaar. Ik heb een foto in je huis gevonden van jou met die vent en die vrouw.'

'In mijn huis? Heb je bij me ingebroken?'

'Dat was niet nodig. Je deur zat niet op slot. Ik heb keurig aangeklopt en toen er geen reactie kwam ben ik als bezorgde vriendin naar binnen gelopen om te kijken of alles goed met je was.'

'En toen besloot je meteen mijn huis maar even te doorzoeken?'

'Jij was niet aanwezig om vragen te beantwoorden dus toen ben ik zelf maar wat antwoorden gaan zoeken. Ik hoopte aanwijzingen te vinden waar je was gebleven. Je buurvrouw had geen idee, bij het krabbenbedrijf was je niet komen opdagen voor de kennismakingsbijeenkomst met de crew, de politie maakte me uit voor fantast toen ik ze vertelde over het dode lichaam dat we hadden gevonden en beweerde dat ik een potje stond te liegen...'

'Je bent toch naar de politie gegaan?' onderbreekt hij mij verontwaardigd.

'Ja, Aron, het is gebruikelijk om bij een vermeende misdaad naar de politie te gaan en ze daarvan op de hoogte te brengen. We hebben verdomme een lijk gevonden! Aangezien jij er niet was om met me mee te gaan ben ik het zelf maar gaan melden. Bovendien begon ik me ook zorgen om jou te maken, omdat ik op geen enkele manier contact met je kreeg. Ik was bang dat er iets met je gebeurd was en wilde daarover ook mijn zorgen uitspreken tegen de politie. Ik heb ze de coördinaten gegeven van de plek waar we het lijk hebben gevonden, ik heb ze de foto's laten zien die ik heb gemaakt en ik heb ze een reepje stof gegeven van mijn bebloede jas die je hebt verbrand in je houtkachel. Waarom heb je dat gedaan? Waarom heb je een bewijsstuk dat DNA van het slachtoffer bevatte vernietigd?' De beschuldiging blijft tussen ons in hangen en de spanning neemt steeds verder toe.

'*Herregud, du er virkelig utrolig.*' Aron kreunt.

'Wat zeg je? Mijn Noors is niet zo goed.'

'Dat je ongelofelijk bent.'

'Whatever. Maar ik wil wel ongelofelijk graag weten wat er allemaal aan de hand is.'

'Hoe heb je me weten te vinden?'

'Toen ik je huis doorzocht vond ik een ansichtkaart met het adres van je appartement aan de Lybekkergata.'

Ik kan het niet zien, maar ik weet zeker dat hij zijn wenkbrauwen optrekt als ik nogmaals benoem dat ik zijn huis in ben gegaan, maar hij laat me vervolgens verder praten. Ik vertel hem over de makelaar, buurvrouw Kaja, de bedrijven die ik heb gebeld en waar ik uiteindelijk beethad, de Roti Shop. Tot slot vertel ik hoe ik vanuit een taxi het busje ben gevolgd en hoe ik dacht dat ik niet gezien was...

'Je hebt geen idee in wat voor wespennest je je neus hebt gestoken,' reageert Aron met ongeloof in zijn stem.

'Nee, inderdaad niet, dus vertel het me maar. En nog even over mijn jas...'

'Heeft de politie gezocht op de plek waar we het dode lichaam hebben gevonden?' Voor de tweede keer onderbreekt hij me en omzeilt hij de vraag over mijn jas. Hij hoopt er waarschijnlijk mee weg te komen, maar dan kent hij me nog niet. Ik zal er net zo vaak naar blijven vragen totdat hij antwoord geeft. Voor nu besluit ik eerst zijn vraag te beantwoorden om hem wat te laten ontspannen zodat ik hem als hij minder alert is weer met de vraag kan confronteren.

'Ja, de politie heeft gezocht op die plek en dat is het gekke, ze beweren geen enkele aanwijzing te hebben gevonden dat daar een misdaad is gepleegd. Ik heb reden om aan te nemen dat ze tegen me gelogen hebben en dat maakt het hele verhaal alleen maar opmerkelijker.'

'Hoezo gelogen?'

'Omdat het niet de enige leugen is die ze me op de mouw hebben proberen te spelden. De politie beweerde namelijk ook dat het appartementengebouw aan de Lybekkergata gesloopt was toen ik ze vroeg om te controleren of je misschien in je appartement was.'

'Wat?'

'Ja, inderdaad, complete bullshit waarmee ze probeerden te voorkomen dat ik naar Oslo zou afreizen om je te zoeken. Er werd me dringend verzocht de zaak te laten rusten omdat zij dat ook zouden doen. Nou, mooi niet. Ik wil weten wat hier aan de hand is en waarom niet alleen jij maar ook de politie dingen onder het tapijt probeert te vegen. Dus vertel me over die jas en je connectie met die vermoorde man en die vrouw in de blokhut.'

Het duurt even voordat Aron met een reactie komt. 'Ik kan niet voor de politie spreken, alleen voor mezelf en dit is niet het moment om dat te doen. Al die tijd die we nu aan praten hebben besteed hadden we moeten gebruiken om te ontsnappen. Dat heb ik je net al gezegd en ik zeg het nog een keer. Onze levens zijn in gevaar, Rianne, dringt dat tot je door? De mensen die ons hier gevangenhouden zijn meedogenloos en gaan over lijken. Er staan dingen op het spel die ze koste wat het kost willen beschermen en onze levens zijn in hun ogen niks waard als ze daarmee hun doel kunnen bereiken. Ik had alles onder controle totdat jij de boel kwam verpesten. Het zou fijn zijn als je me zou helpen om de puinhoop die je hebt veroorzaakt op te ruimen.'

'Durf je nou werkelijk te beweren dat ík er een puinhoop...'

'Rianne! Hou in godsnaam voor één keer eens je bek en doe gewoon wat ik zeg zonder vragen te stellen of commentaar te leveren!'

De woede in Arons stem is ongekend en ik krimp automatisch in elkaar. Ik barst in huilen uit, ik kan het niet tegenhouden.

'Ik wil onze levens redden, maar je maakt het me niet bepaald makkelijk,' laat hij er iets kalmer op volgen. 'Kom op, probeer jezelf in bedwang te houden, ik heb je hierbij nodig. Ik beloof je dat als we hier levend uitkomen je me het hemd van het lijf mag vragen en dat ik al je vragen zal beantwoorden. Voor zover ik dat kan. Maar eerst moeten we hier weg.'

'Wat moet ik doen dan?'

'Ik zit vastgebonden op een stoel ergens bij je in de buurt. Ik wil dat je probeert om met je tanden de tiewrap om mijn polsen kapot te bijten.'

'Hoe dan? Mijn handen en voeten zijn vastgebonden en ik lig op de grond. Ik kan mezelf niet overeind helpen, laat staan dat ik bij je kan komen of met mijn mond in de buurt van je polsen kan komen.'

'Ik ga proberen je overeind te helpen. Je ligt nu op je zij, toch?'

'Ja.'

'Als het je lukt om op je rug te draaien dan kun je je met je voeten en handen afzetten en zo richting mij proberen te schuiven. Zorg dat je met je hoofd bij mijn voeten terechtkomt.'

'Je bedoelt dat ik op mijn rug naar je toe moet zien te komen? Oké, ik ga mijn best doen. En dan?'

'Dat vertel ik je als het je gelukt is om met je hoofd bij mijn voeten te komen. Eén stap tegelijk.'

'Oké, daar gaan we dan.' Ik strek mijn stijve, verkleumde lichaam en probeer op mijn rug te rollen. Een uitdaging als je handen op je rug zijn gebonden, merk ik al snel. Mijn eerste poging mislukt, maar de tweede slaagt wel. Het lukt me op de een of andere manier ook nog om mijn handen onder mijn billen te schuiven. Daarna trek ik mijn benen op totdat mijn voeten plat op de grond staan. De tiewraps om mijn enkels snijden zo pijnlijk in mijn huid dat de tranen me in de ogen springen. Ik probeer met mijn handen mijn billen wat omhoog te duwen terwijl ik tegelijkertijd afzet met mijn voeten. Er gaan felle steken door mijn schoudergewrichten die maximaal onder druk komen te staan, maar ik krijg het wel voor elkaar om een beetje richting Aron te schuiven. Stukje bij beetje kom ik steeds dichter bij hem in de buurt. Het zweet dat op mijn voorhoofd parelt van de inspanning loopt mijn ogen in. Ik probeer het weg te knipperen maar kan niet voorkomen dat het zout in mijn ogen brandt. Aron moedigt me elke keer aan als ik mezelf een stukje verder voortduw en hij prijst me de hemel in als mijn hoofd eindelijk zijn laarzen raakt. Buiten adem blijf ik even doodstil liggen.

'Als jij probeert om je hoofd op te tillen dan probeer ik mijn laarzen onder je hoofd te schuiven.'

'Geef me een seconde om op adem te komen,' hijg ik tot ik me realiseer wat hij zegt. 'Maar wacht eens even, je wilt je laarzen onder mijn hoofd schuiven? Zijn jouw benen niet vastgebonden aan de stoelpoten?'

'Nee...'

'Dan was het toch veel makkelijker geweest als jij naar mij was gekomen? Wat heeft het voor zin om me zo uit te putten?'

'Mijn benen zijn niet vastgebonden aan de stoel, maar mijn handen wel, en de stoelpoten zitten vastgeschroefd in de vloer. Ik kan dus evengoed geen kant op.'

Ik grom wat. 'Oké, bij drie probeer ik mijn hoofd op te tillen. Een, twee, drie!' Ik span mijn nekspieren aan en mijn hoofd komt van de grond. Ik voel Arons laarzen tegen mijn achterhoofd en ik span me nog eens extra in om mijn hoofd erop te leggen.

'Goed zo. Nu ga ik proberen om mijn laarzen onder je schouderbladen te schuiven.'

Ik probeer nog iets verder van de grond te komen als hij zijn laarzen met wrikkende bewegingen steeds een stukje verder onder me duwt. Uiteindelijk lukt het door onze gezamenlijke inspanning om zijn laarzen onder mijn schouderbladen te krijgen. 'Oké, *what's next*?'

'Nu leg je je benen weer plat neer op de grond en doe je net alsof je een sit-up gaat doen. Op het moment dat jij omhoogkomt help ik je mee door je met mijn voeten verder omhoog te duwen tot een zittende positie. Als je eenmaal zit ben je als het goed is mobiel genoeg om jezelf naar de achterkant van mijn stoel te schuiven zodat je kunt proberen om de tiewrap rond mijn polsen door te bijten. De kans dat het lukt is heel erg klein, maar het is de enige optie die we hebben dus we moeten het proberen.'

'Komen mijn vampiertandjes toch nog eens van pas,' mompel ik doelend op mijn puntige snijtanden waar ik op de middelbare school weleens mee werd gepest. Ik ga plat op mijn rug liggen. 'Weer bij drie?'

'Lijkt me goed.'

'Oké, daar gaan we dan. Tel jij maar terwijl ik me voorbereid op de sit-up van mijn leven.'

'Een, twee, drie!'

Ik span mijn buikspieren aan en push mezelf met een oerkreet omhoog. De pijn in mijn schouders is zo erg dat ik bang ben dat mijn armen ter plekke achter mijn rug afbreken. Met behulp van de stuwende kracht van Arons laarzen lukt het me om bijna in een zittende positie te komen, maar het laatste stukje krijg ik niet voor elkaar. Even lijk ik terug te vallen, maar Aron weet me met vereende krachten van zijn oersterke beenspieren nog zo'n flinke zet te geven dat ik doorschiet in een zittende positie. 'O mijn god, het is gelukt!' Ik gun mezelf amper tijd om op adem te komen. Ik heb geen benul van de tijd die ons dit gekost heeft en ik begin de urgentie om geen seconde te verspillen steeds meer te voelen. 'Ik ga nu proberen om mezelf achter je stoel te krijgen. Je moet me maar leiden met je stem, want ik zie geen hand voor ogen. Het was fijn geweest als ze een lichtje aan hadden gelaten.'

'Iemand in een donkere ruimte opsluiten werkt desoriënterend. Het zorgt ervoor dat je elk gevoel van tijd en ruimte verliest en sneller in paniek raakt. Dat maakt je kwetsbaarder en verzwakt je positie ten opzichte van de mensen die je gevangenhouden nog meer.' Aron dreunt zijn woorden zakelijk op, alsof hij het voorleest uit een boekje en het niet over ons gaat. Ik weet dat zo min mogelijk emotie toelaten de beste manier is om met een hachelijke situatie te dealen, dus ik probeer de chaos in mijn hoofd te temperen en zijn voorbeeld te volgen. Omdat ik mijn handen niet als voelsprieten kan gebruiken tast ik met mijn benen om me heen om de richting te bepalen waar ik heen moet. Als ik weer een stukje gedraaid ben en Aron tegen zijn benen schop mompel ik een halfbakken 'Sorry'. Ik weet nu in elk geval dat ik recht voor hem zit.

Zo goed en zo kwaad als het gaat met de beperking van mijn samengebonden handen en voeten schuif ik steeds van mijn ene bil op mijn andere om stukjes vooruit te komen. Voor mijn gevoel schuif ik strak langs Arons stoel, maar als ik hem vraag om iets te zeggen klinkt zijn stem toch een stuk minder dichtbij dan een paar minuten geleden. Die duisternis werkt inderdaad desoriënterend. Ik schuifel verder richting het geluid van Arons stem maar op de een of andere manier lukt het me maar niet om weer zo dicht bij hem te komen dat ik hem kan aanraken. 'Waar ben je nou?' vraag ik schril terwijl ik mijn opkomende paniek probeer te onderdrukken.

'Rustig blijven ademen, het komt allemaal goed,' klinkt

Arons kalmerende stem. 'Ik zal even met mijn laarzen over de vloer heen en weer gaan en zachtjes stampen, misschien werkt dat beter dan mijn stem.'

Rechts van me klinkt een schrapend geluid en ik concentreer me tot het uiterste om erbij in de buurt te komen. De duisternis begint steeds meer als een dikke, ondoordringbare muur te voelen waar ik elk moment met mijn kop tegenaan kan knallen. Ik heb mijn ogen nog steeds open, maar doe ze dicht in de hoop dat de duisternis me dan minder aanvliegt. Het helpt een beetje. Het schuivende geluid van Arons zolen op de vloer verandert in een zacht stampen en ik worstel me naar het geluid toe dat steeds dichterbij klinkt. Mijn blijdschap als ik met mijn voeten tegen zijn stoel aanbots gaat over in een pijnkreet als ik me afzet op mijn handen en iets scherps mijn huid binnendringt. 'Au!' roep ik uit.

'Wat is er aan de hand?' vraagt Aron bezorgd.

'Ik wilde mezelf wat extra kracht geven om een kwartslag te draaien door me af te zetten op mijn handen maar er ligt hier iets scherps op de grond. Iets van metaal of zo. Ik denk dat ik bloed.'

'Iets scherps? Maar dat is geweldig! Het maakt me niet uit hoe, maar je moet het aan me geven. Een tiewrap doorbijten met je tanden is vrijwel onmogelijk maar met iets scherps is de kans dat het gaat lukken vele malen groter.'

Ik laat Arons woorden tot me doordringen en realiseer me dat hij natuurlijk weer gelijk heeft. Nu nog een manier verzinnen om dat scherpe stukje metaal in zijn handen te krijgen aangezien ik mijn eigen handen niet kan gebruiken om het aan te geven. Mijn mond! Die kan ik wel ter hoogte van zijn handen krijgen, dat hadden we in ons plan A al vastgesteld. Ik moet het stukje metaal tussen mijn tanden zien te nemen en het dan in zijn handen leggen. Om met mijn mond de vloer te kunnen aftasten moet ik wel mijn zittende houding opgeven en dat betekent dat we het circus om overeind te komen nogmaals moeten herhalen als ik het stukje metaal te pakken heb. Ik leg mijn plan voor aan Aron in de hoop dat hij met een slimmere oplossing op de proppen komt, maar helaas.

Voorzichtig laat ik me op mijn zij zakken en begin met mijn mond de vloer af te tasten. Gruis en stof blijven aan mijn lippen plakken en ik begin te hoesten als het stof via mijn neus mijn luchtpijp binnendringt. Ik voel de seconden wegtikken en mijn onrust wordt steeds groter. 'Ik kan het niet vinden.'

'Niet opgeven, Rianne, je bent zo dichtbij. Kom op. Jij kunt alles vinden, je hebt mij hier immers ook gevonden.' Aron blijft bemoedigende woorden over me uitstrooien en ik hervat mijn zoektocht ondanks het feit dat ik er zelf steeds minder in begin te geloven dat het ons ooit zal lukken om hier op tijd weg te komen. Mijn toch al gebarsten lippen worden steeds ruwer van het schuren over de betonnen vloer. Nog meer gruis, nog meer stof en dan... iets scherps! 'Gevonden, ik heb het gevonden, Aron!'

'Zie je wel, ik zei het je toch!'

Uiterst voorzichtig neem ik het scherpe stukje tussen mijn tanden maar kan niet voorkomen dat het metaal in mijn tong snijdt. De smaak van bloed vult mijn mond en het kost me moeite om me er niet door te laten afleiden. Ik wurm me naar Arons voeten toe en voor de tweede keer voeren we de sit-uptruc uit. Deze keer gaat het gelukkig wat vlotter. Met mijn tanden stevig om het stukje metaal geklemd zorg ik ervoor dat ik het fysieke contact met Aron en zijn stoel niet verlies terwijl ik om hem heen schuifel, op zoek naar zijn handen. Als ik zijn vingers tegen mijn wang voel ben ik zo blij dat ik bijna het stukje metaal laat vallen.

Aron grijpt met zijn vingers tot hij het te pakken heeft en haalt het voorzichtig uit mijn mond.

'Hebbes.'

Ik kan niet zien wat hij precies doet, maar ik kan wel horen dat hij zich vol overgave stort op het doorsnijden van de tiewrap. Ik hoor hem ingespannen ademen, soms wat gekreun. En dan is het daar, het verlossende, knappende geluid gevolgd door een blij 'Gelukt!' van Aron. Ik hoor hem opstaan en na wat geschuifel voel ik zijn hand op mijn hoofd. Hij laat zijn hand via mijn rug afglijden naar mijn samengebonden polsen.

'Heel stil blijven zitten,' zegt hij met klem.

Ik zet me schrap omdat ik als de dood ben dat hij bij gebrek aan licht per ongeluk in mijn polsen snijdt, maar in plaats van dat hij zaagbewegingen begint te maken voel ik gefriemel aan de tiewrap van zijn vingers. 'Wat ben je aan het doen?' vraag ik ongeduldig.

'Stilzitten, dit is een secuur klusje. Zeker zonder licht.'

Ik houd mijn mond en laat hem zijn gang gaan. Hij zal wel weten wat hij doet. En inderdaad, na nog wat gefrutsel en gefriemel wordt de druk op mijn polsen minder en het harde plastic snijdt niet langer in mijn huid. Zodra de tiewrap los genoeg zit bevrijdt Aron mijn polsen. Er trekken helse pijnen door mijn schouders als ik mijn armen voor mijn lichaam probeer te krijgen. Ze hebben te lang in die ongemakkelijke houding op mijn rug gezeten en zijn helemaal verstijfd. Het lijkt alsof er duizenden naaldjes in de huid van mijn armen en handen prikken als de afgeklemde bloedtoevoer weer op gang begint te komen. Kreunend wrijf ik over mijn polsen. De huid voelt rauw en schrijnend aan op de plekken waar de tiewrap zich doorheen heeft gevreten. Arons handen gaan over mijn verkleumde benen heen tot ze mijn enkels hebben gevonden. Daar haalt hij hetzelfde trucje uit met de tiewrap. Als ook mijn benen bevrijd zijn, helpt hij me overeind. Ik zak meteen door mijn benen omdat ik geen controle over mijn ledematen heb. Door de kou voel ik ze bijna niet meer. Aron vangt me op en houdt me vast totdat ik weer op eigen benen kan staan. 'Hoe heb je dat nou gefikst met mijn tiewraps?' vraag ik nieuwsgierig. 'Want je hebt ze niet doorgesneden.'

'Oud trucje. Ik heb het stukje metaal in de gleuf gedaan en het clipje van de sluiting teruggeduwd die de kabel normaal op zijn plek houdt. Door het clipje terug te duwen verbreek je de vergrendeling en kun je de tiewrap losmaken zonder dat je hem stuk hoeft te maken. Op YouTube kun je wel filmpjes vinden van deze lifehack mocht je je nog eens vervelen, maar nu moeten we blijven focussen op onze ontsnapping.'

'Suggesties? Want mijn hoofd is even blanco van alle stress.'

'Aangezien onze telefoons zijn afgenomen moeten we proberen op de tast de ingang van de loods te vinden. Daar wachten we tot de mannen terugkomen. Zodra de deur opengaat probeer ik een paar flinke tikken uit te delen. Ze verwachten niet dat we zijn losgebroken dus ze zullen minder alert zijn. De verrassing van een klap tegen hun kop geeft jou hopelijk de kans om naar buiten te komen. Als dat lukt heb je misschien voldoende voorsprong om...'

'... naar de achterkant van het terrein te komen waar een gat in de omheining zit,' maak ik zijn zin af. 'Maar jij dan?'

'Ik red me wel.' Zijn stem hapert een beetje. 'Vrouwen en kinderen eerst,' laat hij er wat stelliger op volgen. 'Kom, geef me je hand zodat we elkaar in elk geval niet kwijtraken op weg naar de deur.'

Ik vind op de tast zijn hand en onze vingers verstrengelen zich zo stevig dat het een beetje pijn doet. In plaats van te verslappen klampen we ons nog steviger aan elkaar vast. Alle vragen die ik had zijn naar de achtergrond verdwenen. Misschien is er wel nooit tijd om ze te stellen, maar ineens is dat niet meer zo erg. Het enige wat nu nog telt is hier veilig wegkomen.

# 42

Met mijn hand stevig in die van Aron geklemd tast ik met mijn vrije hand voor me uit. Voetje voor voetje verplaatsen we ons en ik heb geen idee of we slechts in een kringetje ronddraaien of ook nog enigszins vooruitkomen. Wel weet ik dat we de wanden van de loods nog steeds niet bereikt hebben en we hebben zo'n wand nodig als gids om ons naar de uitgang te leiden. De duisternis begint inmiddels ook bezit van mijn hoofd te nemen. Het is alsof mijn hersenen steeds verder verzuipen in een dikke, stroperige massa die mijn logisch denken verder naar de achtergrond duwt. Het verstikt me en maakt me duizelig. Mijn ademhaling wordt sneller, ik voel mijn hart bonken. Aron merkt mijn toenemende onrust op en knijpt even bemoedigend in mijn hand.

We schuifelen verder als een bejaard echtpaar. En dan zweven mijn uitgestoken vingers niet langer in het luchtledige en maken ze contact met iets. Ik zet een stap naar voren en stoot mijn tenen. 'Aron, de wand! Voel jij hem ook?' Ik strijk met mijn hand van boven naar beneden over de muur.

'We hebben hem gevonden,' beaamt Aron met duidelijke opluchting in zijn stem. 'Laten we er met onze rug tegenaan gaan staan en zo zijwaarts verder lopen, dan weten we in elk geval zeker dat we niet per ongeluk afdwalen.'

Als een geoliede machine draaien we ons om. De muur

voelt echt als een steun in de rug en ik kalmeer weer een beetje. Nu we weten dat we de rand van de loods hebben bereikt durven we ons met grotere stappen te verplaatsen. De kans dat we over een onverwachts obstakel struikelen is een stuk kleiner geworden. Maar dat we nog steeds ergens tegenaan kunnen botsen merk ik als ik na een paar stappen ergens tegenaan knal. Aron botst tegen me op en ik blijf even beduusd staan. 'Au.'

'Wat doe je? Waarom sta je stil?'

'Er staat hier iets in de weg. Een metalen rolluikkast, denk ik.'

Aron stapt langs me heen. 'Ik denk dat je gelijk hebt.' Hij tast met zijn handen de kast af en probeert hem open te krijgen. 'Helaas, op slot. Laten we maar verder lopen, het heeft geen zin om hier energie in te steken.'

'Maar misschien ligt er iets in die kast wat we als wapen kunnen gebruiken.'

'Misschien, maar misschien ook niet. Zonder gereedschap en zonder licht lukt het me niet om dat kreng open te krijgen. Een tiewrap is tot daaraan toe, maar dit... Nee.'

'Oké, dan gaan we verder,' zeg ik teleurgesteld. We schuifelen om de kast heen totdat we de muur weer in onze rug voelen en voeren vanaf dat moment ons tempo weer op. Zonder verdere obstakels tegen te komen bereiken we uiteindelijk een hoek. We beginnen de tweede muur te volgen totdat mijn handen uiteindelijk op een deurpost stoten. Ik tast hem af om het zeker te weten. 'Aron, hier is een deur,' concludeer ik al snel.

Aron voelt ook en is het met me eens. 'Hou je hand op het kozijn en blijf even staan.' Meteen nadat hij dat gezegd heeft laat hij mijn hand los.

'Wat ga je doen? Ik vind dat we bij elkaar moeten blijven.' Ik sper mijn ogen van schrik open.

'Dat doen we ook, *don't worry*. Ik moet alleen even iets checken.'

Als ik wil vragen wat dan, word ik ineens verblind door een felle flits. Gekleurde vlekken dansen voor mijn ogen. 'Ah, wat is dat?' In een reflex knijp ik mijn pijnlijke, tranende ogen dicht en scherm ze af met mijn arm.

'Yes, ik wist het,' zegt Aron. 'Ik wist dat er een lichtknop in de buurt van die deur zat. Bescherm je ogen even en dan doe ik het licht weer aan. Omdat we in het pikkedonker hebben gezeten moeten je ogen even de tijd hebben om te wennen.'

Ik scherm mijn ogen af met mijn hand en kijk naar beneden. 'Oké, doe maar weer aan.' Aron zet hoorbaar de schakelaar weer om. Beetje bij beetje doe ik mijn vingers uit elkaar om gecontroleerd meer licht toe te laten. Als ik mijn ogen uiteindelijk volledig blootstel aan het licht is mijn blik wazig, maar de pijn is verdwenen. Ik knipper een aantal keer achter elkaar en langzaam begin ik scherper te zien. Ik neem de ruimte in me op. Hij is een stuk kleiner dan ik dacht en heeft het formaat van een kleine werkplaats. Absoluut niet de eindeloze hal die het in volslagen duisternis leek. Ik ontwaar de metalen rolkast waar ik tegenaan liep, ik zie de stoel waar Aron op vastgebonden zat in het midden van de ruimte. Tegen de muur recht tegenover me staat een werkbank. Mijn ogen tasten hem naarstig af, op zoek naar gereedschap dat we als slagwapen kunnen inzetten. Bij voorkeur een hamer, maar met een groter model stalen ringsteeksleutel zie ik mezelf ook wel een tik uitdelen. Aron heeft de werkbank ook gezien en loopt ernaartoe. Hij concludeert hetzelfde als ik: er ligt helemaal niks op.

'Toch die kast proberen open te maken nu we licht hebben? Het is niet ondenkbaar dat daar gereedschap in ligt.'

Aron twijfelt. 'Er ligt hier helemaal niks waar ik het slot

van de kast mee kan forceren of openbreken. Ik ben tot veel in staat, maar ik ben bang dat ik geen metaal met mijn handen kan breken.'

'Nu ga ik hetzelfde zeggen als je tegen mij zei: jij kunt alles, en misschien helpt dit?' Ik houd twee haarspelden in de lucht.

'Hoe kom je daaraan?'

'Mijn jaszakken zijn helemaal leeggehaald toen ik bewusteloos was, maar deze hebben ze over het hoofd gezien. Toen ik net mijn handen in mijn zakken stak voelde ik ze in de stiknaad zitten.'

Aron loopt naar me toe, pakt ze aan en bestudeert ze. 'Ik denk dat ik hier wel een geïmproviseerde *lockpick* en *tension wrench* van kan maken…'

'Tension wat?'

'Als we hier goed wegkomen dan leg ik het je allemaal uit maar nu ga ik aan de slag. Blijf jij bij de deur staan en zodra je buiten ook maar iets hoort van gerammel aan de deur of zo dan laat je het weten. Dan sprint ik naar je toe en zodra ik naast je sta doe je het licht uit.' Aron loopt naar de kast en gaat aan de slag.

Ik draai een kwartslag en leg mijn oor tegen de deur aan, bang dat ik een geluid mis van de terugkomst van onze kidnappers waardoor ik ons nog eens extra in gevaar breng. Ik ben Arons woorden dat ik geen idee heb wat ik heb aangericht door hem hiernaartoe te volgen niet vergeten. Ik hoor hem een paar gefrustreerde Noorse vloeken mompelen terwijl hij op de grond voor de kast zit. Geconcentreerd probeer ik tegelijkertijd zijn vorderingen te volgen en de deur in de gaten te houden. 'Lukt het?' vraag ik als ik Aron weer hoor vloeken.

'Bijna, even focussen.'

Ik leg mijn oor weer tegen de deur en concentreer me

opnieuw op het opvangen van eventuele buitengeluiden. Net als ik wil concluderen dat het nog steeds stil is, hoor ik het brommende geluid van een motor. Het klinkt nog ver weg, maar ik houd automatisch mijn adem in om beter te kunnen luisteren. Het geluid wordt snel harder en lijkt recht op me af te komen. Geknerp van banden die een rondje draaien in grind. Daarna het geluid van een voertuig dat hard achteruitrijdt. Ik kan niet langer afwachten en moet nu actie ondernemen. 'Aron.'

Hij hoort me niet. Er komt in elk geval geen reactie.

'Aron!' herhaal ik met stemverheffing. 'Ik denk dat er iemand aankomt!'

'Ik heb het bijna voor elkaar. Hooguit nog een minuutje.'

Deuren slaan dicht met een harde dreun en het wandje tussen mij en de buitenwereld voelt ineens flinterdun. 'Je hebt geen minuut meer, je moet nu komen! Het licht moet uit zijn voor ze binnenkomen.' Ik heb mijn hand al op de lichtknop.

Aron slaakt een binnensmondse gefrustreerde kreet en komt vliegensvlug overeind. Hij sprint naar me toe en gaat aan de andere kant van de deur staan met zijn rug tegen de muur gedrukt. 'Kom naast me staan als het licht uit is,' fluistert hij.

Ik knik en trek de schakel met tegenzin om. De totale duisternis doet me naar adem happen en paniek welt op. Trillend tast ik met mijn handen langs de wand en de deur totdat ik tegen Aron aanbots.

Hij trekt me langs zich heen zodat ik achter hem kom te staan. 'Zodra de deur opengaat probeer ik ze te overrompelen met een paar harde meppen. Van dat moment moet jij gebruikmaken om weg te komen. Niet meer omkijken, wat je ook hoort of wat er ook gebeurt. Rennen of je leven ervan afhangt, want dat doet het.' Hij pakt mijn hand en geeft er een kneepje in. 'Ik vond het leuk om je te leren kennen. Maak iets moois van je leven.' Het klinkt als een afscheid. Alsof hij zichzelf al heeft opgegeven.

'Ik wil je nog veel beter leren kennen, Aron, dus je zorgt maar dat je hier ook wegkomt. Bovendien heb je me nog steeds heel veel uit te leggen, denk maar niet dat je daar onderuit komt.' Mijn hand omklemt de zijne om mijn woorden nog wat extra kracht bij te zetten. Op het moment dat we elkaar loslaten klinkt er gemorrel aan de deur. Ik span mijn spieren tot het uiterste, klaar om het gevecht van mijn leven te voeren. Ik dacht dat ik dat lang geleden al eens gedaan had, maar blijkbaar is mijn karma zo slecht dat ik er nogmaals aan moet geloven. '*Let's do this*,' fluister ik verbeten.

De deur gaat langzaam open. Een streep verlichting van een van de lampen op het terrein dringt de donkere ruimte binnen. Als de deur half geopend is, ramt Aron er met zijn volle gewicht tegenaan. Ik hoor iets kraken en er klinkt een schreeuw. Aron stuift door de opening heen. Het geluid van vuistslagen en meer geschreeuw dringt mijn oren binnen. Heel even verstijft mijn lichaam, maar dan kom ik in actie. Ik sprint achter de deur vandaan en ren naar buiten. Er ligt een man plat op zijn rug op de grond. Hij lijkt versuft en er stroomt een enorme hoeveelheid bloed uit zijn neus. Een halve meter daarvandaan is Aron in gevecht met een tweede man. Beiden delen rake klappen uit en ik kan in de gauwigheid niet zien wie er aan de winnende hand is. Ik wend mijn ogen af en schiet langs Aron en zijn tegenstander heen. Ik vind het heel moeilijk om hem aan zijn lot over te laten, maar ik weet dat dit onze enige kans is. Als ik weg weet te komen en hulp kan inschakelen dan overleven we dit misschien.

Ik ren zo hard als ik kan bij de loods vandaan richting de

achterkant van de omheining. Mijn ogen zoeken naarstig naar de plek waar het gat ongeveer zou moeten zitten. Als ik denk dat ik het gevonden heb, wijk ik iets schuin af van mijn koers en ga er recht op af. Ik ben niet vergeten wat Aron me heeft ingeprent: vooruitkijken en niet achterom. Ik mag geen tempo verliezen en moet me volledig focussen op mijn ontsnapping. Ik blijf doorsprinten, ook als ik een knal hoor die verdacht veel op een pistoolschot lijkt.

De afstand tot de omheining is groter dan ik had ingeschat. Mijn longen blijven dapper hun best doen om mijn ploeterende lijf van voldoende zuurstof te voorzien. Mijn hart dreunt in mijn borstkas als de beat van een opzwepend nummer en slaat een paar keer flink uit de maat. Het verdovende middel dat ze me volgens Aron hebben gegeven nadat ze me bewusteloos de loods in droegen, is nog niet uit mijn systeem. Het maakt mijn lichaam extra zwaar en trager dan ik zou willen. Maar ik geef niet op. Ik ren voor mijn leven, de afstand tussen mij en de omheining wordt kleiner.

En dan vanuit het niets de klap. Mijn benen kunnen geen stap meer verzetten en ik val plat voorover. Er klemt iets om mijn enkels en een busje komt met gierende banden vlak bij mijn hoofd tot stilstand. Het scheelt maar een haartje of mijn schedel was gecrasht onder een brede band. Het gaat allemaal zo snel dat ik amper de tijd heb om me te realiseren wat er gebeurt. Versuft van de klap lig ik met mijn neus in de sneeuw. Ruw word ik vastgegrepen en overeind getrokken.

Het besef dat de kans op een goede afloop voor mij en Aron verkeken is komt hard binnen. O god, Aron. Die knal die ik hoorde toen ik nog dacht dat ik een kans maakte. Was dat het moment dat hij werd neergeschoten? De gedachte dat die knal misschien het einde van zijn leven inluidde is onverdraaglijk. Tijd om er lang over na te denken krijg ik niet. Mijn armen worden bijna uit de kom getrokken als ik weer word geboeid. De helse pijn laat me naar adem happen en ik val bijna flauw. Met het laatste beetje kracht dat ik nog in me heb weet ik bij bewustzijn te blijven. Ik word meegevoerd naar het busje en ik verzet me waar ik kan. Ik kronkel als een slang en schop zo hard als ik kan naar achteren. Als mijn laars iets raakt en er een vloek volgt, voel ik ondanks alle ellende iets van voldoening. Ik stamp als een razende met mijn voeten in de hoop dat ik op wat tenen trap. Achter me klinkt nu gelach. Het is meteen ook het laatste wat ik hoor voordat ik een keiharde dreun tegen mijn hoofd krijg.

# 43

Mijn hoofd slaat ergens tegenaan in een bonkend ritme. Het openen van mijn ogen gaat gepaard met veel gekreun. Het duurt even voordat ik doorheb dat het niet mijn eigen gekreun is. Het klinkt te diep en grommend. Mijn zicht is wazig, maar ik zie iemand half onderuitgezakt tegen een wand aan zitten. Zelf lig ik op mijn buik met mijn armen op mijn rug gebonden. Na alle tijd en moeite die ik heb gedaan om te ontsnappen ben ik weer terug bij af, met als verschil dat mijn benen niet zijn vastgebonden. Ik kan ze vrij bewegen en dat biedt perspectief. Vraag me niet hoe maar ik weet het voor elkaar te krijgen om mezelf in een zittende houding te wurmen. De geur van aarde, vocht en schimmel, maar vooral die van diesel dringt mijn neus binnen. Door die dieselgeur valt het kwartje pas. Ik bevind me in de laadruimte van een bestelbus die over een hobbelige weg rijdt. De dreunen die ik steeds voelde kwamen door de wielen die door kuilen reden en niet omdat ik geslagen werd.

Ik word me steeds bewuster van mijn omgeving en als ik weer die diepe kreun hoor vult mijn hart zich tegelijkertijd met hoop en angst. Het moet Aron zijn die die geluiden maakt en dat betekent dat hij nog leeft, maar dat hij alleen maar kreunt en niet praat is geen goed teken. Zo snel als ik kan schuifel ik naar hem toe. 'Aron,' zeg ik zachtjes. Zijn gezicht is verkrampt van de pijn. Zijn ogen zijn gesloten en zijn huid is asgrauw. Er parelen zweetdruppels op zijn voorhoofd en op zijn buik zit een grote donkerrode vlek. Zijn armen zijn net als die van mij achter zijn rug gebonden. Ik roep zijn naam weer, maar hij vertoont geen enkele reactie. Je hoeft geen dokter te zijn om te zien dat hij veel bloed heeft verloren door een schotwond in zijn buik. Het busje rijdt weer door een kuil in de weg en Aron slaakt een kreet van pijn. Hij zakt verder onderuit waardoor de druk op zijn buikwond toeneemt en het bloed weer harder begint te stromen. Ik ga tegen hem aan zitten en probeer hem te ondersteunen met mijn eigen lijf. Het lukt me om hem weer iets rechterop te krijgen, maar veel meer kan ik met mijn vastgebonden handen niet voor hem doen. Mijn instinct zegt me dat ik moet proberen om hem bij bewustzijn te krijgen en te houden. Maar de kans dat we dit overleven lijkt steeds kleiner te worden. Waarom zou ik hem langer laten lijden als hij nu langzaam wegzakt door het bloedverlies en in een verdoofde toestand terechtkomt waardoor hij het allemaal niet bewust meer hoeft mee te maken? *Omdat jij nooit opgeeft, Rianne. Kom op!* En er speelt nog iets mee. Het is altijd mijn grootste angst geweest om in eenzaamheid te sterven. Om van de aardbodem te verdwijnen zonder dat iemand het doorheeft of me mist. Alsof ik nooit bestaan heb en al mijn stappen op de aarde zijn uitgewist. Daarom ben ik ook gaan fotograferen. Vastleggen, bewijzen dat iets heeft bestaan, dat ík heb bestaan. Iets achterlaten wat tastbaar is met mijn handtekening erop. Ik weiger te sterven in mijn eentje.

'Aron, je moet volhouden, hoor je.' Ik duw zachtjes met mijn schouder tegen hem aan. Er trilt een spiertje bij zijn mondhoek maar verder komt er geen reactie. Ik breng mijn mond zo dicht mogelijk naar zijn oor toe. 'Aron, hoor je me!' Er gaat een schok door zijn schouders. 'Aron, ik wil dat je wakker wordt en me aankijkt. Je mag niet doodgaan, ik heb je nodig.' Ik probeer stelligheid in mijn stem te leggen, maar kom niet verder dan smeken. Weer is de enige reactie die ik krijg wat lauw gekreun. 'Aron!!!' gil ik nu keihard in zijn oor. Mijn gekrijs heeft het gewenste effect. Hij spert zijn ogen wijd open en slaakt een angstige kreet. Aan de wazige blik in zijn ogen zie ik dat hij geen benul heeft van waar hij is of wat er aan de hand is. Ik vraag me zelfs af of hij me herkent. 'Aron, ik ben het, Rianne,' help ik hem op weg. 'We hebben samen gevangengezeten in een loods. Bij een ontsnappingspoging ben je neergeschoten. Je hebt een schotwond in je buik, maar je leeft nog. Je hebt veel bloed verloren maar je gaat het redden.' Voor dat laatste heb ik geen bewijs maar ik moet toch iets zeggen om de moed erin te houden. Ik betwijfel of alles wat ik zeg bij hem binnenkomt, maar ik heb in elk geval zijn aandacht en daarom blijf ik doorratelen. 'We zitten nu in de laadruimte van een busje. Dat gebonk dat je steeds voelt komt door de slechte weg waar we overheen rijden. Ik heb geen idee waar ze ons naartoe brengen. Ik ben zelf ook buiten bewustzijn geweest en werd wakker terwijl we onderweg waren.'

Aron draait zijn hoofd en kijkt me voor het eerst echt aan. Hij probeert iets te zeggen, maar zijn stem is zo zwak dat ik mijn oor naar zijn mond moet brengen om hem te kunnen verstaan.

'Jij… ook… gewond? Geschoten?' brengt hij moeizaam uit.

'Ik ben niet neergeschoten. Mij hebben ze alleen maar bewusteloos geslagen.'

'Ziet… niet… uit.' Hij grimlacht.

'Nee, jij trekt volle zalen,' zeg ik met een grijns. Ik heb

mijn gezicht nog niet kunnen bekijken, maar dat het flink gezwollen is voel ik wel. Mijn rechterkaak, -jukbeen en -oogkas voelen aan alsof er eindeloos met een hamer op is gebeukt. De bus klapt keihard in een kuil en Aron schreeuwt het uit. De tijd van grapjes is weer voorbij. Hij ademt zwaar en zijn hele lijf verstart in een poging om de pijn op te vangen. De grauwe kleur van zijn gezicht wordt nog ziekelijker en als hij zijn ogen sluit ben ik even bang dat hij het bewustzijn weer gaat verliezen. 'Blijf bij me, Aron, ik weet dat je veel pijn hebt, maar probeer wakker te blijven.'

Zijn ogen blijven gesloten en de angst dat ik hem kwijtraak wordt met de seconde groter. 'Aron!' De paniek in mijn stem valt niet te missen. Hij zucht een paar keer diep, met tussenpozen die steeds langer worden. Ik ram mijn schouder tegen hem aan. Ik weet dat ik hem daarmee extra pijn bezorg, maar hij moet weer wakker worden! De pijnscheut werkt. Er trekt een schok door zijn lijf en hij spert zijn ogen weer open. Mijn blijdschap dat ik hem wakker heb gekregen slaat meteen om in schuldgevoel als ik zie hoe zwaar hij lijdt. Geen mens zou een ander mens dit aan mogen doen. 'Godzijdank, je bent er weer,' laat ik me ontvallen.

Hij kijkt me met doffe, waterige ogen aan. Knippert traag. Een traan rolt uit zijn ooghoek. 'Wond... afdrukken,' tandenknarst hij. 'Bloeden... stoppen.' Er verschijnt weer zweet op zijn voorhoofd. Elk woord kost hem onnoemelijk veel inspanning.

'Mijn handen zijn op mijn rug gebonden,' zeg ik paniekerig.

'Knie... op... buik. Ik... lig.'

Ik begrijp meteen wat hij bedoelt en sla mezelf voor mijn kop dat ik daar zelf niet aan heb gedacht. Hij wil dat ik op mijn knieën op zijn buik ga zitten en met mijn gewicht de wond dichtduw. In de zittende houding die hij nu heeft kan ik dat niet realiseren, dus ik zal hem eerst moeten helpen om te gaan liggen voordat ik probeer om mezelf op mijn knieën te krijgen. Mijn krachten zijn inmiddels door al het geweld dat ik te verduren heb gehad ook flink afgenomen. 'Welke bloedgroep heb je eigenlijk?' vraag ik hem terwijl ik met tegenzin een stukje bij hem vandaan schuif zodat hij verder onderuit kan zakken. Zonder de steun van mijn lijf tegen het zijne zakt hij meteen opzij. Ik schuif snel weer naar hem toe en weet met mijn benen te voorkomen dat hij met zijn hoofd tegen de bodem van de bus klapt. Met zijn hoofd op mijn schoot blijft hij even liggen. 'O plus,' brengt hij met moeite uit.

Aron wordt duidelijk steeds zwakker en ik moet nu in actie komen en mijn eigen pijn en angsten opzijzetten. 'Ik ga nu voorzichtig onder je vandaan schuiven, Aron. Probeer je nek aan te spannen zodat je hoofd geen smakker maakt op de vloer. Als je op je zij ligt probeer ik je met mijn voeten voorzichtig om te duwen zodat je op je rug komt te liggen. Ik ben er klaar voor, jij ook?'

Hij kreunt zachtjes en dat vat ik maar op als een ja. 'Ik tel tot drie. Een, twee, span je nekspieren aan, drie.' Behoedzaam wurm ik me onder Aron vandaan. Zijn gezicht vertrekt in een pijnlijke grimas, maar ondanks zijn zwakte weet hij het voor elkaar te krijgen om zijn hoofd een vrij zachte landing te geven. Ik weet dat hij eigenlijk even moet bijkomen, maar daar is geen tijd voor. 'Goed gedaan, Aron. We gaan meteen door.' Hij ligt op zijn zij met zijn rug naar me toe en ik plant mijn voeten in zijn rug. Ik span mijn beenspieren aan en duw hem verder bij me vandaan zodat ik meer ruimte heb om hem op zijn rug te krijgen. In zijn huidige positie ligt hij namelijk te dicht bij de wand om hem om te kunnen rollen. Ik weet hem op beenkracht een halve meter op te schuiven. ‘Ik ga nu mijn benen over je heen leggen, Aron, en je proberen om te trekken.’ Ik span mijn buikspieren aan en trek mijn benen eerst wat in voordat ik ze omhoogbreng. Het vergt al mijn krachten om zelf niet naar achteren te vallen en mijn benen hoog genoeg te krijgen, maar uiteindelijk weet ik het voor elkaar te krijgen. Als mijn ene voet stabiel rust op Arons schouder en de andere op zijn bovenarm zet ik druk met mijn hielen en trek mijn benen naar me toe. Aron draait mee en komt met een luide kreun op zijn rug terecht. Zijn kleur wordt almaar bleker en begint verdacht veel te lijken op de wasachtige kleur die optreedt vlak voordat iemand sterft. Hij ligt zo roerloos dat ik bang ben dat het te laat is. Ik buig mijn gezicht naar dat van hem toe en kan wel janken als ik zijn warme ademhaling tegen mijn wang voel. ‘Hou vol, Aron,’ zeg ik met dikke stem. ‘Ik ga dit verdomme fiksen.’

Zodra het gelukt is om op mijn knieën te komen maak ik zijn jas open door het lipje van de rits tussen mijn tanden te nemen en naar beneden te trekken. Daarna pak ik het stuk jas dat over de wond ligt tussen mijn tanden en flap hem opzij zodat ik de plek waar de kogel Arons buik in is gegaan beter kan zien. Ik denk nog steeds dat de kogel geen slagader heeft geraakt want dan zou hij allang doodgebloed zijn, maar dat er een hoop schade aan is gericht die alleen met een operatie valt te herstellen is duidelijk. Ik hoef alleen maar naar het bloed te kijken dat zijn kleren heeft doordrenkt om te concluderen dat het afdrukken van de wond bij lange na niet voldoende is om zijn leven te redden. Maar die gedachte druk ik nu weg.

Huilend plaats ik mijn linkerknie recht op de wond terwijl ik mijn rechterknie en voet afzet tegen de vloer om in balans te blijven. Zodra mijn gewicht via mijn knie op

Arons buik leunt en hij het uitschreeuwt van de pijn, prevel ik schietgebedjes, afgewisseld met talloze sorry's dat het me niet is gelukt om te ontsnappen en hulp te halen en dat ik hem zoveel extra pijn bezorg.

# 44

Het doordringende motorgeluid van het busje is zachter geworden. Dat kan niets anders betekenen dan dat we vaart aan het minderen zijn. Ik heb geen idee hoe lang ik al op Aron zit. Tot nu toe heb ik mijn eigen angsten kunnen parkeren omdat ik volledig gefocust was op het dichtdrukken van Arons buikwond, maar de onwetendheid over waar we naartoe worden gebracht en wat ons te wachten staat knijpt mijn keel steeds verder dicht. Mijn ademhaling is snel en piepend en ik word licht in mijn hoofd. Hidde en Bart verschijnen steeds op mijn netvlies. De gedachte dat ik mijn zoon en mijn ex misschien nooit meer zal zien, dat zoveel dingen dan onuitgesproken blijven, dat ik geen afscheid kan nemen, is onverdraaglijk.

Het busje mindert weer vaart. 'Aron, we beginnen steeds langzamer te rijden!' Zijn ogen blijven gesloten en er is ook geen andere reactie die aantoont dat hij me heeft gehoord. 'Aron, wakker worden!' schreeuw ik. Het is lastig te zien of hij bewusteloos is of dat hij door uitputting van het bloedverlies in slaap is gevallen. Zijn borstkas gaat nog steeds op en neer en de kleur van zijn gezicht is niet verder verslechterd, dus dat vat ik maar op als een goed teken.

Als ik hem nogmaals wakker probeer te krijgen blijven zijn ogen gesloten. Er schiet me nog maar één optie te binnen. Ik sluit de mijne ook als ik uit wanhoop om hem bij kennis te krijgen mijn knie nog wat dieper in zijn buik duw.

Ik krimp ineen van de schreeuw die hij slaakt. Ik kijk hem aan. Zijn ogen zijn wijd opengesperd van de schrik en de pijn. 'Sorry, sorry, sorry, ik kreeg je niet wakker,' jammer ik terwijl ik mijn knie weer wat terugtrek. 'Ik wist niet wat ik anders moest. Het busje staat bijna stil dus ik denk dat we onze bestemming hebben bereikt. Je moest wakker worden.'

Hij beweegt moeizaam zijn kin een stukje naar zijn borst. Een summiere knik waarmee hij me laat weten dat hij het begrijpt. Ondertussen hobbelt het voertuig zachtjes verder over een schijnbaar onverharde weg. Er slaat iets tegen het dak en ik schrik van de klap. Aan de zijkant klinkt het schrapende geluid van takken die krassen op lak. Zijn we in een bos? Ik deel mijn vermoeden met Aron en vraag hem of hij een idee heeft waar we zijn.

'Mis… schien Øst… marka?'

Als hij de naam zegt schiet me te binnen dat ik voor mijn vertrek naar Oslo even heb gegoogeld op bezienswaardigheden en dat ik Østmarka toen ben tegengekomen. Het is een heuvelachtig bosgebied dat aan het oosten van Oslo grenst en een omvang heeft van drie keer de Biesbosch. Een uitstekende plek om lichamen weg te werken… Ik heb iets te veel crimeseries gezien om een andere conclusie te kunnen trekken. Voor een wandeling en een goed gesprek zullen ze ons hier niet naartoe brengen.

Met een schok komt het busje nu helemaal tot stilstand. Aron en ik kijken elkaar even aan en dan laat ik mezelf voorzichtig van hem afglijden. Angstvallig kijk ik naar zijn buik of het bloed er niet meteen weer uit begint te gutsen. De wond verliest nog wel wat bloed maar het staat niet in verhouding tot de eerdere hoeveelheid. Ik kruip dicht tegen Aron aan als ik een portier hoor dichtslaan. 'Ik zei het al in de loods en ik zeg het hier nog een keer: ik had je heel graag beter leren kennen, Aron.'

'Ik... ook. En ver... tellen hoe het... zit. Niet wat...' Hij moet even pauzeren om naar adem te happen voordat hij moeizaam verdergaat: '... wat jij... denkt.'

'Spaar je adem maar,' zeg ik zachtjes. Nog geen minuut later wordt de deur van de bus opengerukt en staan we oog in oog met de mannen die ons in de loods hebben opgesloten. Een van de mannen heeft zijn neus provisorisch ingetapet. Het lijkt erop dat Aron zijn neus heeft gebroken toen hij de deur van de loods in zijn gezicht sloeg.

'*Å gå av!*' brult hij me toe.

Ik kijk hem aan alsof ik water zie branden omdat ik geen idee heb wat het betekent.

'*Get out!*' herhaalt hij in het Engels terwijl hij samen met zijn maat de laadruimte in stapt.

'Hoe dan, gek? Ik kan niet zelf overeind komen met die handen op mijn rug en hij kan niet eens op zijn benen staan, laat staan dat hij kan lopen, eikel!' Ik praat bewust met forse stemverheffing en in het Nederlands zodat hij me niet kan verstaan en ik wel mijn frustratie kan uiten. Dat mijn geschreeuw niet bepaald veel indruk maakt, blijkt al snel. Beide bullebakken lopen op me af. Ik begin met mijn benen te trappen om hen op afstand te houden. Die met de gebroken neus houdt mijn benen in bedwang terwijl de ander me bruut omhoogsleurt. Ze zijn ongelofelijk sterk, maar toch kan ik het niet laten om me te verzetten. Ik kronkel met mijn lijf en als de man met de gebroken neus te dicht in mijn buurt komt, spuug ik hem vol in zijn gezicht. Zijn maat probeert hem nog te waarschuwen en roept zijn naam. 'Borg!' Maar ik ben te snel en er loopt een flinke klodder over de ingepakte neus van de man die blijkbaar Borg heet.

Ik word afgestraft met een flinke klap tegen de zijkant van

mijn hoofd en ik word op slag duizelig. Felle pijnscheuten schieten genadeloos door mijn kop. *Shit.* De mannen maken meteen gebruik van mijn moment van zwakte en voordat ik me kan verzetten heb ik om mijn beide enkels een boei. Tussen mijn benen klikken ze de twee lege boeien aan elkaar vast zodat ik onmogelijk weg kan rennen, maar genoeg ruimte heb om voort te schuifelen. Ze tillen me de bus uit.

'Als je iets probeert schieten we hem door zijn knieën,' deelt Borg me nog even fijntjes mee.

Bezorgd kijk ik naar Aron, die nog in de laadruimte ligt. Als ze met hem net zo hardhandig omgaan als met mij dan geef ik hem weinig kans. Hij heeft zijn ogen weer gesloten en ik kan niet zien of hij daadwerkelijk weer buiten bewustzijn is of dat hij het speelt. O, laat het alsjeblieft het laatste zijn. Borg springt de bus weer in, loopt naar Aron toe en geeft hem een harde trap in zijn zij. 'Wakker worden,' brult hij.

Hoewel deze schop Aron ongelofelijk veel pijn moet doen geeft hij geen krimp. Zijn lichaam ligt doodstil en ik vrees dat hij weer buiten bewustzijn is. Ik kijk naar zijn gezicht. Bij zijn rechtermondhoek trilt een klein spiertje, maar verder ziet het er net zo doods uit als zijn bewegingloze lichaam.

De twee mannen bukken tegelijkertijd. De een pakt zijn armen, de ander zijn benen en zo dragen ze hem de bus uit. Nu pas neem ik even de tijd om de omgeving in me op te nemen. We staan op een besneeuwd bospad en zijn omringd door een mix van naald- en loofbomen. De naaldbomen die ons omsluiten zijn ruim in de meerderheid en ondanks de sneeuw denk ik de dennengeur erdoorheen te kunnen ruiken. Onder normale omstandigheden zou ik dat heerlijk vinden, maar bij de gedachte dat dit misschien de laatste geur is die ik ooit zal opsnuiven, word ik er misselijk van. De mannen laten Aron los en hij valt met een plof neer. Gelukkig breekt de laag sneeuw zijn val een beetje. Borgs maat pakt iets uit het busje. Pas als een fel licht verblindend in mijn ogen schijnt zie ik dat het een hoofdlamp is. Hij geeft een tweede exemplaar aan Borg en doet er ook eentje op mijn hoofd.

'Jij gaat voorop,' snauwt hij me toe. Daarna geeft hij me een zet waardoor ik mijn evenwicht verlies. Op het moment dat ik voorover dreig te vallen trekt hij me terug naar achteren. 'Lopen.'

Voetje voor voetje schuifel ik vooruit. De boeien maken een rinkelend geluid. Door de beperkte ruimte die ze me geven, kan ik maar heel kleine stapjes zetten en kom ik nauwelijks vooruit. De sneeuw bemoeilijkt de boel nog eens extra. Het duurt voor mijn gevoel een eeuwigheid voordat ik Aron en de mannen ben gepasseerd en het kronkelige bospad omhoog op loop. De sneeuw vlakt de ongelijke ondergrond wel wat uit, maar het blijft een klus om mijn enkels niet te verzwikken. De spieren in mijn benen schreeuwen van de inspanning omdat de weg omhoog blijft lopen. Aan het gehijg achter me maak ik op dat het voor de mannen ook flink zwoegen is. Ik kijk even over mijn schouder en zie dat ze Arons lichaam tussen zich in aan armen en benen meezeulen. Ondanks de inspanning begin ik steeds meer te rillen. Aan mijn handen, die net een beetje hersteld waren, probeer ik maar even niet te denken. Door de tiewrap krijgen ze al nauwelijks bloed en dat in combi met deze kou…

'Schiet eens op!' klinkt het achter me. Blijkbaar is mijn tempo ongemerkt nog verder teruggezakt.

'Probeer zelf eens te lopen met boeien om je poten. Ik kan gewoon niet sneller,' kaats ik terug. Toch span ik mijn spieren nog eens extra aan door al mijn woede over alles wat er de afgelopen dagen is gebeurd om te zetten in energie. Het lijkt nog te werken ook. We ploeteren weer een tijdje verder totdat ik echt niet meer verder kan en mijn benen van het ene op het andere moment blokkeren. De mannen botsen tegen me aan en ik val plat op mijn borstkas voorover in de sneeuw. Alle lucht wordt in één klap uit me geslagen. Mijn wang schraapt langs een afgebroken tak en mist op een haar na mijn oog.

Langzaam vullen mijn longen zich weer met lucht en ik neem een paar moeizame, piepende teugen. Mijn ribben hebben een flinke optater gehad aan de scherpe, vlammende pijn te voelen, maar ik denk niet dat ik wat gebroken heb. Mijn borstkas voelt stijf aan en dat bemoeilijkt mijn ademhaling. Doodmoe blijf ik liggen met mijn ogen dicht. Ik heb de kracht niet meer om te bewegen.

Ik voel een hand in mijn nek die houvast zoekt in de kraag van mijn jas. De rits aan de voorkant duwt pijnlijk tegen mijn strottenhoofd als ik overeind word gesleurd. Mijn benen zijn zo wankel dat ik zonder hulp niet kan blijven staan. 'Ik kan niet meer,' zeg ik smekend. Van bravoure is geen sprake meer, alle energie is uit me weggesijpeld.

'Jij bepaalt niet wanneer het ophoudt, dat doen wij. Doorlopen.'

Ik kijk naar de weg voor me waar geen einde aan lijkt te komen en die maar omhoog blijft gaan. Waar houdt het op? 'Maak dan in elk geval die boeien om mijn enkels los zodat ik fatsoenlijk kan lopen. Ik beloof dat ik geen stunts zal uithalen. Al zou ik het willen, ik heb er de kracht niet meer voor.'

Borg knijpt zijn ogen tot spleetjes en kijkt me aan. Daarna richt hij zijn blik op zijn collega. Ze voeren stil overleg.

'Kijk dan naar me! Ik ben uitgehongerd en uitgedroogd,

bovendien zijn jullie gewapend terwijl ik mijn handen en armen niet eens kan gebruiken. Alsjeblieft!' Mijn laatste smeekbede heeft effect, want Borg bukt zich om mijn boeien los te maken. 'Als je ook maar een stap te ver opzij zet gaan die boeien weer om,' blaft hij me toe.

Ik knik dat ik het begrepen heb en begin langzaam weer te lopen terwijl het koude zweet op mijn voorhoofd parelt en ik bij elke ademhaling in elkaar krimp van de messcherpe pijn die door mijn borstkas schiet. Elke gekneusde rib protesteert als ik probeer mijn longen van voldoende zuurstof te voorzien. Hoewel mijn benen nu vrij kunnen bewegen kom ik nog steeds niet verder dan zwalkende, slepende stappen. Ik ben inmiddels zo verzwakt door vermoeidheid en het gebrek aan eten en drinken dat het me amper lukt mijn voeten van de grond te tillen.

Elke seconde die verder tikt is een nieuwe marteling en dan heb ik het er nog niet eens over hoe het moet zijn voor Aron, die er nog vele malen slechter aan toe is. De inhoud van mijn schietgebedjes voor hem is veranderd. Ik bid nu dat hij buiten bewustzijn blijft of zachtjes inslaapt, zodat hij niets meer van deze ellende meekrijgt.

# 45

'Stop!'

Ik schrik zo van de harde schreeuw dat ik een misstap maak en bijna struikel. Al mijn focus ging naar het vooruit blijven zetten van mijn voeten. Ik volg het schijnsel van mijn hoofdlamp en zie dat ik nog maar een meter verwijderd ben van een afgrond. Ik had niet gezien dat er steeds minder bomen langs het pad stonden dat tegen al mijn verwachtingen in blijkbaar toch eindig is. Tussen de sneeuw pieken wat rotsachtige stukken uit. Ik ging ervan uit dat ik ergens diep in het bos doodgeschoten en begraven zou worden, maar in deze rotsachtige ondergrond kun je onmogelijk een kuil graven. Langzaam draai ik me om en ik sta oog in oog met Borg. Terwijl hij en zijn maat Aron op de grond leggen, loop ik zo onopvallend mogelijk een stukje verder weg bij de rand.

'Staan blijven, bitch!'

Borg richt zijn pistool op mij en ik houd mijn adem in. Bang dat de minste beweging genoeg is om hem de trekker te laten overhalen. Vervolgens verplaatst Borg de loop langzaam in de richting van Arons rechterknie.

'Nee, nee, nee, ik deed geen poging om te ontsnappen, echt niet. Ik bleef een beetje lopen omdat ik het zo koud heb.' Het rillen van mijn lijf hoef ik niet eens te faken.

'Zo meteen krijg je het pas echt koud,' bijt Borg me toe terwijl hij het pistool weer op mij richt.

Zijn handlanger lacht gemeen.

'Ik ben je eerlijk gezegd wel meer dan zat.' Borg spant de haan van zijn pistool met een soepele duimbeweging. 'Ik zal je vertellen hoe dit verhaaltje gaat eindigen. We gaan even een mooi ongelukje in scène zetten. Jij springt zo dat ravijn in en daarna flikkeren we hem erachteraan.'

'No way dat ik in een ravijn spring,' zeg ik strijdlustig. Ik wil nog niet opgeven, niet na alles wat er al gebeurd is.

'O, zeker wel.' Borg loopt naar me toe en blijft staan als hij een meter van me verwijderd is. Ik kan alleen maar kijken naar de ronding van de loop en ineens word ik heel bang.

'Ik verspil deze kostbare kogels liever niet aan jou, maar als je niet doet wat ik zeg... We lopen nu samen naar de rand. Je krijgt tien tellen om naar beneden te springen. Doe je dat niet, dan knal ik je van die rand af. Tegen de tijd dat jij en die verrader gemist worden hebben de beren, lynxen en wolven hun buikjes al rond gegeten.'

'Hoezo is Aron een verrader?'

'Dat zal hij je zelf wel vertellen als jullie samen in de hel zijn aangekomen.'

'O nee, zo werkt het niet. Je gaat me op zijn minst vertellen waarom ik hier moet sterven.'

'Jij hebt te veel films gekeken, ik ga jou helemaal niks vertellen. Het houdt hier gewoon op voor je. Punt. En nou omdraaien en lopen.' Hij pakt me bij mijn schouders, draait me met mijn gezicht naar de afgrond toe en geeft me dan een trap tegen mijn kont. Ik zet een paar minuscule stapjes en blijf dan staan. Kijk over mijn schouder. 'Ik kan dit niet!'

'Wedden van wel.' Hij heeft zijn pistool nu met twee handen vast en richt.

Ik draai me huilend weer om. Er klinkt een schot en ik laat me gillend vallen. Wachtend op de pijn van de kogel in mijn rug en de eeuwige duisternis die daarop volgt. De vlammende pijn die ik verwacht had blijft uit en ik kan nog steeds nadenken. 'Dit schot was in de lucht, het volgende is raak.' Ruw word ik weer overeind gezet. 'En nou geen gezeik meer, lopen!'

Terwijl de tranen over mijn wangen stromen doe ik wat me opgedragen wordt. Mijn hele leven flitst in sneltreinvaart aan me voorbij. Hoewel ik lang niet altijd gelukkig ben geweest en vaak dacht dat ik er vrede mee zou hebben als het op zou houden, realiseer ik me dat dat helemaal niet zo is. Nu ik hier nog maar een paar stappen van een afgrond sta besef ik dat ik het leven veel te leuk vind om er al mee te stoppen. Ik wil mijn zoon verder op zien groeien, er zijn nog zoveel foto's die ik wil maken, ik wil lachen in de zon en dansen in de regen, varen over de Amsterdamse grachten, picknicken in het Vondelpark, bankhangen met Pluis in mijn armen… De tranen blijven maar stromen. Ik ben nog maar een voetlengte verwijderd van de rand. Ik wil niet verder, ik kán het niet, dus ik stop. Borg begint te tellen. Van tien terug naar een. Als hij bij drie is begin ik over mijn hele lijf te trillen en sluit ik mijn ogen. Twee… Een… Ik verroer me niet. Het blijft een paar seconden stil en dan volgt het schot.

# 46

Om me heen klinkt geschreeuw dat ik helemaal niet zou moeten horen. Ik ben toch dood? Iemand pakt me vast en sleept me weg. Heb ik mijn val in het ravijn overleefd en ben ik gevonden door een reddingsteam? Hoe lang lig ik hier al? Ik hoor een knappend geluid en de druk op mijn polsen valt weg. Iemand draait me voorzichtig op mijn rug en legt mijn armen langs mijn lichaam. Mijn hartslag wordt gecontroleerd en vingers gaan over mijn lijf. Ik hoor iemand schreeuwen dat mijn vitale functies oké zijn en dat ik waarschijnlijk ben flauwgevallen. Ik word opgetild en ergens op gelegd.

Het gaat allemaal zo snel dat ik niet in staat ben om te reageren. Ik probeer mijn ogen te openen maar het lijkt wel of er tien kilo lood op mijn oogleden ligt. Mijn hand wordt vastgepakt en ineens voel ik een gemene prik. Er lijkt een golf adrenaline door mijn lichaam te gaan en mijn overlevingsinstinct neemt het weer over. Mijn hart begint keihard te bonken en mijn ogen schieten wagenwijd open. Ik kijk recht in het gezicht van een onbekende man die me bij mijn schouders pakt. Ik wil me onder zijn handen vandaan wurmen. Hij duwt me met kracht neer, maar zijn stem is vriendelijk. 'Het is oké, je hoeft niet bang te zijn. We gaan je helpen. Blijf maar even stilliggen. Mijn collega legt een infuus aan om je vast wat extra vocht toe te dienen. We hebben je namelijk niet à la minute in een ziekenhuis vanaf deze plek.'

De druk op mijn schouders neemt af en ik til mijn hoofd een stukje op. Het lijkt erop dat ik op een soort brancard lig en een vrouw is bezig om het infuus dat ze in mijn hand heeft aangebracht aan te sluiten op een zak met doorzichtige vloeistof. 'Aron, hoe is het met Aron?' Mijn stem klinkt krasserig en zacht. 'Hij is ernstig gewond.'

'Ik heb hier twee mannen met een schotwond. De ene leeft niet meer, de andere is uiterst kritiek. We proberen hem hier te stabiliseren door wat noodhulp te verrichten en hem dan zo snel mogelijk naar het ziekenhuis te krijgen.'

'Maar is het Aron die nog leeft?'

'We gaan je nu even wat kalmerends geven tegen de pijn en de stress. Je zult je snel een beetje slaperig gaan voelen.'

'Dat wil ik niet. Ik wil alert blijven. Er waren drie mannen. Is er eentje ontsnapt? Want dan zijn we allemaal in gevaar. Hij is gewapend. Ik moet vluchten.' Ik probeer overeind te komen en ik word weer neergedrukt. Mijn ogen schieten angstig alle kanten op. Er wordt iets kouds in mijn bloedvat gespoten en ik word vastgesnoerd met stevige banden over mijn borst en benen. Ik gil van de pijn als de druk op mijn gekneusde ribben te groot wordt. De band wordt ietsje losser gedaan, maar zit nog steeds te strak. Het verdovende middel verspreidt zich door mijn lichaam en mijn hoofd voelt wazig aan. Het is verleidelijk om me mee te laten voeren in de opkomende roes, maar zolang ik niet weet wat er nou precies gebeurd is blijf ik me verzetten. Ben ik veilig? Kan ik deze mensen vertrouwen? En waar is de derde man? De roes wordt sterker en ik kan het niet tegenhouden.

'Geef je er maar aan over,' hoor ik de man zeggen die zijn handen nog steeds op mijn schouders heeft. Zijn stem klinkt gek, alsof hij onder water tegen me praat. Ik wil iets zeggen, maar mijn tong voelt zo zwaar dat ik geen fatsoenlijk woord uit mijn mond krijg. De woorden willen zich maar niet vormen. Wat wilde ik eigenlijk überhaupt zeggen? Iemand buigt zich over me heen en kijkt me doordringend aan. Het is een vrouw met een dikke blonde vlecht over haar rechterschouder. Ik heb haar eerder gezien. Wat doet zij hier? Moet bang voor haar zijn. Rode blokhut. Vers bloed in witte sneeuw. Veel. Dode man. Foto met Aron. Vluchten. Moet ik. Gevaarlij…

# 47

Ik word langzaam wakker van gepiep. Het is een pulserend geluid in het ritme van een hartslag. Ik open mijn ogen. Ik bevind me in een vrij grote, schemerige kamer waar ik maar een gedeelte van kan zien omdat aan de linkerkant van mijn bed een dichtgetrokken gordijn hangt. Ik lig in een halfzittende houding in een bed. Mijn rug wordt ondersteund door comfortabele, zachte kussens en ik lig onder warme dekens. Mijn lichaam is voor het eerst sinds dagen weer op temperatuur. Toch voelt het alsof een vrachtwagen een paar keer over me heen is gereden. Naast mijn bed zie ik een slangetje lopen dat verbonden is met een infuus op mijn hand. Ik tast voorzichtig onder de dekens. Ik draag een soort cape die tot net over het begin van mijn bovenbenen reikt. Het ding is van een blauwe katoenen stof die met drukknopen aan de zijkant vastzit. Mijn benen zijn bloot en ik heb een slobberige onderbroek aan die niet van mij is. Bij elke beweging die ik maak protesteren mijn ribben met een stekende pijn.

Voorzichtig voel ik aan mijn borstkas. Er zit een ondersteunend verband omheen gewikkeld. Dat verklaart het strakke gevoel en de extra druk die ik voel bij elke ademteug. Mijn hoofd voelt wazig en ik heb enorme dorst. Alsof ik een kater vanjewelste heb. Naast mijn bed staat een nachtkastje met een glas water waar een rietje uitsteekt. Ik schuif wat dichter naar het kastje toe en probeer het glas te pakken. De draai die ik daarvoor moet maken beneemt me de adem en ik kreun vanuit mijn tenen. Mijn vingers klauwen zich om het glas en ik weet het een stukje op te tillen. Het weegt meer dan lood. Mijn arm trilt van de inspanning en het lukt me niet om mijn pols recht te houden. Hij zwenkt van rechts naar links als ik het glas naar mijn mond probeer te brengen. Als het boven de rand van mijn bed hangt valt het met een luid patsgeluid aan diggelen.

Met een ruk wordt het gordijn naast me opengetrokken. Van de schrik maak ik een beweging die me door merg en been gaat maar die schrik valt in het niet bij de angst die ik voel als ik zie wie er naast mijn bed staat. Een vrouw met een dikke blonde vecht staart me aan. 'Kijk, de schone slaapster is wakker,' zegt ze met een cynische klank in haar stem, 'en je hebt er meteen een puinhoop van gemaakt.' Ze kijkt naar de glasscherven die in een plasje water aan haar voeten liggen. Ze bukt en begint de glasscherven te verzamelen in haar hand. 'Moet ik weer jouw troep opruimen...'

'Wie ben je en wat wil je van me?'

'Ik ben Camille,' is het enige antwoord dat ik krijg. Ze loopt met de glasscherven naar een prullenbak die in de kamer staat en gooit ze erin. Daarna loopt ze terug naar mijn bed en neemt de zak van mijn infuus in haar handen en bestudeert het etiket dat erop is geplakt. Het voelt uiterst bedreigend nu ze zo dicht bij me staat. Ik probeer bij haar vandaan te schuiven terwijl ik tril van angst. Deze vrouw is vermoedelijk een moordenaar en ze staat in mijn kamer. Ze kan alles met me doen wat ze wil, want ik ben te zwak om fatsoenlijk weerstand te kunnen bieden. Wie heeft haar bij me gelaten? Of is er zo weinig toezicht dat iedereen hier maar binnen kan lopen? Mijn ogen schieten paniekerig heen en weer op zoek naar een alarmknop.

'Zocht je deze?' Met een grijns op haar gezicht slingert ze

de alarmknop als een pendule voor mijn gezicht heen en weer en hangt hem dan buiten mijn bereik.

'L... laat me met rust,' stotter ik.

'*You wish.*' Ze lacht schamper. 'Jij en ik hebben nog wat issues uit te werken.'

'Als je nu niet weggaat dan ga ik gillen.'

'Doe je best, ik denk dat je met dat schorre droge strotje amper de tien decibel haalt. Bovendien is dit een kamer met een sluis dus behoorlijk geluiddicht.'

'Wat ben je met me van plan?'

'Haha, je denkt dat ik je wil vermoorden?' Ze lacht alsof ze net een heel goede grap heeft gehoord. 'Nou, schat, als ik dat van plan was geweest dan had ik dat wel gedaan toen je nog buiten bewustzijn was. Waarom zou ik het mezelf moeilijk maken door te wachten tot je wakker bent?'

Ze heeft een punt, maar de dreiging die van haar uitgaat neemt niet af. Ze kijkt me recht aan. 'Je hoeft niet zo bang te kijken, hoor. Ik dacht dat jij een stoere chick was, maar je ligt erbij als een bang wezeltje. Zoals ik al zei, nergens voor nodig, ik heb levend meer aan je dan dood.' Ze loopt bij mijn bed vandaan en opent een deur. Ik vang een glimp op van een badkamer. Ik hoor water stromen en ik begin verlangend met mijn droge tong te smakken. Ze komt terug met een glas water en houdt het voor me in de lucht. 'Zoenoffer. Bewijs van mijn goede bedoelingen.' Ze legt haar hand in mijn nek en zet het glas aan mijn droge, gescheurde lippen. Langzaam giet ze wat water in mijn mond. Mijn dorst neemt volledig bezit van me en ik drink gulzig.

'Rustig aan, het is allemaal voor jou,' zegt ze als de helft van het water langs mijn mond loopt en via mijn kin mijn nek in druipt. Ik kan het me verbeelden maar haar stem klinkt iets vriendelijker. Het gepiep waar ik in eerste instantie wakker van ben geworden – en waarvan ik dacht dat het uit de apparatuur naast mijn bed kwam – neemt een ander ritme aan. Het wordt gevolgd door een kreunend geluid. 'Wat is dat?'

'Ik denk dat je buurman wakker begint te worden.'

'Buurman?'

Camille zet het inmiddels lege glas water op mijn nachtkastje en schuift het tweede gordijn in de kamer open. Ik draai mijn hoofd en zie een bed waarin een man ligt die is omringd door twee keer zoveel apparatuur als ik. 'O mijn god, Aron!' Ik was er inmiddels zo van overtuigd dat hij dood was dat ik niet eens naar hem heb gevraagd. 'Hij leeft nog!' roep ik uit.

'Het is net als jij een taaie.' Camille loopt naar Aron toe en buigt zich over hem heen. 'Aron, ik ben het, Camille. We hebben je op het nippertje kunnen redden. Je bent er slecht aan toe, maar je gaat het wel halen. Je hebt ongelofelijk veel mazzel gehad.'

De toestand waarin Aron erbij ligt zou ik geen mazzel willen noemen. Hij ziet er niet uit alsof hij ooit nog tot iets in staat is en ik vind de stelligheid waarmee Camille zegt dat hij het gaat halen ook wat optimistisch.

'Aron, hoor je me? Het komt goed met je, heb je dat begrepen?'

Aron antwoordt met een kreun.

'Ik ga even een verpleegkundige halen, zo terug.' Camille verdwijnt de kamer uit. Het liefst zou ik meteen naar Aron toe rennen, maar ik ben amper in staat me te bewegen, laat staan dat ik mijn bed uit kan komen. En dan heb ik het nog niet eens over de slangetjes waar ik mee verbonden ben en die me maar beperkte bewegingsruimte geven. 'Aron, ik ben bij je op de kamer. Rianne.' Op het moment dat ik het uitspreek bedenk ik dat het eigenlijk best gek is dat hij en ik op dezelfde kamer liggen. Ik ben alleen flink gebutst, uitgedroogd en uitgeput, maar Aron is heel ernstig gewond. De zorg die Aron nodig heeft is vele malen groter. Ik kijk de kamer nog eens rond. Dit is geen standaardziekenhuiskamer op een gewone verpleegafdeling. Het lijkt eerder op een kamer op de intensive care. Dat Aron hier ligt kan ik snappen, maar waarom ik ook? Heb ik interne verwondingen waar ik geen weet van heb? Ben ik er veel slechter aan toe dan ik zelf doorheb?

Aron heeft geen enkel teken gegeven dat hij me gehoord heeft en ook daar word ik zenuwachtig van. Had hij net een korte opleving en is hij nu weer bewusteloos? De hartslagmonitor naast zijn bed piept regelmatig dus dat zou een geruststelling moeten zijn, maar ik wil het van een professional horen. Waar blijft Camille met die verpleegkundige? Ze had allang terug kunnen zijn. De alarmbel hangt nog steeds boven mijn bed en ik strek mijn arm maar kom zeker een liniaallengte tekort om hem te kunnen pakken. Ik probeer mezelf nog wat verder uit te rekken, maar de pijn in mijn ribben zorgt dat ik verdere pogingen wel uit mijn hoofd laat.

De deur zwaait open en Camille komt binnen met een verpleegkundige. Ik vang een glimp op van een politieagent in uniform die voor de kamer staat. In wiens opdracht staat hij hier en waarom? Is de maat van Borg voortvluchtig en lopen Aron en ik nog steeds gevaar? De agent weet in elk geval van Camilles aanwezigheid, want hij reageerde niet toen ze passeerde en de kamer weer in liep. Dat zou me een veilig gevoel moeten geven, maar ik weet nog steeds niet wie Camille is en bovendien heeft de politie al een paar keer keihard tegen me gelogen. Ze zomaar blind vertrouwen kan ik dus niet. Tot nu toe heeft niemand de moeite genomen om me nu eindelijk eens te vertellen wat er in godsnaam aan de hand is en waarom Aron en ik bijna dood waren. Ik weet dat er een link is tussen Aron, Camille en de vermoorde man die we in het bos vonden, maar nog steeds niet welke. Ik weet zeker dat Camille de vrouw is uit de rode blokhut in het bos en dat ze iets te maken heeft met de dood van de man in het bos, maar het hoe en waarom is me een raadsel.

De verpleegkundige loopt naar Arons bed en Camille sluit de deur en blijft op een afstandje staan. De verpleegkundige checkt een aantal dingen bij Aron en komt daarna naar mijn bed lopen met een bakje waar een pil in zit. 'Is alles goed met hem?' vraag ik bezorgd.

Ze knikt. 'Hij heeft nog een lange weg te gaan, maar de eerste tekenen zijn hoopgevend. Het is een oersterke vent, anders had hij die schotwond en al dat bloedverlies niet overleefd. Hij is aan het bijkomen uit de narcose. Hij reageert goed op prikkels maar het kan nog wel uren, misschien zelfs de hele nacht duren voordat hij echt goed wakker is. Ze zijn een flinke tijd met hem bezig geweest op de ok om zijn leven te redden dus hij heeft behoorlijk wat narcose gehad.'

'En de operatie is helemaal goed gegaan?'

'Zo goed als mogelijk was. De kogel in zijn buik is verwijderd. Het ding is rakelings langs een slagader gegaan maar heeft wel zijn lever beschadigd. De chirurg heeft alles uit de kast moeten trekken om alle bloedingen in de lever te stelpen, maar het is gelukt. Nu hopen dat er geen complicaties optreden.'

'Complicaties als?'

'Nabloedingen, lekkende gal, een galblaasontsteking of een leverabces. Maar laten we niet op de zaken vooruitlopen en het per dag bekijken. Zoals ik al zei is het in de basis een sterke, gezonde man met een goede conditie dus dat werkt zeker in zijn voordeel,' voegt ze er bemoedigend aan toe.

'Klopt het dat dit een kamer op de ic is?'

'Ja.'

'Waarom lig ik hier dan?'

De verpleegkundige kijkt over haar schouder naar Camille.

'Die vraag zal ik wel even beantwoorden,' zegt Camille terwijl ze naar mijn bed loopt. 'Jullie liggen samen op een kamer omdat ik dan maar één bewaker nodig heb om jullie in de gaten te houden. Omdat hij,' ze maakt een hoofdbeweging richting Aron, 'op dit moment verzorging op een ic nodig heeft, lig jij daar dus automatisch ook.'

'Maar waarom politiebewaking? Zijn we in gevaar? Heeft de politie die gasten die ons wilden vermoorden niet allebei gepakt?'

'O, zeker wel. De vent die jou bij de afgrond in je rug wilde schieten hebben we net op tijd kunnen neerhalen. Hij is overleden aan zijn verwondingen. De andere probeerde te ontsnappen maar konden we vrij snel in zijn kraag vatten. Hij zit opgesloten in een cel. Een plek waar dat vriendje van je nu eigenlijk ook zou moeten zitten.'

'Je bedoelt Aron?'

'Wie anders?'

'Maar waarom? En waarom moet ik ook bewaakt worden?'

'Omdat je mijn undercoveroperatie in gevaar hebt gebracht, en daar ben ik behoorlijk pissig om. Je had moeten luisteren toen je werd verteld dat je je er niet mee moest bemoeien, want zeg niet dat je geen signalen hebt gehad.'

'Je bedoelt dat ik alle leugens die me zijn opgespeld voor zoete koek had moeten slikken?' Ik voel de boosheid weer opkomen.

'Dat was beter geweest, ja.'

'Zodat de politie een lijk weg kan moffelen? Zodat jij wegkomt met moord?'

'Zelfverdediging, geen moord. Je moet niet oordelen over dingen waar je geen weet van hebt.'

'Nou, vertel me dan maar hoe het zit, want ik geloof dat ik daar wel recht op heb. Ik ben voor fantast uitgemaakt door de politie, er is tegen me gelogen, ik ben mishandeld, beschoten...'

De verpleegkundige schraapt haar keel en Camille steekt haar hand in de lucht. 'Stop. Het is niet goed voor je om je zo op te winden. Je gaat nu dat pilletje nemen en een tijdje slapen. Als je wakker bent praten we verder.'

'Ik wil helemaal niet slapen, ik wil de waarheid weten! Wie ben je?'

'Ik ben Camille. Slaap lekker, Rianne.' Resoluut beent ze de kamer uit en ik moet er maar op vertrouwen dat ze zich aan haar belofte houdt. De verpleegkundige houdt me de sufmakende pijnstiller en een glas water voor. Ik stop de pil in mijn mond en overweeg even om hem niet door te slikken, maar in mijn mond te verstoppen en hem uit te spugen zodra ook de verpleegkundige de kamer heeft verlaten. Maar ik bedenk me snel als de pijn in mijn lijf met elke hartslag feller lijkt te worden. Het wakker zijn, het praten en alle emoties die daarbij kwamen kijken hebben me toch meer gekost dan ik dacht. Ik snak naar wat verlichting. Met een paar flinke slokken water slik ik de pil door en neem met behulp van de verpleegkundige een zo comfortabel mogelijke houding aan. Ik sluit mijn ogen en heb niet eens meer in de gaten dat ze de kamer verlaat.

# 48

Met moeite eet ik iets van mijn ontbijt als de deur openzwaait. Camille komt binnenlopen en kijkt met een schuin oog naar Aron en dan naar mij. Ze lijkt een stuk minder stuurs dan gisteren toen ze mijn kamer verliet en beloofde over een paar uur terug te komen.

'Was je soms verdwaald en kon je deze kamer niet meer terugvinden?' vraag ik geïrriteerd als ze een stoel pakt en naast mijn bed gaat zitten.

'Ook goedemorgen en smakelijk eten.' Brutaal pakt ze een stukje brood van mijn bord en stopt het in haar mond voordat ik er iets van kan zeggen. 'Heb nog geen tijd gehad om te ontbijten,' zegt ze met volle mond.

Ik schuif het blad met eten naar haar toe. '*Be my guest*.'

'Heb je al genoeg gehad?'

'Het smaakt me niet, ik ben misselijk en heb koppijn, vast van al die medicijnen.'

Camille kijkt me aan met een blik die met een beetje goede wil voor medelijden door zou kunnen gaan. 'Sorry dat ik gisteren niet meer langs ben geweest, maar er kwam wat tussen.' Ze smakt verder op mijn ontbijt tot de laatste kruimel op is. 'Ik zou een moord doen voor een goede kop koffie,' verzucht ze als ze het dienblad aan de kant zet.

'Ja? Is het zo gegaan toen je die man door zijn hoofd schoot?' vraag ik cynisch.

Camille begint te lachen, maar wordt snel weer serieus.

'Want jij was het toch? Jij hebt die man in het bos toch neergeschoten. Vermoord?'

'Het was zelfverdediging, zoals ik je gisteren al zei, dat is iets anders. Het was hij of ik, en ik hield toch wat meer van mezelf.'

'Was het je ex? Stalkte hij je?'

'Nee en nee. De man die jij en Aron in het bos hebben gevonden was de rechterhand van een kopstuk van de georganiseerde misdaad in Oslo. De bende waar hij toe behoorde smokkelde grote hoeveelheden crystal meth voor de nationale maar ook voor de internationale handel. De drugs werden verstopt in kratten vis van een bedrijf dat aan de haven ligt. De aan- en afvoer was makkelijk door de rechtstreekse verbinding met de haven.'

'Crystal meth, je bedoelt dat spul uit *Breaking Bad*?'

Camille knikt bevestigend.

'En dat bedrijf aan de haven is dat soms Fiskeservering Oslo?'

'Je gaat door naar de volgende ronde.'

'Maar die leveren toch vis aan restaurants?'

'Ze leveren óók aan restaurants. Dat is de dekmantel die ze gebruiken en waar ze hun bestaansrecht aan ontlenen.'

'Maar Aron werkt voor dat bedrijf. Is hij ook betrokken bij die drugshandel? Is dat de reden dat je hem de gevangenis in wilt hebben zodra hij voldoende is hersteld?'

'Nee, Aron was niet betrokken bij de drugshandel, hij wist er zelfs tot voor kort niets vanaf. Hij heeft iets anders gedaan, maar daar komen we later wel op. Laat me eerst dit verhaal even afmaken, anders gaat het allemaal te veel door elkaar lopen en raak ik de draad kwijt.'

'Oké. Maar vertel me dan in elk geval waar je Aron en die rechterhand van de Godfather van Oslo van kent, want ik heb een foto van jou, Aron en die dode vent in het bos gevonden en daar staan jullie nogal amicaal op met z'n drieën.'

'Ik maak deel uit van een team dat al een paar jaar onderzoek doet naar die criminele organisatie. Om meer informatie te verzamelen ben ik op een gegeven moment undercover gegaan bij Fiskeservering Oslo. In die tijd werkte Aron er ook al en zo heb ik hem en Magnus, die dode crimineel, leren kennen. Aron en Magnus raakten bevriend en ik bleef zo veel mogelijk bij hen in de buurt, zodat ze mij ook als een vriendin gingen beschouwen.'

'Maar toen Aron en ik Magnus dood in het bos vonden keek Aron niet alsof hij een vriend was verloren. Hij was doodsbang voor die man, dat kon ik aan alles merken.'

'Magnus had twee gezichten. Hij kon heel charmant zijn en je het gevoel geven dat je voor hem de belangrijkste persoon op aarde was, maar hij had ook een meedogenloze, duistere kant die opspeelde als je iets deed wat hem niet beviel. Als je eenmaal in ongenade was gevallen dan was je je leven niet meer zeker. Op het moment dat jullie Magnus vonden was Aron voor hem op de vlucht. Aron had iets wat Magnus heel graag wilde hebben en hij was bang dat Magnus hem gevonden had om het te komen opeisen.'

'Dan zou hij toch juist opgelucht moeten zijn dat hij Magnus dood aantrof?'

'Er lopen in die organisatie veel meer "Magnussen" rond. Als de ene niet slaagt in het uitvoeren van een opdracht dan wordt de volgende gestuurd en de volgende, et cetera.'

'Aron was dus sowieso in groot gevaar?'

'Dat dacht hij, maar Magnus was daar helemaal niet voor hem, hij kwam voor mij. Magnus verdacht mij van hetgeen Aron had gedaan en had de opdracht gekregen me te vermoorden als vergelding. Ik moest van mijn baas tijdelijk onderduiken totdat mijn collega's de voltallige bende hadden opgerold en het gevaar voor mij geweken was. Vandaar dat ik zwaar tegen mijn wil tijdelijk in die afgelegen blokhut woonde.'

'Die blokhut was een soort safehouse?'

'Privébezit. Mijn zus en ik zijn eigenaar sinds onze vader is overleden. Ik ben op die plek opgegroeid. Zelfs mijn baas wist niet waar ik me schuilhield dus het is me een raadsel hoe Magnus me gevonden heeft en ik ga er nu niet meer achter komen...'

'Je had hem toch ook tijdelijk uit kunnen schakelen in plaats van hem te doden? Die man had een schat aan informatie over die organisatie als ik het zo hoor.'

'Geen dingen roepen waar je geen verstand van hebt. Natuurlijk had ik Magnus niet gedood als er een andere manier was, maar geloof me, die was er niet. Het was hij of ik. Als mannen als Magnus eenmaal beginnen te schieten dan geldt er maar één ding: zorg dat jij eerder schiet, anders ben je er gegarandeerd geweest. Ik was in acuut levensgevaar toen hij ineens gewapend rond mijn huis sloop. Dat betekent in James Bond-termen dat ik een *licence to kill* had. Wees blij dat ik Aron en jou ook niet van mijn terrein af heb geschoten. Ik heb met Aron ook nog een appeltje te schillen. Maar goed, Aron was niet gewapend en het was een cadeautje dat hij daar ineens opdook, dat scheelde me weer zoekwerk. Ik heb hem uiteindelijk in Skarsvåg laten oppakken.'

'En in Oslo weer vrijgelaten, want ik vond hem in de haven toen hij klaar was met zijn werk voor Fiskeservering Oslo. Hij was dus gewoon weer aan de bak voor die gasten.'

'Hij was daar aan de bak omdat ik hem geen keuze had gelaten. Hij was daar onder dwang mijn ogen en oren. Als je iemand de belofte van strafvermindering voorhoudt zijn ze bijna altijd bereid om mee te werken. Aron was daarop geen uitzondering.'

Ik kijk vluchtig naar het bed naast me, maar als Aron al iets heeft opgevangen van wat Camille zei dan laat hij het niet merken. 'Maar wát heeft Aron dan gedaan? Want dat weet ik nog steeds niet.'

'Aron heeft een flinke zak geld gestolen van Magnus' baas. Hij had het geld niet alleen in zijn bezit, maar heeft het ook uitgegeven. Het was crimineel geld dat was verkregen met illegale drugshandel, en het onder de radar uitgeven van crimineel geld valt onder witwassen en dat is strafbaar. Hij zal daar verantwoording voor moeten afleggen.'

'De gevangenis in, bedoel je?'

'Daar zal het wel op uitdraaien. Normaal zou hij zeker zes maanden krijgen, maar omdat hij volledig heeft meegewerkt totdat jij roet in het eten kwam gooien, verwacht ik dat hij een gedeelte daarvan voorwaardelijk krijgt en hooguit drie maanden moet zitten. Misschien zelfs nog wat minder. Hij heeft ook wel wat risico gelopen omdat we hem gezenderd naar zijn werk hebben gestuurd, zodat we alles konden volgen wat er gezegd werd. Het was zijn opdracht om te laten doorschemeren dat hij naar manieren zocht om snel veel geld te verdienen en zoveel vertrouwen te winnen dat ze hem zouden laten koerieren met kratten waar crystal meth in verborgen was. Als we die dingen letterlijk op band hadden dan zou dat ons onderzoek nog overtuigender maken.'

'Eigenlijk had Aron dus jouw rol als undercover overgenomen omdat ze jou verdachten van het stelen van dat geld in plaats van hem.'

'Zo zou je dat kunnen zien, ja.'

'Maar wat ik nog steeds niet begrijp is wat mijn rol is geweest in dit geheel. Ik zie eerlijk gezegd niet hoe ik jouw onderzoek heb gedwarsboomd.'

'Nou, laat me je uit die droom helpen dan. Eerst was er je gedram bij de lokale politie over het lichaam van Magnus en de exacte locatie waar je het gevonden had, de foto's van de plaats delict en zijn lijk, het stukje stof met zijn bloed dat je in Arons huis vond en voor onderzoek hebt achtergelaten. Die foto van mij met Magnus en Aron die je daar hebt laten zien. Het heeft me heel wat energie gekost om de lokale politie zover te krijgen dat ze de boel lieten rusten zonder dat ik te veel prijsgaf over het lopende onderzoek naar de bende waar Magnus deel van uitmaakte. Er is jou ook een paar keer dringend verzocht om de boel te laten rusten en naar huis te gaan, maar nee hoor, mevrouw moest en zou naar Oslo om de boel nog verder op stelten te zetten.'

'Ja, ho eens even, Aron was ineens spoorloos en de politie wilde er niet achteraan gaan en ze geloofden geen woord van wat ik zei. Bovendien logen ze zélf tegen me. Ze beweerden dat het appartementengebouw waar Aron ooit gewoond had was gesloopt en dat het geen zin had om erheen te gaan. Wat bleek na een simpele zoektocht op Google? Het gebouw stond er gewoon nog en Aron was nog steeds de eigenaar van een van de appartementen. Reden genoeg om zelf eens poolshoogte te gaan nemen, dacht ik zo. Ik ben een keer eerder in mijn leven onterecht voor leugenaar uitgemaakt en ik kamp nog steeds met de gevolgen daarvan. Ik heb toen gezworen dat niemand mij ooit nog onterecht een leugenaar noemt.' Onbedoeld slaat mijn stem over en ik voel de tranen opkomen.

'Zo, dat kwam uit je tenen en lijkt nog steeds heel diep te zitten.' Camilles houding verandert en ze raakt even mijn schouder aan. 'Ik weet niet wat er met je gebeurd is...'

Ik haal diep adem en probeer het masker weer op te zetten, zoals ik mezelf dat jaren geleden heb aangeleerd. Maar dan zie ik Camilles blik, en ik kan niet begrijpen wat er in me gebeurt, maar iets in mij breekt open. 'Ik ben verkracht door de baas van mijn vader toen ik veertien was. Het was tijdens een zomerbarbecue bij hem en zijn vrouw thuis voor zijn medewerkers met hun gezinnen. Mijn ouders geloofden me niet. Ze kozen partij voor hem en lieten mij vallen. Ik heb nog steeds moeite met het vertrouwen van mensen, raak nog steeds in paniek als mannen te dichtbij komen. Het heeft mijn hele leven verpest en me uiteindelijk ook mijn huwelijk gekost. Dus wanneer iemand me onterecht een leugenaar noemt, knapt er iets in me.' De tranen lopen nu over mijn wangen. Het diepste en pijnlijkste geheim dat ik al sinds mijn veertiende voor me houd heb ik zojuist met Camille gedeeld, een vrouw die ik niet eens ken. Zelfs mijn ex Bart heb ik dit nooit verteld. Maar iets in me zegt dat Camille het begrijpt en als ik in haar ogen kijk dan zie ik dat ik gelijk heb. Ik herken in haar ogen het slachtofferschap dat ik al zo lang met me meedraag. 'Ben jij...?' vraag ik aarzelend.

Ze knikt. 'Mijn vader. Het heeft me gevormd en beïnvloedt alle keuzes die ik maak. De wonden die hij heeft veroorzaakt draag ik de rest van mijn leven met me mee. Ik heb nooit een normale jeugd gehad, heb nooit kind kunnen zijn. Gelukkig heb ik mijn zusje kunnen beschermen.'

'Ben je daarom bij de politie gegaan?'

Ze knikt weer. 'Elke keer als ik weer een klootzak oppak, dan pak ik eigenlijk mijn vader op. Ik heb het grootste deel van mijn leven in angst geleefd en nu wil ik dat mensen bang zijn voor mij. Zo pak ik de controle terug die me zoveel jaren is afgenomen.' Van de eerdere harde blik in Camilles ogen is niks meer over nu ze zo openhartig haar diepste geheim met mij deelt. 'Ik jaag op mannen die denken dat ze boven de wet staan om eens en voor altijd met ze af te rekenen, waar mogelijk binnen de grenzen van de wet.' Ze laat een veelzeggende stilte vallen en ik hoef niet verder te vragen om te weten wat ze bedoelt.

'Ik ben fotograaf geworden om mezelf ervan te overtuigen dat de wereld niet alleen maar lelijk is en om iets moois achter te laten,' deel ik nu op mijn beurt. 'Als je goed om je heen kijkt is er best nog veel schoonheid te vinden. Voordat ik naar Noorwegen kwam dacht ik dat mijn werk niet gevaarlijk was, maar moet je zien wat het me allemaal gebracht heeft.' Ik produceer een flauw lachje.

'Jouw werk doet niet veel onder voor het mijne.' Camille grinnikt.

'Maar dan weet je dus waarom ik dit allemaal niet over mijn kant kon laten gaan. Ik wilde bewijzen dat ik geen leugenaar was.'

Camille knikt. 'Het blijft onhandig dat je dat gedaan hebt, maar ik begrijp het wel. Op het moment dat jij daar in de haven rond liep te snuffelen zou Aron later op de avond een "sollicitatiegesprek" hebben over zijn mogelijke baan als drugskoerier, op een locatie die pas vlak voor de afspraak aan hem doorgegeven zou worden. Hij werd extra in de gaten gehouden vanaf het moment dat hij zijn interesse kenbaar had gemaakt voor deelname aan hun illegale activiteiten. In die wereld geldt: je bent niet te vertrouwen totdat het tegendeel bewezen is. Toen jij daar bij Fiskeservering Oslo aanbelde en zei dat je op zoek was naar Aron, gingen daar alle alarmbellen af. Ze hebben meteen een mannetje achter je aan gestuurd toen je Aron vanaf de haven begon te volgen.'

'Huh? Daar heb ik helemaal niks van gemerkt en ik heb echt goed om me heen gekeken.'

'Jij hebt het niet gemerkt, maar wij wel. We hebben niet

ingegrepen omdat we hoopten dat het met een sisser af zou lopen en Arons afspraak later op de avond toch gewoon door kon gaan. Dat leek een goede keuze totdat dat busje Aron ineens van de weg plukte en meenam. Binnen een paar minuten ontdekten ze zijn zender en viel het signaal weg. In alle commotie waren we jou even uit het oog verloren en toen was jij ook gevlogen. We hadden geen idee waar jullie naartoe gebracht werden. Totdat een taxichauffeur de politie belde dat hij een vrouw had achtergelaten op een voormalig industrieterrein en dat hij het niet vertrouwde. De vrouw die hij beschreef voldeed aan jouw signalement. We hebben die chauffeur opgehaald en zijn met hem naar het punt gereden waar hij jou heeft afgezet. Hij heeft daar rechtsomkeert gemaakt en wij zijn doorgereden naar het terrein met die loodsen. Vervolgens hebben we een inval gedaan maar jullie niet gevonden.'

Met grote ogen luister ik naar Camilles verhaal.

'We hebben de bewakers zo onder druk gezet dat ze vertelden dat jullie hier wel waren geweest maar weer waren vertrokken in een busje. We dwongen ze om ons de camerabeelden van het terrein te laten zien en het was zo'n zelfde soort busje, waarschijnlijk hét busje, dat Aron had ontvoerd. Het kenteken hadden we tijdens de ontvoering door alle verkeerschaos niet kunnen zien, maar kregen we door die camerabeelden alsnog. Door alle slimme apparatuur die tegenwoordig in auto's zit konden we de bus met een noodbevel via de fabrikant laten uitpeilen en zo konden we de achtervolging in gang zetten. Dat nam veel te veel tijd in beslag, maar uiteindelijk waren we precies op tijd om jou en Aron te redden. Nou ja, de rest weet je.'

'Poeh, ik was altijd heel erg tegen slimme apparatuur en de grove inbreuk die daardoor vaak zonder dat je het weet op je privacy wordt gemaakt. Maar het heeft blijkbaar wel het leven van Aron en mij gered.' Vermoeid laat ik me in de kussens zakken. Het duizelt me allemaal een beetje en ik heb wel even nodig om alles wat Camille me heeft verteld goed op me in te laten werken. Ik weet nu waarom Aron niet naar de politie wilde en hij mijn jas met het bloed van Magnus in de fik heeft gestoken. Ik weet wat zijn connectie met Magnus en Camille is en ik weet nu waarom hij ineens spoorloos was en naar Oslo vertrok. Al mijn vragen zijn wel zo'n beetje beantwoord, behalve een toch wel erg prangende. 'Weet je waarom Aron dat geld heeft gejat? Het past namelijk helemaal niet bij de man die ik heb leren kennen.'

'Dat moet je hem zelf maar vragen als hij weer wat is hersteld. Persoonlijke verhalen van anderen deel ik niet. In dat geval hecht ik wel aan privacy.' Ze geeft me een knipoog en knijpt zachtjes in mijn hand. 'Voor vandaag is het genoeg, lijkt me. Probeer maar weer even te slapen. Rust is een van de beste medicijnen. Als je wat verder bent opgeknapt dan neem ik een officiële verklaring van je af en ik wil je vragen om na te denken over een officiële aangifte. Deze keer hoef je niet bang te zijn dat je wordt weggehoond, daar sta ik persoonlijk voor in. Zo'n aangifte is extra munitie in de strafzaak die we tegen de bende gaan voeren.'

'Ik zal erover nadenken,' beloof ik haar terwijl mijn ogen al dichtvallen. Binnen een paar minuten zak ik weg in een onrustige slaap.

# 49

**Een week later**

'Ontzettend bedankt dat je de politie hebt gebeld.' Ik zit weer in dezelfde taxi die me amper een week geleden afzette bij het voormalige industrieterrein aan de rand van Oslo en kijk de chauffeur dankbaar aan.

'Ik doe gewoon mijn werk. Daar hoort het zorgen voor mijn klanten ook bij,' antwoordt hij.

'Nu doe je jezelf tekort. Jouw werk hield op toen ik uit je auto stapte. Als jij de politie niet had gewaarschuwd dan hadden Aron en ik het niet na kunnen vertellen. Eigenlijk heb je met dat telefoontje ons leven gered en daar zijn we je eeuwig dankbaar voor.' Ik spreek ook maar even voor Aron, want ik weet zeker dat hij er ook zo over denkt.

'Aron is die vent naar wie je op zoek was?'

'Dat klopt. Ik ga hem zo een bezoek brengen in het ziekenhuis. Hij was er heel slecht aan toe door een schotwond en ik heb hem nog niet echt kunnen spreken sinds de politie ons heeft bevrijd. Maar vanochtend kreeg ik een telefoontje dat hij voor het eerst goed aanspreekbaar is en naar me vroeg. Het gaat helemaal goedkomen met hem, het heeft alleen even tijd nodig.'

'Fijn dat alles toch nog op zijn pootjes terechtkomt.'

'Dankzij jou,' benadruk ik nogmaals. 'Het komt goed dankzij jou.'

'We zijn bijna bij het ziekenhuis.'

De laatste minuten van de rit brengen we zwijgend door. Als ik mijn portemonnee pak om hem te betalen steekt hij zijn hand op. 'Ritje van de zaak. Koop maar een bloemetje voor je vriend van dat geld.'

'Superlief, maar dat hoeft echt niet. Jij hebt al genoeg gedaan.'

'Ga nou maar. Hup, mijn auto uit.'

'Oké, dank je wel dan.' Ik stop mijn portemonnee weer in mijn tas en stap uit. Zodra ik de deur dicht heb geklapt rijdt hij weg. Het laatste stukje naar de ingang van het ziekenhuis ren ik. Ik heb ineens enorme haast om Aron te zien en zijn stem weer te horen.

Ik neem de lift naar de zesde verdieping, waar Aron ligt sinds hij van de ic af is. Op kamer 6-43 zou ik hem moeten vinden volgens de verpleegkundige die me vanmorgen belde. Als ik voor zijn kamerdeur sta begin ik ineens een beetje zenuwachtig te worden. We hebben nog steeds een aantal dingen niet uit kunnen spreken en ik heb nog een paar antwoorden van hem nodig. Ik blijf erbij dat ik de diefstal die Aron heeft gepleegd niet kan rijmen met de man die ik heb leren kennen. Ik kon altijd blind vertrouwen op mijn eigen inschattingsvermogen, maar dit hele verhaal heeft me aan het wankelen gebracht en daarom moet ik van Aron horen wat zijn motieven zijn geweest. Ik heb het nodig voor mijn eigen zelfvertrouwen.

Ik klop op de deur, wacht even en ga dan de kamer binnen. Aron zit rechtop in zijn bed, ondersteund door de rugleuning en een paar kussens. Hij heeft een blos op zijn wangen en de grauwe kleur is uit zijn huid getrokken. Hij heeft nog een infuus in zijn hand, maar verder is alle apparatuur verdwenen. Geen piepjes en bliepjes meer die de rust in de kamer verstoren. Er verschijnt een brede lach op zijn gezicht als hij me binnen ziet komen. 'Rianne, wat fijn om je te zien.'

'Dag Aron.' Ik loop naar zijn bed en hij steekt zijn hand naar me uit. Ik pak hem aan. Zijn hand voelt warm en levendig aan en als hij een kneepje in de mijne geeft voel ik dat er weer wat kracht in zit. We laten elkaar los en ik pak een stoel. 'Waar is je oppas gebleven?'

'Die agent die voor de deur stond, bedoel je? Camille vond het niet meer nodig om politiecapaciteit te spenderen aan mijn bewaking. Ze beschouwt me als niet vluchtgevaarlijk in deze conditie en ik denk dat ze daar gelijk in heeft.' Hij grinnikt.

'Zo, meneer de crimineel, hoe voelen we ons vandaag?' Ik grinnik terug.

'*Been better, been worse.*'

'En de pijn?'

'Met wat verdovende middelen goed te doen.'

'Ja, ze hebben hier goede shit,' beaam ik.

'Hoe gaat het met jou? Je gezicht is...'

'Behoorlijk gehavend, ja. Alle kleuren van de regenboog. Maar dat trekt volgens de artsen allemaal weer bij. Ik moet gewoon een beetje geduld hebben en zoals je weet ben ik daar heel goed in,' zeg ik met een knipoog. 'Nog wel veel last van mijn ribben. Ze zeggen altijd dat je ze beter kunt breken dan kneuzen en ik denk dat ik het daar wel mee eens ben.'

'Weet je al wanneer je terugvliegt naar Nederland?'

'Ik heb nog geen terugvlucht geboekt. Ik wilde eerst jou spreken, dus ik heb gewacht tot je daaraan toe was.'

'Kom je nu niet in de problemen met je opdrachtgever?'

'Eerst begon ze te mopperen toen ik liet weten dat ik later zou terugkeren naar Nederland dan de bedoeling was, maar toen ik haar vertelde wat ik allemaal had meegemaakt bond ze snel in. De foto die ik haar stuurde van mijn gezicht hielp ook wel.' Ik grijns. 'Mijn ex hetzelfde verhaal. Nadat hij die foto had gezien was zijn boosheid dat ik niet op tijd voor zijn vakantie zou terugkeren meteen van de baan. Hij kon zijn vakantie gelukkig een paar weken verplaatsen dus dat probleem is ook opgelost.'

'Fijn dat je daar geen extra stress meer van hebt.'

'Ja, ik zit wel een beetje aan mijn stresstaks...'

'Je hebt je de afgelopen dagen hopelijk niet verveeld tijdens het wachten op mijn ontwaking?'

'Absoluut niet. Ik heb mijn reportage afgemaakt en ingestuurd en al mijn foto's zijn goedgekeurd, zelfs die halfbakken foto op de Noordkaap waar nauwelijks noorderlicht op te zien is. Over mijn tekstjes waren ze ook tevreden, dus dat is een pak van mijn hart. En de rest van de tijd heb ik de toerist uitgehangen in Oslo, dus ik heb mijn tijd prima besteed.'

Aron wil weer iets zeggen, maar ik snoer hem de mond. 'Zullen we stoppen met de koetjes en kalfjes? Waarom heb je dat geld gestolen, Aron?'

De lach op zijn gezicht verdwijnt op slag. 'Ik ben je wel een verklaring schuldig, hè? Ik heb je, hoewel onbedoeld, meegesleept in een hoop ellende, dus je hebt er recht op om het hele verhaal te horen. Ik ben geen crimineel, ik heb het uit noodzaak gedaan, omdat ik geen andere oplossing zag op dat moment. Ik ben in mijn leven nog nooit eerder in aanraking gekomen met justitie. Ik heb altijd hard gewerkt en me aan de wet gehouden.'

'Op dat ene moment na.'

'Op dat ene moment na,' beaamt hij, 'en dat is heel slecht uitgepakt en jou en mij bijna fataal geworden. Daarom wil ik beginnen met je mijn oprechte excuses aan te bieden. Je hebt er niks aan, maar ik wil het wel gezegd hebben.'

'Excuses geaccepteerd.' Het is misschien wat voorbarig terwijl ik het hele verhaal nog niet ken, maar toch wil ik het zeggen omdat ik zie dat het belangrijk voor hem is.

'Heb jij een sterke band met je vader?'

Ik zit meteen rechtop op mijn stoel. 'Nee. Ik heb met mijn beide ouders al heel lang geen contact meer door een gebeurtenis in het verleden.'

'Ik heb flarden opgevangen van een gesprek tussen jou en Camille. Ik heb gehoord wat voor verschrikkelijks je hebt moeten doorstaan. Het spijt me heel erg voor je, Rianne. Niemand mag zoiets meemaken in zijn leven. Ik begrijp nu ook beter waarom het je zo overviel dat we samen zouden slapen in de camper. Echt, ik vind het heel erg voor je.'

'Dank je wel. Maar nee, ik heb dus geen band met mijn vader. Ik heb geen idee hoe het met mijn ouders gaat, ze kunnen wel dood zijn zonder dat ik het weet.'

'Ik vroeg het je omdat het onderdeel is van mijn verhaal. Want ik heb heel veel verdriet gehad, en nog steeds, van het overlijden van mijn vader. Hoewel mijn zus altijd zijn favoriete kind is geweest en dat natuurlijk zijn sporen bij mij naliet, ben ik nooit minder van hem gaan houden. Hij was een heel zachtaardige, empathische man en daardoor ook makkelijk te manipuleren. Mijn zus had dat al op jonge leeftijd door en heeft daar ernstig misbruik van gemaakt. Hoe ernstig kreeg ik pas door na mijn vaders dood. Mijn vader bleek een grote schuld te hebben bij de bank met niet-afbetaalde leningen die hij in de loop der jaren had afgesloten om alle grillen van mijn zus te financieren. Hij heeft talloze opleidingen voor haar betaald. Opleidingen die ze overigens geen van alle met succes heeft afgerond. Haar emigratie naar Amerika en haar huisvesting heeft hij bekostigd, en ga zo maar door. Daardoor moest hij zelf op een houtje bijten. Ik wist wel dat hij dingen voor haar betaalde, maar ik had geen idee dat het zo ver ging. Mijn zus zag na zijn dood van de erfenis af en ik begreep in eerste instantie niet waarom, maar toen de bank aan de bel trok over zijn openstaande schulden en een uiterste betalingstermijn van een jaar gaf, drong het tot me door. Ik had dat geld niet en mijn zus gaf natuurlijk niet thuis. Al het geld dat mijn vader bezat had ze bij leven al opgemaakt en nu viel er niets meer voor haar te halen. Het enige wat nog wat geld kon opbrengen was het tweede huisje in het dorp dat mijn vader bezat en dat hij geërfd had van zijn ouders. Hij verhuurde het om wat bij te verdienen. Het huis waar ik nu woon is mijn ouderlijk huis en daar heb ik hem samen met de buurvrouw verzorgd tot het niet meer ging. Hij heeft de laatste jaren van zijn leven in een verzorgingstehuis doorgebracht en ik ben in het ouderlijk huis blijven wonen.

Maar goed, het geld. De enige mogelijkheid om de schuld bij de bank af te lossen binnen het ultimatum, was pa's tweede huisje in het dorp verkopen. Dat had ik moeten doen, maar ik kon het niet over mijn hart verkrijgen. Buiten dat het huisje al decennia in onze familie is, woont er een goede vriend van mijn pa die bij een ongeluk tijdens het krabvissen arbeidsongeschikt is geworden. Hij zou door de verkoop zijn onderdak kwijtraken. Mijn pa zou dat afschuwelijk hebben gevonden, maar ik kon daar zelf ook niet mee leven. Bengt is als een tweede vader voor me en ik voel me voor hem net zo verantwoordelijk als voor mijn eigen vader. Ik kon het huisje gewoon niet verkopen. Van een collega in de visserij hoorde ik dat ze in Oslo iemand zochten voor een groot bedrijf dat vis levert aan de horeca. Het bleek om een koeriersjob te gaan met een goed salaris waar nog avond- en weekendbonussen bovenop kwamen. Bovendien kon ik op hun kosten verblijven in het appartement waar jij bent gaan kijken. Het was gewoon te mooi om waar te zijn en het gaf me de kans om elke maand een mooi bedrag af te lossen van de schuld. Het zou niet genoeg zijn om binnen een jaar het hele bedrag terug te betalen, maar de helft moest zeker lukken. Door op die manier mijn goede wil te tonen aan de bank hoopte ik dat ze ermee akkoord zouden gaan om me nog een jaar extra te geven voor het resterende bedrag.'

'Maar wacht eens even, dus dat appartement aan de Lybekkergata is helemaal niet van jou?'

'Nee. Ik heb geen idee waarom de huismeester je dat niet verteld heeft. Ik kon met de schulden die ik al had absoluut geen appartement betalen. Fiskeservering Oslo is de officiele eigenaar.'

'Ah, dan snap ik het weer. En de bank? Ging die akkoord met een jaar extra uitstel?'

'Nee, hoe ik ook smeekte, ze vonden dat ze lang genoeg op hun geld hadden gewacht en coulant genoeg waren geweest. Dat betekende dat ik toch nog het tweede huisje van mijn vader zou moeten verkopen en Bengt eruit zou moeten. Toen raakte ik in paniek en paniek is nooit een goede raadgever...' Hij haalt diep adem voor hij verdergaat. 'Toen ik een paar maanden bij Fiskeservering Oslo werkte begon ik steeds meer het vermoeden te krijgen dat het niet allemaal zuivere koffie was wat daar gebeurde. Er waren te veel avondritjes en nachtelijke ritjes. Ik verdiende er heel goed aan, maar ik voelde aan alles dat er meer achter zat. En ook de vis die op transport ging naar het buitenland en met containerschepen vanuit de haven vertrok naar onder andere Rotterdam, werd altijd 's nachts geladen. Camille, die ik toen kende onder de naam Karine draaide net als ik veel nachtdiensten. Ze was het vriendinnetje van Magnus, de dode man die wij vonden in het bos.'

'Daar heeft ze me niets van verteld.'

'Typisch Camille. Ze zal het niet nodig hebben gevonden je wijzer te maken dan nodig was over de details van haar undercoveractie, dat zou alleen maar afleiden van de kern van de zaak. Maar goed, ik raakte bevriend met "Karine" en daardoor eigenlijk automatisch ook met Magnus. De foto die je van mij met hen samen vond, stamt uit die tijd. Ik had toen nog niet door dat Magnus een soort gespleten persoonlijkheid had. Als je naar zijn pijpen danste en niet te veel vragen stelde bij het werk dat hij je opdroeg dan was je zijn beste vriend, maar als je iets deed wat hem niet zinde... Karine moest het regelmatig ontgelden. Ze klaagde nooit maar het was onmogelijk om de blauwe plekken te negeren. Magnus deed niet eens moeite om haar te slaan op plekken die verborgen konden worden onder kleding. Vanaf het moment dat ik wist dat Magnus Karine sloeg heb ik afstand van hem genomen. Als ik Karine vroeg waarom ze niet bij hem wegging dan zei ze: "Zo gaan wij nou eenmaal met elkaar om." Ze liet zich meppen, maar sloeg ook terug en dat maakte haar voor Magnus alleen maar aantrekkelijker en op de een of andere manier ook betrouwbaarder.

Karine was op de hoogte van alle louche zaakjes, ze was zijn vertrouweling en daar ging het uiteindelijk ook mis. Op een avond werd ik tegen middernacht ad hoc opgeroepen voor een koeriersrit omdat er iemand ziek was geworden. Op het moment dat ik daar aankwam werd er ook een containerschip geladen. Karine hielp mee. Normaal kreeg ik altijd assistentie bij het laden van mijn bus, maar deze keer waren alle manschappen ingezet bij het containerschip. Magnus was nergens te bekennen, want "druk met een ander spoedklusje" en Karine had de leiding. Ze liet me zien waar mijn lading stond, gaf me het adres waar ik alles af moest leveren en liet me toen alleen in de loods. Ik begon de kratten vis in mijn bus te stapelen toen mijn oog viel op een zwarte sporttas. Het ding stond me wat in de weg dus ik wilde de tas verplaatsen. Toen ik hem optilde om ergens anders neer te zetten, viel me op dat hij nogal zwaar was. Ik kon mijn nieuwsgierigheid niet bedwingen en ritste de tas open om te kijken wat erin zat. Het ding zat van boven tot onder helemaal volgestouwd met bankbiljetten van duizend Noorse kronen. Ik realiseerde me dat die tas met geld al mijn problemen in één keer zou oplossen zonder dat ik Bengt dakloos hoefde te maken. In een vlaag van verstandsverbijstering heb ik die tas in mijn bus gezet en er de laatste stapel kratten voor gezet om hem uit het zicht te houden. Daarna ben ik als een gek weggescheurd en heb de vis nog afgeleverd op het opgegeven adres. Lang verhaal kort: ik ben gevlucht en heb het geld gebruikt om de schulden van mijn pa af te lossen. Omgerekend in euro's was het een bedrag van iets meer dan twee ton.'

'En de bank heeft dat geld gewoon geaccepteerd? Ze vonden het niet raar dat je ineens met zo'n som kwam aanzetten? In Nederland zou je met zoveel cash echt niet wegkomen, vrees ik.'

'De bank waar ik mee te maken had nam het niet zo nauw. Ze bleven mijn pa ook maar geld lenen, terwijl andere banken daar allang mee waren gestopt. Het maakte ze niet uit hoe ze het geld terugkregen en waar het vandaan kwam, áls ze het maar terugkregen. Camille en haar team nemen die bank ook op de korrel, dus dat krijgt nog wel een staartje.'

'Was je niet bang dat Magnus achter je aan zou komen?'

'O ja, zeker, vanaf het moment dat ik wegreed met die tas heb ik altijd over mijn schouder gekeken en ik begreep niet waarom ik ermee weg was gekomen. Ik heb de dag nadat ik de tas had gestolen gebeld naar Fiskeservering Oslo dat ik voorlopig niet terugkwam wegens dringende familieomstandigheden. Dat ik die nacht al was vertrokken en dat ik de bus niet meer terug had kunnen brengen maar dat ze hem vlak bij het restaurant waar ik mijn lading had afgeleverd konden ophalen. Tot mijn verbazing werd het allemaal voor zoete koek geslikt en wensten ze me veel sterkte. Ik was altijd weer welkom. Ik ging ervan uit dat Magnus op dat moment nog niet had ontdekt dat de tas was gestolen. Dat was de enige logische verklaring voor die reactie. Toen Karine, die Camille bleek te heten, me oppakte nadat we Magnus dood in het bos hadden gevonden hoorde ik pas hoe het echt zat: Karine kreeg de schuld in de schoenen geschoven en niemand repte met een woord over mij. De mannen over wie ze de leiding voerde hadden Magnus wijsgemaakt dat ze Karine met die tas hadden zien lopen. Dat was natuurlijk gelul, maar ze zagen hun kans schoon om haar eens en voor altijd weg te krijgen. Ze haatten haar omdat ze als vrouw hun mannenbolwerk was binnengedrongen en dat ze ook nog geacht werden naar haar te luisteren.

Karine wist te ontsnappen voordat Magnus haar te pakken kreeg maar was haar leven niet meer zeker. Mannen als Magnus laten zich niet belazeren. Hij zou pas stoppen als hij haar eigenhandig het zwijgen had opgelegd en daarom moest ze onderduiken. Het is me een raadsel hoe, maar uiteindelijk heeft hij haar toch gevonden. Ik ben haar eeuwig dankbaar dat ze me niet verraden heeft, maar je kunt je voorstellen dat ik echt in shock was toen ik Magnus daar dood in het bos zag liggen. Het was te toevallig dat hij op de plek was waar ik ook rondliep, dus het enige wat ik wilde was zo snel mogelijk wegwezen. Ik ging er toen van uit dat hij alsnog achter me aan was gekomen en dat ik alsnog gepakt zou worden voor het stelen van dat geld. Daarom wilde ik niet naar de politie en daarom heb ik waar ik kon bewijsmateriaal weggewerkt.'

'Maar uiteindelijk werd je toch gepakt door Camille.'

'Ja, op de een of andere manier had ze mijn adres achterhaald. Een arrestatieteam zat me thuis op te wachten toen ik daar terugkwam nadat we uit die sneeuwstorm waren gered. Lasse was nog bij mijn buurvrouw dus ze konden ongestoord mijn huis binnengaan.'

'Ze zal je adresgegevens vast hebben achterhaald via Fiskeservering Oslo.'

'Zowel Magnus als Fiskeservering Oslo hadden geen adresgegevens van me. Ik werkte daar zwart en kreeg cash betaald dus ik hoefde geen gegevens achter te laten. Daarom wist ik ook dat het geld dat ik vond niet eerlijk verkregen kon zijn en dat er daarom geen aangifte zou worden gedaan van de diefstal. Blijft overeind dat ik het natuurlijk nooit had moeten doen, maar ik kan het niet meer terugdraaien. Ik handelde in paniek. Camille herkende me toen we langs haar blokhut liepen en uiteindelijk heeft die reddingsactie me de das omgedaan. Toen kwam ik ineens in de picture. Ze gaf me twee opties: óf ik werkte mee als informant en ging undercover bij Fiskeservering Oslo om strafvermindering te krijgen, óf ze zou er persoonlijk voor zorgen dat ik zo zwaar mogelijk gestraft werd als ik niet meewerkte. Nou ja, je weet welke keuze ik heb gemaakt. Het is nooit mijn bedoeling geweest je hierbij te betrekken, Rianne, of om je het gevoel te geven dat ik niks meer met je te maken wilde hebben. Ik kon niet anders handelen dan ik heb gedaan, maar je moet weten dat het nooit persoonlijk bedoeld is geweest. Daarvoor waardeer ik je te veel. Ik snap het als je niks meer met me te maken wilt hebben of van me walgt, maar ik hoop dat je in elk geval snapt waarom ik het gedaan heb, ongeacht wat je ervan vindt. Ik zou graag contact met je houden en je beter leren kennen, maar ik snap ook dat ik niks te willen heb. In dat geval wens ik je het allerbeste en ik hoop dat je mijn excuses wilt aanvaarden...'

Aarzelend steekt hij zijn hand uit terwijl zijn gezicht vertrekt van de pijn.

Ik laat hem niet te lang lijden en pak zijn hand aan. 'Ik moet alles de komende tijd even laten bezinken. Er is nogal wat gebeurd.'

Aron kijkt me somber aan.

'Maar...' ga ik verder, 'je hebt er een vriendin bij. Er is te veel gebeurd tussen ons om het contact te verbreken. Ik weet dat je in je hart een mooi en goed mens bent, Aron, en dat ik nog maar een klein deel heb gezien. Bovendien vind ik het wel spannend om te gaan corresponderen met een gevangene.' Ik knipoog.

'Meen je dat nou?' Hij kijkt me aan met die intens blauwe ogen van hem en ik zie er weer een sprankje hoop in verschijnen. Ineens krijg ik de behoefte om hem te zoenen en zonder er nog verder over na te denken volg ik mijn gevoel.

# Epiloog

**Een jaar later**

Met een overvolle rolkoffer en rugzak gevuld met mijn camera en andere uitrusting loop ik 's avonds laat de aankomsthal van Honningsvåg in. Ik speur de mensenmenigte af die vol verwachting staat te wachten en dan zie ik hem. Hij is wat dikker geworden en misschien een tikje grijzer dan de laatste keer dat ik hem zag, maar zijn ogen zijn nog even blauw. Die speciale kleur die de eerste keer dat ik hem zag al mijn aandacht trok. Hij ziet mij ook en komt enthousiast aanlopen. Ik zet mijn koffer naast me neer en ontvang hem met open armen zodra hij bij me is. Hij tilt me op en zwiert me door de lucht. Zet me neer en zoent me vol op mijn mond. We hebben nog geen woord gesproken, maar dat hoeft ook niet. Wij begrijpen elkaar inmiddels zonder woorden. Ik heb mijn belofte gehouden en heb hem trouw geschreven toen hij in de gevangenis zat en ook toen hij weer vrij was ben ik daarmee doorgegaan. Op papier konden we allebei ongeremd communiceren en ons steeds verder blootgeven. Het voelde veilig en vertrouwd. Hoe meer brieven we schreven, hoe verliefder ik werd en dat gold ook voor Aron. We hebben de tijd genomen en niks overhaast. Dit is de eerste keer dat we elkaar weer zien sinds ik afscheid van hem nam bij zijn ziekenhuisbed. Ik had wel eerder willen komen, maar sinds het succes van mijn reportage voor *Tripping* ben ik overspoeld met opdrachten en om wat meer financiële zekerheid voor mezelf te creëren moest ik die wel aannemen.

Sommige mensen vinden misschien dat je met de liefde geen risico moet lopen, maar het voelde niet als een risico. Als twee mensen voor elkaar bestemd zijn dan vinden ze elkaar toch wel. Geen afstand of zee kan dat tegenhouden, daar ben ik heilig van overtuigd. Dat Aron bereid was om op me te wachten geeft aan dat hij misschien wel de ware voor me is. Ik kwam naar Noorwegen om het noorderlicht na te jagen maar vond uiteindelijk iets veel waardevollers. Ik vond de eerste man bij wie ik me veilig genoeg voel om alles te delen, ook over mijn traumatische verleden. Hij begrijpt wat het allemaal kapot heeft gemaakt bij me en dat ik misschien wel nooit helemaal zal helen en het maakt hem niet uit. Hij was geduldig en schreef keer op keer precies de goede dingen. Door hem voel ik me minder alleen.

Achter me wordt overdreven gekucht en Aron en ik staken lachend als twee pubers onze kus. We staan midden in het looppad en dat kan niet iedereen waarderen. Aron drukt me nog even tegen zich aan en pakt mijn koffer. Hand in hand lopen we naar buiten naar zijn auto. Voordat ik instap valt het me op hoe kraakhelder de lucht is.

'Ik maak even een kleine omweg als je het goedvindt. Ik wil je iets laten zien.'

'Kom maar op.' Ik vind alles best, zolang hij maar bij me is. We rijden een kwartier en dan parkeert hij zijn auto naast een onbemande sneeuwscooter. Ik kijk hem vragend aan.

'Stap maar uit.'

Ik doe wat hij zegt en hijs mijn rugzak op mijn rug. Met

een schuin oog kijk ik naar de kofferbak.

'Je hoeft je geen zorgen te maken over je koffer,' leest hij mijn gedachten. 'Dit is een veilige plek.' Hij loopt naar de sneeuwscooter en klapt uitnodigend op het zadel voordat hij erop gaat zitten. Ik neem achter hem plaats en sla mijn armen om zijn middel terwijl hij de scooter start. Hij rijdt langzaam weg maar voert al snel het tempo op. Ik stop mijn gezicht diep weg in de kraag van mijn jas om mezelf te beschermen tegen de kou en laat mijn hoofd tegen Arons rug rusten. Vermoeidheid van mijn vlucht overvalt me en ik sluit mijn ogen. Soezend zweef ik met Aron door tijd en ruimte en het is een magisch gevoel. Ik vind het bijna jammer als de scooter vaart mindert en we uiteindelijk stilstaan. Met tegenzin doe ik mijn ogen open en dan ben ik meteen klaarwakker. Ik weet niet hoe snel ik van die scooter af moet komen en mijn rugzak open moet maken om mijn camera en statief te pakken. Ik kijk Aron glunderend aan. Hij pakt mijn hand en samen rennen we over de Noordkaap onder het kleurenspektakel van het mooiste noorderlicht. Hand in hand staan we ademloos te kijken naar het prachtige schouwspel in de lucht. Het is zo mooi dat de tranen me in de ogen springen.

'Welkom terug in Noorwegen, Rianne, dit is mijn cadeautje voor jou.' Hij kust me en ik voel mijn lichaam tintelen. Dit is het meest romantische dat ik ooit heb meegemaakt. Hoe het ook verder gaat tussen Aron en mij, alleen dit was het bezoek aan Noorwegen al waard. Ineens word ik onrustig en Aron laat me grinnikend los. 'Vooruit, ga die foto maar maken waar je al zo lang op zit te broeden.'

Ik kijk hem dankbaar aan en dan neemt de fotograaf in mij het over. Ik stel mijn camera in en bevestig hem op mijn statief. Als laatste sluit ik de draadontspanner aan. Ik kijk nog een keer voor een laatste check door mijn lens en dan schiet ik eindelijk, een jaar later dan gepland, mijn perfecte plaatje.

# Lees ook deze winterthrillers van Suzanne Vermeer

*Sneeuwengelen*

Ze waren met z'n zessen, een hechte club meiden die lief en leed met elkaar deelden. Totdat een van hen kwam te overlijden…

*Lawinegevaar*

Enkele dagen voor haar vakantie gaat Chantals deurbel. Op de stoep staat een meisje dat beweert haar nichtje te zijn…

*Winternacht*

Een psycholoog reist met haar zoontje naar Canada om haar biologische vader te ontmoeten. Maar eenmaal daar raakt ze betrokken bij een verdwijningszaak…

*IJskoud*

Een mysterieuze verdwijning. Een familie in rouw. 25 jaar later gaat een jonge vrouw op zoek naar antwoorden.

*Sneeuwexpress*

Wanneer Anna een paar dagen na haar man en kinderen bij hun chalet in Oostenrijk arriveert, is het hele huis overhoopgehaald. Haar gezin is spoorloos.

*Midwinter*

Een groep vrienden maakt de skitocht van hun leven. Maar ze zijn totaal niet voorbereid op wat hun te wachten staat…

*Nachtvorst*

Volgens een Noorse mythe verdwijnen 15-jarigen in de bossen. Als Lieke hoort dat er weer een tiener is vermist, gaat ze op onderzoek uit.

*Gletsjer*

Tijdens een skivakantie verongelukt Maaikes zus. Maar sloeg het noodlot toe, of speelt er meer?